湾岸リベンジャー

戸梶圭太

祥伝社文庫

目次

Ⅰ　誰のせい？

1

野島駿《のじましゅん》は病院の駐車場の空いているスペースに頭から車を突っ込み、危うく壁に激突しかけた。もどかしげにシートベルトを解除して外に飛び出すと、ドアをロックもせずに病棟へ駆《か》けていく。

入り口であまりにも急いで自動ドアを抜けようとしたため右肩をぶつけ、大きな音を立てた。しかし痛みなど感じるどころではなかった。

中へ駆け込むと立ち止まり、血走った目で左右を見る。

午前一時まであと数分というこの時間、病院内は騒然としていた。

「すいませんちょっとどいてください！」

野島がぎくりとして横にどくと、その脇をストレッチャーに乗せられた患者が三人の職員によってエレベーターホールへと運ばれていった。

白衣を着た病院の職員二人が床の血だまりをモップで拭き取っていた。その向こう側に受付カウンターが見えたので野島は再び駆け出した。

血だまりを飛び越え、ひとごみを擦り抜けて受付カウンターに飛びついた。

「高速道路の事故の家族なんですが！」

野島の言葉は省略だらけだったが、受付の職員には通じた。

「お名前は」

「野島繁美《しげみ》」

女の職員は名前をパソコンに打ち込む。

受付のデスクに両手をついた野島の腰から下は、上半身がなくても勝手に走り出しそうであった。

「三階の救急救命室です」

「階段は？」

「右手奥です」

野島は礼も言わずに走り出した。手摺《てすり》を摑《つか》み、階段を二段飛ばしで駆け上がる。涙が滲《にじ》んできた。

三階の喧噪《けんそう》も一階と大差なかったが、廊下が狭い分よけいに殺気だって感じられた。

壁の案内板に従って救急救命室へと向かう。

どこかの部屋から女の悲鳴が聞こえた。

「なんでよおおお！」

悲鳴の尻尾は泣き声であった。

「なんでこんなことになるのよおお！」

野島の背中とうなじに鳥肌が立つ。野島もまったく同じ気持ちであった。

救急救命室の入り口近くで二台のストレッチャーがつかえている。その内の一台に乗せられた男の顔は年齢も容姿も判別できぬほど徹底的に破壊されていた。青いチェックのネルシャツもジーパンもオレンジ色のナイキのエアジョーダンも、赤い雨でも浴びたように血まみれであった。絶叫して暴れるために手足をゴムチューブで縛られ、青白い顔に不精髭《ぶしょうひげ》の伸びた若い医者が患者の腕に注射針を突き刺していた。

血、糞小便、汗、焼けた衣服、それにガソリンの臭いが、一緒くたになってフロアーに充満していた。それはまるで事故現場がそっくりこの病院のこのフロアーに運び込まれたようであった。

野島は患者の腕から注射針を抜いた医師の肘《ひじ》を摑んだ。医者はどす黒い隈《くま》にふちどられた血走った目で野島を睨《にら》んだ。野島は臆せずに訊《き》いた。

「すみません、妻がここに運ばれたと聞いたんですが」

顔面の潰れた患者が野島のシャツの裾《すそ》を摑んで引っ張ったので、野島はぎくりとした。右手で彼の手首を摑み、左手でシャツを引き抜く。野島のシャツにも右手にも血がこびりついた。

「お名前は」医者が苛立《いらだ》ちを隠せぬ声で聞いた。

「野島繁美」

野島が答えると、医師は「ああ」という納得したような声を出し、野島を通路の端へと導いた。

「今は会えません」医師は有無を言わせぬ口調で断言した。

「先生っ！　頸部《けいぶ》骨折の患者さん、心臓止まりました！」

白衣の胸を血だらけにした看護婦が若い医師を呼んだ。

「すぐ行く！」

医師は怒鳴《どな》り、それから野島に向き直って言った。

「炎に巻かれて重度の火傷《やけど》を負いました。内臓破裂も起こしています」

野島は手の指の関節から全身の力がすうっと空気中に流れ出ていくのを感じた。自分の意志とは関係なく、喉の奥から「ああ……」という情けない声が漏《も》れる。

「おい、いつまで待たせるつもりなんだ！　さっさと用意しろよ」

若い医者は癇癪《かんしやく》を起こして救命室の奥に向かって怒鳴った。

「すみません、私は行かなくちゃなりませんので」

彼は野島に向かって言うと、白衣の裾を翻《ひるがえ》して救命室へと駆け込んだ。

「たのむう……」

顔の潰れた男がぐしゃぐしゃになった口から声を出した。

「手を握っててくれええ……」

ストレッチャーに縛られた彼の腕が摑まるべきものを探してくねくねと動く。

「恐いよ……誰か手を握っててくれええ……」

野島は恐くなって後ずさり、廊下を走ってきた看護婦とぶつかって弾《はじ》き飛ばされた。

看護婦は野島のことなどまるで気づかなかったというふうに救命室へと消えた。

「死にたくないよおお……」

野島は一瞬、ここから走って逃げ出したくなった。日常とあまりにもかけ離れた悪夢のような場所であった。小さな不満を愚痴《ぐち》る平凡で退屈な毎日がどれほどありがたいものであるか、嫌というほど思い知った。

「よし、いいぞ。運び込め！」

奥から声が聞こえ、医者と看護婦が顔の潰れた男を中へ運び込む。

「死にたくないよおお！」

男はなおも絶叫した。

野島は廊下の壁に背中を預けなければ立っていることができなかった。

腕時計を見る。午前一時六分。繁美の両親と妹が到着するにはもう少しかかるだろう。

俺が繁美に、無理せずに実家にもう一泊しろ、ともっと強く言っていれば良かったのだ。そうすれば繁美は深夜の湾岸道路で事故に巻き込まれずに済んだのだ。

〝今度の脚本だけど、やっぱりキャラクターを一人削《けず》ろうと思うの。明日の夕方プロデューサーと会うから、その前にどうしてもやっておきたいのよ。やっぱり自分で完璧だと思えるものじゃないと人に見せたくないでしょう？〟

負けず嫌いの繁美は電話でそう言った。

〝脚本をいじるのならそっちでもできるじゃないかよ〟と野島は言ったが、繁美は〝実家にいるといつもの私になれないのよ。なんだか頭が緩《ゆる》くなっちゃって〟と言い、実家に置いてあった車でこれから東京に帰るといってきかなかった。

それがこんなことに……。

顔を両手で覆い、壁に預けた背中をずるずると擦《こす》り、その場にしゃがみこんだ。

こちらに向かっている繁美の家族に電話しなくてはと思ったが、とてもそんなことができる精神状態ではなかった。

「嘘っ！」

さきほどの女がまた新たな悲鳴を上げた。

顔を上げて見ると、女は医者に支えられ、この世の終わりが来たとでもいう顔をしていた。実際、彼女にとってはこの世の終わりなのだろう。

野島は目をそむけたいのに、それができず食い入るように見つめてしまった。

「嘘……嘘……」

「お気の毒です」

医者はそう言って頭を垂《た》れた。女はそれでも嘘、嘘、と繰《く》り返した。

野島にも女の生きてきた世界が地響きを立てて崩れていく音が聞こえるような気がした。それは野島自身の世界が崩れていく音と似通っていた。

「あっ！」女が突如声を上げた。「ねえ、今アキオの声がしたわ」

医者の顔に戸惑《とまど》いが浮かぶ。

「いや……あの、奥さん……」

「シッ！　ほら、また聞こえた！　やっぱりアキオだ。焼きおにぎりが食べたいって言ったわ！」

周囲の人間の視線が女に集まる。

「アキオッ！　焼きおにぎりが食べたいのね！　そうなのね！」

野島はこれ以上この場にいられなかった。それにこのフロアーの臭いにもこれ以上耐えられなかった。

「調理場はどこですか、調理場はっ！」

女の金切《かなき》り声を背に受けながら野島は階段へと向かった。

新鮮な空気が吸いたい。肺いっぱいに新鮮な空気を……。


午前二時十一分三十四秒。野島繁美の心臓は停止した。

繁美の家族が病院に到着してから十分そこそこであった。

「繁美には会えないんですか？」

野島たちは医者に詰め寄った。

「遺体の損傷が著《いちじる》しいのです。申し訳ないのですが……」

丸顔で頬がだらしなくたるんだ医者はそう言った。

繁美の妹の愛美《あいみ》が、喉の奥から掠《かす》れた呻《うめ》き声を漏らし、脳炎にかかった馬のようにふらふらとよろめいた。野島は危ういところで彼女の背中を支えた。

繁美の両親はまるで夫婦揃って石にでもなってしまったように無言でその場に立ち尽くした。

「本当に、お気の毒です」

医者はもう一度言い、白髪の多い頭をさげた。

医者が去った後も皆がその場を動けなかった。愛美はソファに横たわり、背中を波打たせていた。

ブラックホールのように暗く、凝縮した沈黙を破ったのは繁美の父であった。

「親戚の皆に電話しなくちゃな」

意外としっかりした声であった。

義父はゆっくりと野島の方を向いた。すると、うつむいたままの野島の目にあるものが飛び込んだ。それは、義父のズボンの股間にわずかに滲んだ小便の染みであった。

絶望の日々は始まったばかりだった。

2

それからの野島は親戚や会社関係、繁美の仕事関係への連絡と通夜の準備などで忙殺《ぼうさつ》された。目は落ち窪《くぼ》み、頬はげっそりとこけ、体重も落ちた。

野島にとって本当の絶望は通夜も告別式も済んで親類縁者がそれぞれの日常生活へと戻り、マンションの部屋で繁美の遺影とひとりで対面した時に訪れた。

よく撮《と》れたと自画自賛していた写真が遺影となり、野島にいたずらっぽい笑みを投げかけている。

—湾岸線上り方面はトラックの横転事故のため、六キロの渋滞となっています。

テレビから淡々《たんたん》と道路交通情報が流れる。

繁美は毎日忙しく飛び回り、マンションのこの部屋にいる時間は野島よりも少なかった。だが、繁美の記憶は部屋中にしみついていた。

今この瞬間にも扉の向こうから繁美が電話の子機を顎《あご》の下に挟《はさ》み、左右の手に丸めた脚本と赤いペンを持って、テレビ局のスタッフと騒々《そうぞう》しく喋《しゃべ》りながら出てくるような気がする瞬間が何度もあった。

野島は繁美が使っていた三面鏡の上から口紅を一本手に取った。キャップを外し、底をひねると先端が出てきた。繁美が一番よく使っていた微《かす》かに紫がかったピンク色だった。

気がつくと野島はその口紅で自分の左手の甲に何本もの無意味な線を引いていた。それから口紅を握りしめたままゴロリと仰向けになり、天井の張り紙の菱形《ひしがた》模様を何十分も目でなぞり続けた。それ以外、何もできなかった。

太陽が斜め向かいのマンションの陰に隠れ、部屋が暗くなってからも野島は相変わらず菱形模様を目でなぞっていた。

テレビからは五時から始まる『首都圏フラッシュ』という民放のニュース番組が流れていた。

——死体遺棄容疑で執行猶予つき有罪となった元俳優の押永学人が女性のミニスカートの中を盗撮したとして、逮捕されました。記者会見の席で押永容疑者は、将来下着ショップ

―を開きたいので、若い女性の下着のフィールドリサーチを行っていたと……

野島の腹が空腹を訴え、ぐうう、という音を立てた。しかし、食べたいという衝動はまったく起きない。

―しばらくの間芸能活動を自粛《じしゅく》して、実家の強壮剤専門薬局を手伝うと……

長時間にわたる無意味な音の垂れ流しに、野島のこめかみはズキズキと痛み出した。リモコンを探し当て、テレビを消した。

深海の底のような静寂が部屋を支配した。このまま自分の体がこの静寂の中に溶け出して、消えてしまってもいい、と野島は思った。

静寂は有り難かったが、野島の頭の中で繁美の声が聞こえ出した。

〝駿、お皿洗ってくれるのは嬉しいけど、跳《は》ね散らかした水もちゃんと拭いといてよね〟

〝なんでこうも工夫のないキャラとストーリーを臆面もなく出せるのかしらね。作り手にプライドってものがないのかなあ〟

〝こないだ話した駒江美穂のドラマの企画ねえ、潰れちゃった。彼女、東映の女消防士の映画に出るんだって。……平気、別に落ち込んでないもん〟

〝駿のここんところの縦じわ、セクシーよ〟

〝あたしのおっぱい好き？〟

〝あたしに仕事の依頼がこなくなったら、駿、あたしのこと養ってくれる？　……冗談よ、何が何でも一発大ヒット出してみせるからね〟

野島の胸を、炎で炙《あぶ》った短剣で突き刺されたような痛みが貫いた。歯を食いしばり、固く目を閉じた。こういう痛みにこれから何百回耐えねばならないのだろう。

電話が鳴った。

悲しい静寂に沈んでいたその部屋に、呼び出し音は暴力的なまでに騒々しく、かつ無神経に鳴り響き、野島の心臓は飛び上がった。

傍若無人な電子音に野島は怒りを覚えた。のろのろとした動作で四つん這《ば》いになり、電話まで這っていく。

よろよろと立ち上がり、あと一回で留守録が作動するというところで野島はようやく受話器を取った。

「はい」

――お忙しいところ申し訳ありません。野島駿さまですか？

低く、落ち着いた女の声だった。しかし年は若そうだ。

「……はい」

――突然お電話して申し訳ありません。私、高梨《たかなし》という者ですが、この度のこと、本当にお悔み申し上げます。

「……どうも」

野島は電話の向こうの相手に軽く頭をさげた。

ところで誰なんだ？

――私、ある方の代理として野島様に電話を差し上げたのですが、その方も野島様の奥様と同じ事故で親しい方を亡くされたのです。

「そうでしたか。それはどうも、お気の毒さまです」

あの事故では繁美を含めて五人が死亡し、三人が意識不明の重体、他にも十数人の重軽傷者が出ていた。

でも、どうやって俺のことを調べたのだ？

――実は、この度こうしてお電話したのは、私が代理を務《つと》めている方がぜひ一度野島様にお会いしたいと申しておりまして、それで勝手ながらお宅の番号と住所を調べさせていただいたのです。

「はあ……」

なんだか妙な感じがした。

――野島様、その方に会っていただけますか？

女の声が鋭くなる。押しの強さを感じた。

「誰なんです？　その人」

――美濃部静雄《みのべしずお》さんという実業家です。会っていただけますね？

「いや……だから……」

野島は言い淀《よど》んだ。

会って何が悪い、と頭の隅で声がした。その人間は同じ事故で親しい者を亡くした同士として痛みを分け合いたいと考えているのだろう。

会うのは嫌ではない。ただ、葬式も終わり、これから繁美のいない新たな人生に向かい合おうとしている矢先に、また新たに悲しみを再確認するようなはめになるのは正直言うと精神的に負担である。

――その方、お孫さんを亡くされたんです。まだ十九歳でした。

そう言う女の声にも抑えた悲しみがこもっているのを野島は感じ取った。

野島は相手に聞こえぬよう、小さくため息をついた。

孫を亡くしたのか。ということは相手はかなり高齢なのだろうと見当がついた。

「わかりました。会わせていただきます」野島は言った。「でも、僕なんか何の役にも立ちませんよ、きっと」

――そんなことはありません。先方はきっと大喜びなさることでしょう。

そうだろうか。野島は釈然《しゃくぜん》としなかった。

――ありがとうございます。本当に感謝します。

女は明るい声になり、礼を言った。その声には野島が拒否するわけがないとでもいう自信のようなものが微かに窺《うかが》えた。

バリバリのキャリアウーマンという陳腐な言葉が野島の頭に浮かんだ。この女はまさしくそういう感じがするのである。それにきっと、美人なのだろう。自信に満ちあふれた有能な美人。

「で……いつなんです？　僕は来週からまた仕事に戻るので……」

――では、今週末はいかがですか？　土曜日とか。

「はあ……とりあえず大丈夫ですが」

――では土曜日の正午にそちらに伺わせていただきます。

「え？　来るんですか」

――ご心配なく、野島様のお宅にお邪魔するようなことはいたしませんから。お目にかかれるのを楽しみにしています。

「はあ」

――それでは、失礼いたします。

「はい、どうも」

電話が切れた。野島はしばらく呆然《ぼうぜん》とその場に立ち尽くした。

相手のことをもっといろいろ訊くべきだったと後になって思ったが、約束してしまったものは仕方ない。

午後八時を過ぎ、さすがに空腹に耐え切れなくなった。コンビニで弁当でも買おうと思い、部屋を出た。マンションから五十メートルほど離れた所にあるコンビニで弁当を買い、それからためらった末に酒棚からウイスキーを手に取った。

眠るには酒か睡眠薬が要《い》る。

これまで酒に溺《おぼ》れたことは一度もないが、今度のことで溺れてしまう危険を野島は感じていた。だからといって飲まずにいられようか。大丈夫だ、俺は自制できる、と自分に言い聞かせる。

コンビニを出たところで携帯電話が鳴った。

液晶画面を見ると繁美の実家の番号だった。

「もしもし？」

―**駿さん？**

繁美の妹、愛美だった。愛美は繁美より四つ下で、二十七歳だ。

「ああ、愛美ちゃん」

繁美の母親からだろうと思い込んでいたのでちょっと驚いた。

―**ごめんね、突然電話しちゃって。**

愛美の声は明るかった。

「ううん、いいよ。どうした？」

——**別に……ただ駿さんどうしてるかなあって思って……。**

野島の口元がほんの少し緩んだ。

「心配してくれたのかい？」

——**んん……ちょっとね。**

「まあ……なんとかやってるよ」

野島と繁美との間に子供はない。となると繁美が死んでしまったこれからは斎藤《さいとう》家とはだんだん縁遠くなっていくのだろうか。そんなことまで考えてしまい、よけいに孤独感が募った。

——**ちゃんとご飯食べてる？**

野島は内心少し驚いた。なんだか単身赴任の夫を心配する妻のような口調に聞こえたからだ。これまで彼女に対しては甘えん坊でわがままな娘という印象が強かったのだが。

「今、マンションのそばのコンビニで弁当を買ったところだよ」

野島はマンションに向かって歩きながら話した。

「お父さんたちはどうだい？」

——**うん、とりあえず普通だよ。**

微妙な言い回しであった。

「……そうか」

繁美の死を医者から告げられた時、あの寡黙《かもく》で厳しい義父の股間に小便が滲んでいた光景は今も頭に鮮明に焼きついている。あの瞬間、彼の中で何かが壊れたのだ。それは間違いない。

「そうだ、実はちょっと変わったことがあって……」

——何？

野島は歩きながら夕方かかってきた電話のことを話した。

「愛美ちゃん、どう思う？」

——んん……わかんない。でも、欧米とかでは、グループカウンセリングっていって、同じ事故や事件で死んだ人の遺族同士が集まって話し合うってこと、よくあるらしいよ。

「へえ、よく知ってるね」

——普通、それくらい知ってるよ。駿さん。

その声を聞く限りでは、いつもの茶目っ気ある愛美に戻ったように思えた。声だけに限って、だが。

「とにかく、その人と土曜日に会うって約束をしちゃったんだ。これで良かったのかな」

——その人はお孫さんを亡くしたんでしょう？ きっと寂しいおじいちゃんなんだよ。息子夫婦とは以前から反《そ》りが合わなくて、今度の事故でますます溝が深くなっちゃったとか

——……いろいろ難しい家庭の事情があるんだよ、きっと。

その言葉を聞き、野島は愛美に対して、なんだか急に大人っぽくなったな、と感じた。それとも自分が子供っぽいと思い込んでいただけなのか。愛美は今二十七、すっかり大人の女だ。

「そうか……そうかもね。まあ、もう約束しちゃったし、今更あれこれ考えてもしょうがないよね」

——ねえ、土曜の夜、報告してよ。

「ああ、そうするよ」

ふと、沈黙が生まれた。

野島はなぜか胸を鋭い爪で掻《か》きむしられるような痛みを覚え、思わずマンションの入り口で立ち止まってしまった。

自分の周囲の世界が、自分を置き去りにして遠ざかっていくような感覚に囚《とら》われる。

何が起きようと時間は流れていく。そのことがつらく感じられた。

——じゃあ、電話してよね。

沈黙を破り、愛美は明るい声で言った。

「ああ、必ずするよ」

——じゃあまたね。

「うん、それじゃ」

電話が切れた。切れてからも野島はしばらく携帯電話を見つめていた。

これまで繁美のわがままな妹という印象しかなかった彼女が急に身近な存在に感じられ、野島は少しだけ救われた思いがした。

3

野島はちっとも落ち着けなかった。

午前十一時五十九分になり、リモコンでテレビを消した。

なぜこうも緊張してしまうのだろう。

野島は既にスーツ姿に着替え、出かける準備は整っていた。

もっと気を楽に持てと自分に言い聞かせ、水を一杯飲んだ。コップを置いた瞬間に電話が鳴った。

恐るべき正確さだ。

受話器を取る。

「もしもし」

――おはようございます。先日お電話した高梨です。

話すのがこれで二回目だからなのか、彼女の声は初めての時よりソフトに聞こえた。

「おはようございます」

不思議なことに彼女の声を聞いたら緊張がほぐれてきた。

——今、マンションの下に着いたところです。

「わかりました。すぐ行きます」

——お待ちしております。

野島は電話を切り、セカンドバッグだけを持って部屋を出た。

妻を失ったばかりだというのに、自分が高梨という女に会うことに期待していると、我ながら驚いた。やはり男というのは基本的にこういう生き物なのだろうか。

エレベーターで一階まで降りて、入り口の自動ドアを抜けようとした時、野島ははっと息を飲んだ。

まさか……これか？

マンションの入り口脇に、これまで映画などでしか見たことがなかった巨大な黒のリムジンが、巨体を横たえた猛獣のように停まっていた。

リムジンはキャデラック・DTSがベースで、全長約七メートルである。

「野島さん？」

リムジンの向こう側に女が立っていて、声をかけてきた。トランクを回り込んで近づいてくる。

野島は惚《ほう》けたようにその場に立ち尽くした。

一目見て、自分とはまるきり違う世界の住人であると認識した。

彼女の背丈は野島とほぼ同じくらい、百七十センチと少しありそうだ。だが、脚は明らかに野島より長い。

クォーターかな、と野島は思った。

メイクで大きく見せかけているのではなく、もともと大きくて切れ長の目と、張り出した頬骨が、野性味と鋭い知性という相反する要素を同時に矛盾なく表現していた。

やや小麦色を帯びた肌は、夏のリゾートでの休暇の名残《なご》りだろうか。銀の細いネックレスが映《は》えていた。

鼻は高く細く、顎はやや長いように思われたが全体のバランスという点ではこれで良い気がする。部分的に明るい茶色の混ざった肩より少し長い髪が、やや幅の広い肩をふんわりと包み込むように広がっている。

黒のパンツスーツと白のシャツという服装がよく似合っていた。ヒールは底の平たいものを履《は》いている。

「野島さんですね？」

「はあ……」

野島は間の抜けた返事しかできなかった。

「お目にかかれて光栄です。高梨《つ》です」

彼女は唇の両端をきゅっと吊り上げ、きれいに並んだ白い歯を見せて、ごく自然に右手を差し出してきた。

「どうも、こちらこそ」

野島はもごもごと言い、内心戸惑いながら右手を差し出し、彼女と握手した。こんなふうにごく自然に握手するからには日頃から握手を習慣とする国々の人間とも接しているのだろう。

リムジンの重厚な後部ドアがコト、という音を立てて開いた。高梨はノブを摑んで大きく開け、「さあ、どうぞ」と野島を促《うなが》した。

野島は大いに緊張しながら頭をさげてリムジンに乗り込んだ。

薄茶色の本革の後部シートは自宅のソファより大きく、まるでこの車に乗り込んだ途端に自分の体が一回り小さくなったかのような錯覚を覚えた。巨大シートは二つあり、ミドルシートは運転席と背中合わせになっていてリアシートと向かい合っていた。

続いて高梨が乗り込んできた。

「もっと真ん中へどうぞ」彼女は微笑《ほほえ》んで言った。

ドアが閉まり、リムジンは静かに滑《すべ》り出した。

野島は一瞬、横目でちらりと彼女を盗み見た。

シートに座った高梨の体は綺麗なSの字を描いていた。

「そうだ、あの……」

野島は尻ポケットに手を入れて財布を抜き出すと、中から自分の名刺を一枚抜いた。

「一応、僕の名刺です」

高梨の顔がぱっと明るくなる。

「まあ、これはどうも、ありがとうございます」

彼女は、うやうやしく両手で野島の名刺を受け取ると深く頭を垂れた。そして顔を上げると、彼女は意外なことを言った。

「私、名刺などというきちんとしたものは持っておりませんで申し訳ありません」

名刺を持っていない？

一体彼女は普段何をしている人間なのだろう。気にはなったが訊く勇気はなかった。

「ああ、お構いなく。それにしても先方はずいぶんと裕福な方のようですね」

彼女はにこりとしたが、そのことについては特に何も言わなかった。そのかわりに訊いてきた。

「野島様、何かお飲みになりますか？」

そうか、リムジンとくれば車内バーだな。リムジンの車内で一杯飲むという経験はそうそうできるものではない。ならばこの機会に経験しておこう。

「ええと、それじゃ何かノンアルコールのものを……」

「ノンアルコールですとアイスティーしかないのですが、よろしいですか？」

「ああ、それで結構です、どうも」

グラスやボトルはどこに収納されているのだろうと思ったら、ミドルシートの真ん中の背もたれに格納棚があり、彼女は野島に向かい合うように座って飲物を作り始めた。

正面を向いて座られると野島はいやでも彼女を強く意識せずにいられなかった。

リムジンの車内に女と二人きりでいるということになぜか妙にエロティックな感覚を覚えた。

黙っていることに息苦しさを覚えたので野島は彼女に話しかけた。

「あの……」

高梨が視線を手元のグラスから野島へと向けた。正面から大きな目で見つめられ、野島の心拍数が上がった。

「つまらない詮索《せんさく》をするようで申し訳ないのですが……先方と、高梨さんは、どのような関係でいらっしゃるのですか？　先日はただ代理の方としか伺っていませんでしたが……」

彼女の大きな目が細くなり、また唇の両端がきゅっと上がった。

「そうですねえ……」

少し困ったような口振りであった。

「一言では説明しにくい関係ですね。友人のような、親子のような、ビジネスマンと秘書のような……なんと言ったら良いんですかねえ」

そう言って彼女は上品に笑った。一言では説明しにくい関係を楽しんでいるような、そんな笑いであった。はぐらかされたような気も少しした。

「なるほど……そうですか」

「どうぞ」

彼女が冷たいグラスを差し出した。

野島は「どうも」と冷えたグラスを受け取った。

(おい、せっかくなんだからもっと彼女と話せよ。こんな美人と喋れる機会なんか滅多《めった》にないんだぞ)

頭の中でもう一人の自分が言う。喪中だろうがなんだろうが関係ないらしい。

彼女の方はと言うと、野島と話そうが、着くまでこのままずっと黙っていようが、どちらでも構わないという雰囲気である。もちろん野島という男に個人的な興味を持っている様子は微塵《みじん》もない。

野島は目的地に着くまでに余計な緊張で神経をすり減らしたくなかった。だからとりあえず黙っていようと決め、アイスティーをちびちびと飲みながら、走る要塞《ようさい》のようなリムジンの乗り心地を堪能《たんのう》することにした。

そうこうしているうちにリムジンは広尾《ひろお》の辺りを走っていた。大通りからそれ、高級住宅街の中を走る。小綺麗だが似たような造りの家が多い小金持ちが集まった新興高級住宅街とは違い、どの家にも個性があり、各々の家の歴史すら感じさせる本物の大金持ちたちの住宅街であった。

野島は自分の生きてきた世界とは異質な空間に入っていく緊張感と居心地の悪さを覚えた。

「ここです。野島さん」

ふいに高梨が言った。

野島が彼女の手で示した方を見ると、両側に防犯カメラを設置した高さ三メートルの重厚な両開きの鉄の門と、その奥にある竹の林しか見えなかった。

こりゃすごい、家が見えないじゃないか。野島は感嘆した。

「どうもお疲れさまでした」

高梨は膝に両手を置き、頭を深く垂れた。

「いえ、こちらこそ」野島も頭をさげる。「こんないい車に乗せてもらいまして」

リムジンが近づくと、門は自動的にゆっくりと開いた。

厳密にはまだ先方の家に着いたとは言えなかった。リムジンは門を抜け、わずかに上り傾斜のある幅五メートルほどの道を行く。両側は鬱蒼《うっそう》とした竹の林が続く。

リムジンが二度小さなコーナーを曲がったところでふいに竹の林が途切れ、一気に視界が開けた。

「うわっ」

野島の口から思わず声が漏れた。頭の中でさんざんいろいろな邸宅を想像はしていたが、このような邸宅はさすがに想像すらできなかった。

その大邸宅は一見してあるものを模《も》していると野島にはわかった。

「これ、ダイヤモンドですね」

野島は高梨の顔を見て言った。

高梨は驚いたようだった。そして顔をパッと明るくした。

「よくお分かりになりましたね。最初に見て、見抜ける人は滅多にいないんですよ」と嬉しそうに言う。

それはまさしくカットされたダイヤモンドであった。正確に言えばカットされたダイヤモンドを真横から見たような多面体の家であった。

屋根は真っ平らに近く、とにかく窓の数が多い。そしてその窓が陽光を反射してきらきらと輝いている。

じっと見つめていると現実感が薄まっていくような気がした。

「UFOだと仰《おっしゃ》った方もいらっしゃいました」

「なるほど、そう見えなくもない。いやあ、凄い。豪快ですね」

あまりにも壮観なので野島は愉快にすら感じた。

「真上から見ると楕円《だえん》に近い八角形をしているんです」と高梨が補足説明する。

野島はこれからいよいよ会う人物に思いを馳《は》せた。

こんな家を建てる人間が並みの大金持ちであるわけがない。ひょっとするとかなりの奇人かもしれない。不安を感じたが、ここまで来て引き返すわけにはいかない。それに一体どんな人間なのか見てみたいという好奇心も不安と同じくらい感じた。

「すごい……」野島はもう一度呟《つぶや》いた。

ダイヤモンドハウスは煉瓦《れんが》を敷きつめた道によってぐるっと囲まれていた。煉瓦道の端には約十メートルおきに石造りの彫刻が並べられている。

その道に沿ってリムジンは半周してから、下りの傾斜路に入っていった。さながらダイヤモンドの台座の下に潜り込むような気分である。

野島の驚きはこれで終わりではなかった。

傾斜路の終わりは扇状《おうぎ》に広くなっていた。蟻《あり》の巣の部屋という感じがしないでもない。

その蟻の巣の部屋の天井から投げかけられる淡いオレンジ色の光の下には、四台の車がひっそりとうずくまっていた。

ジャガーXJラグジュアリー、キャデラック・CTSクーペ、クラウンマジェスタ、そしてブラックのポルシェ・911GT2RS。

野島の口元が思わず綻《ほころ》ぶ。

胸の奥に疼《うず》きを感じ、血が騒ぎ出した。

運転手が外からドアを開けた。野島は外に降り立ち、高梨に導かれるままさらに奥へ通じる通路へと歩いて向かう。車が気になり、何度も後ろを振り返る。

通路の突き当たりには数人が乗れるほどの大きさのエレベーターがあった。しかし操作パネルには1とB1しか表示がない。

「これは一階と駐車場とを行き来するためだけのものなんです。あとは階段です」

不思議そうな顔をしている野島に高梨はそう説明し、〝1〟のボタンを押した。モーターのかすかな唸《うな》りとともにエレベーターがゆっくりと上昇してゆく。

緊張のせいで野島の顔に汗が滲んできた。今朝久しぶりにアイロンがけをしたハンカチで汗を拭《ぬぐ》う。

ポーン、という控え目な音がして、エレベーターが一階に着いたことを知らせる。

ほとんど音もなく扉が開くと、目の前には淡い茶色のカーペットを敷きつめた通路があった。

「こちらです」高梨が事務的に言い、前を歩く。その先にはおよそ実用をはるかに超えた幅を持つ、なだらかなカーブを描いた階段があった。

なるほど、こんな豪華な階段だとエレベーターなど取り付けて使わなくなったらもったいないというものだ。

前を歩く高梨のヒップが野島の目線の少し下辺りで規則正しく、あくまで上品に左右に揺れる。野島は目を逸らし、上を仰《あお》ぎ見た。吹き抜け構造になっていて、最上階の天井には真ん中に黄金色のシャンデリアが輝いている。

階段は三階で終わりだった。そこからはまた通路。両側の壁はクリーム色で、約三メートルおきに壁に埋め込まれたオレンジ色のランプが柔らかい光を投げかけている。上を見上げると、天井は平らではなく、半円形であった。それがトンネルの中を歩いているような気分にさせる。

邸内はとても静かで、カーペットのせいでこもった二人の靴音以外、野島の耳には何も聞こえなかった。その異様なほどの静けさが余計に緊張を誘う。

それにしてもまだ着かないのか。野島は会う前から疲れてきた。

「もう間もなくですから」

高梨が野島の心を読んだかのようなタイミングで、振り返り言う。十メートル歩いて廊下を左に曲がり、また十メートル歩いて今度は右に曲がる。その間にドアをふたつ通り過ぎた。

　右に曲がると、前方にまばゆい光が見えた。人工の光ではない。陽光であった。

　明るすぎてその向こうに何があるのかわからない。

「中庭の上にブリッヂが渡してあって、そこを通るんです」と高梨は言った。前に進むにつれ、光は強くなる。野島は目を細めた。

　二人は中庭を横切るガラス張りのブリッヂの上に出た。

　野島は驚き、感動した。
　十四、五メートル眼下には、真ん中にプールほどの丸い大きな池があり、その周囲にさらにいくつかの小さな池を配置した西洋風の見事な庭園が広がっていた。
　中央の大きな池では鴨《かも》が二羽、並んで泳いでいた。

　野島はふと、ハリウッド映画で見たコロンビア・マフィアの邸宅を思い出した。

「いつもならかなりユニークな噴水が見られるのですが……」

　と高梨が言葉を濁《にご》す。彼女もまたまばゆい陽光に目を細めていた。

　野島はほとんど聞いていなかった。一体どんなことをやらかしたらこんなおとぎ話の世界のような空間を手に入れられるんだ、とそのことばかり考えていた。

「ブリッヂの向こうが美濃部の書斎です。彼はそこで待っています」

「ドームですか」

野島は前方を見上げ、ぽつりと言った。

「ええ」高梨はうなずいた。「ドーム型の書斎です」

ブリッヂが終わり、やっと書斎の入り口である自動ドアの前にたどり着いた。

長い旅だったな、と野島は感慨すら覚えた。

高梨はドアの右脇にあるユニットのボタンを押した。

「野島さんがお見えになりました」

彼女はかしこまった口調でユニットに向かって話しかけた。

――ありがとう、お通ししてくれ。

ユニットから鮮明な男の声が聞こえた。

その声は力強いが、どことなく疲れているように聞こえた。その声が野島に、何のためにここへ来たのかを改めて認識させた。

自動ドアが静かに開く。

高梨は野島を振り返り、お先にどうぞと手振りで示した。

野島は頷《うなず》き、ドアをくぐった。

ドームはさきほどのブリッヂより一段暗かった。天井で採光の調節をしているらしい。

ドームの直径は約七メートル。高さは四メートルほどであった。

野島より頭ひとつ大きな男が、野島に向かって笑顔で歩いてくる。その堂々たる体格から放出されている貫禄と力強さに野島は感嘆の念を覚えた。

深い顔の彫りは日本人離れしていて、その点は高梨と似通っている。十九歳という孫の年齢を考えれば、若くても六十代後半であるはずだが、外見はそれより十歳は若く見える。

笑っているその顔にはしわが多く、そのしわは人生の悲哀ではなく、重ねてきた歳月の充実ぶりを表わしていた。これで口髭でもたくわえていたらいかにも精力絶倫の大富豪といった感じでちょっと敬遠してしまうところだが、顔に髭はなかった。

茶色のチノパンに白のワイシャツといういたってシンプルな格好だが、実に品がよく、隙がない。

「やあ、いらっしゃい。よく来てくれました、野島さん」

男は野島よりも肺活量がだいぶあるらしく、実によく通る中低域の声で挨拶《あいさつ》した。

「はあ、どうも」

完全に圧倒された野島は再び顔に汗がにじみ出てきた。

「お会いできて光栄です。ご無理を言って申し訳ありませんでした」

そして男はすっと背筋を伸ばして立ち、野島に深く頭をさげた。

「いえそんな……」

野島も深くお辞儀した。

顔を上げ、男と視線がぶつかった。この距離で対峙《たいじ》して初めて気づいたのだが、男の目には隠しようもない悲しみが浮かんでいた。孫を失った悲しみが。

「さあ、どうぞ。お掛けになってください」

男は部屋の中央近くに据《す》えられた巨大なソファを野島に示し、それから高梨に向かって、「高梨君、どうもありがとう」と大まじめな顔と声で礼を言った。

高梨は野島に対して向けたものより自然な微笑みを彼に返して、ソファの傍《そば》に置かれたアームチェアに腰を下ろして、長い脚を組んだ。彼女もこの場に同席するらしい。

野島はソファに座り、男はソファと向かいあったアームチェアに腰を下ろした。

「いやぁなかなか男前ですな」唐突に男が言った。「さしずめ市川雷蔵の21世バージョンだ」

それは誉めすぎだ。

「いえいえ、そんなこと……。そうだ、あの……」

野島はまた尻ポケットの財布から名刺を抜いて男に手渡した。

「おお、これはどうも」

男は椅子から腰を浮かせ、野島の名刺を両手で受け取った。それから「では私のも」とシャツの胸ポケットから平たいケースを抜いて開け、名刺を野島に差し出した。

野島も両手でそれを受け取り、見た。

るのか。

こりゃすごい男だぞ。緊張で顔が熱くなってきた。

「お名前を伺ってもピンときませんでした。まさかジュエリー・ホシノの社長さんだとは……」

「ホシノという名前は語感がいいから使っているだけなんです。宝石は星、というわけでして。ジュエリー・ミノベではちょっと冴《さ》えませんからね」

美濃部はそう言って、バリトンボイスで短く笑った。

だが野島は笑わなかった。

「結婚指輪……ジュエリー・ホシノで買ったんです」

美濃部と高梨の顔が強《こわ》ばった。

野島の顔がゆがんだ。奥歯を噛《か》み締め、拳《こぶし》を握り締めて感情を押さえつけようとするが、体の内部で止まらない化学反応が起きたように悲しみが一気に噴き出した。

結婚指輪を買った日の思い出が頭の中に蘇《よみがえ》った。

顔が青ざめるほどの高い買い物だった。だが、繁美とこれから二人で生きていくのだという覚悟が本当に心の中で決まったのもその日だった。

遺品として返ってきたその指輪は黒ずんでいたが、綿布で軽く拭いただけで何事もなかったかのように輝きを取り戻した。その輝きが繁美の命の輝きに見えた。

くうう、と声が出てしまうともうどうにもならなかった。

二人の人間が見ている前で野島は脆《もろ》くも泣き崩れてしまった。

「すいません……あの……」

また泣く。目の奥がずきずきと痛み、老朽化した給水管から水が滲むように目から涙が溢れてきた。スーツのズボンにぽたぽたとしみができる。

「ちょっと……思い出しちゃって……う……」

美濃部がすっと立ち上がり、野島に歩み寄るとごく自然に肩に手を置いた。

それが余計に野島を泣かせた。両手で顔を覆い、わあわあと泣き出した。親類縁者たちの前でさえこんなに大っぴらには泣かなかったのに、なぜだろうか。わからなかった。

横で高梨が鼻をすする音が聞こえ、それがさらに野島を煽《あお》った。

野島がひとしきり泣いて落ち着きを取り戻すまで美濃部は彼の肩にずっと手を置いていた。

「すいませんでした、本当に……」

野島はうつむいたままポケットに入れておいたティッシュを全部使い切って鼻をかみ、

まるめて反対側のポケットに突っ込んだ。

「どうぞ」

高梨の声がして、目の前のテーブルに氷の浮いた透明なグラスが差し出された。

「どうもすみません」野島は軽く頭をさげてグラスの中の水を飲み干した。泣いて痛んだ喉に冷たい水はありがたかった。

野島の肩に置かれた美濃部の手が離れ、彼は椅子に戻った。

野島はふう、と息を吐き、「見苦しいところをお見せしてしまって……」と頭をさげた。

「もう平気です」

そう言って顔を上げ、美濃部を見ると、彼の目もまた充血し、腫《は》れていた。だが、口元には優しい笑みが浮かんでいた。

「僕があなたを慰めることになると思っていたのに……」

野島は泣き腫らした顔に苦笑を浮かべた。

「あなたがこうしてここにいらっしゃってくれたこと自体、私には大きな慰めですよ」

美濃部は包み込むような声で言い、身を乗り出して右手を差し出した。

野島は照れ笑いを浮かべてテーブル越しに彼としっかり握手をした。

美濃部は満足げな顔で「改めて今日の出会いに乾杯しましょう。アルコールはお強いですか?」と訊いてきた。

十五分後、アルコールの助けもあって三人はすっかり打ち解けていた。

野島は真っ赤な顔で繁美との出会いについて話していた。

「彼女が書いていたミステリードラマの脚本にラリードライバーが登場するんですよ。それで取材をしたいというので彼女がエージェントに頼んで、取材に応じてくれるドライバーを探していたんです。そのエージェントは他にいくらでも優秀なドライバーがいるのになぜか僕にコンタクトしてきた。で、エージェントを交えて彼女と会ったのが初めてです。それからです」

「ほお、そうだったんですか。脚本家の奥さんとラリードライバーの旦那さんとは不思議な組み合わせだなあと思っていたんですよ。いやあ、そうだったのか」

美濃部もかすかに顔を赤らめ、上機嫌だった。

「ま、結局その脚本はボツだったんですけど……」

三人の笑いが同時に弾けた。

「でもそのかわり新しいラブストーリーができたわけですね」

美濃部が言い、また全員笑った。

「でもなぜラリーをやめておしまいになったんです？　なりたくてもなれるような仕事じゃないし、もったいないような気がするんですけど」

高梨が興味深げに訊いてきた。グラス三杯飲み干しても彼女には何ひとつ変化があらわれていなかった。

その質問に野島は自嘲《じちょう》的な笑みを浮かべた。

「自分の限界がわかったんですよ。どう頑張ってもこれ以上、上へはいけないってね。パリダカがさんざんな結果に終わって、周囲の目もけっこうキツくなったし、ナビゲーターともちょっと個人的ないざこざがあって……それで、心機一転して別の仕事に就《つ》くなら今しかないって思ったんです。その時僕は32の半ば、今を逃すとこの先ずっと負けっぱなしになりそうだったから……」

「奥さんに話した時、奥さんはなんて言いました?」

「〝ちょっと寂しいけど、あなたの言う通りだわ〟と言って、意外とあっさり納得してくれましたよ」

美濃部と高梨はひどく感心したように何度も頷いた。

「でも、ラリードライバーから乳製品会社の営業とは、随分とまたかけ離れた仕事を選択なされましたね。どうしてまた?」

今度は美濃部が訊く。

「まったくかけ離れた仕事の方が未練が残らなくていいと思ったんです。実際、忙しくてラリーをやっていた頃のことを思い出している暇もなかった。これで良かったんです」

野島は自分を納得させるかのように言った。ふいにグラスから顔を上げ、二人の顔を交互に見た。

「あれ？　でも、どうして僕が昔ラリーをやっていたって知っているんです？」

「ウチの社員に車好きな奴がいましてね。そいつが朝毎新聞に出てた事故に関する遺族のコメントであなたの名を見て、〝この人、パリダカに出ていたドライバーですよ〟と教えてくれたんです」

美濃部はボトルを摑み、自分でグラスに注ぎながら答えた。

「そうでしたか」野島は呟いた。

ふいに沈黙が生じ、壁の振子時計が時を刻む音と、美濃部がグラスの中の氷をゆっくりと回す音だけがドームの天井へと吸い込まれていった。

野島はやっとこのドーム形書斎をぐるっと眺める心の余裕ができた。

ちょっとした宇宙だと思った。ここなら一日どころか何日籠《こ》もっていても飽きないだろう。

書棚はとくに図鑑類が充実していた。昆虫、世界の機械式時計、クラシックカメラ、草創期のフォード自動車、恐竜、深海生物、世界の戦闘機、食材事典、ライフル、世界の犬、薬草……とジャンルは非常に多岐に亘《わた》っていた。それは美濃部の旺盛な好奇心を物語っていた。

芸術方面にも明るいらしく、野島の背後の壁には、芸術に疎《うと》い野島でさえ知っている著名な人形作家のものである高さ一メートル半の天使の人形がガラスケースに入れて飾られていた。他にも著名な画家のものであろうと思われる三メートル四方の巨大な抽象画（青く塗りつぶしたキャンバスに更に濃い青で格子が描かれているだけ）がかけられていたり、北欧のどこかの寒い国の、朝の街の風景を撮った不思議と心に残る写真もあった。

ただ金持ちとしての貫禄をみせつけるために大して理解もしていないのに高価な美術品を並べて見せびらかす人間もいるだろうが、美濃部のコレクションは本当に好きで集めたのだろうと野島には思えた。

「時々、無性に車を飛ばしたくなるなんてことはないのですか？」

美濃部が訊いたので、野島は視線をずらっと並んだ図鑑の背表紙から彼に戻した。

「ないですね」野島はあっさり答えた。「僕の車は中古で買った日産のキューブなんです。あんなので飛ばしてもしょうがない」

三人はまた同時に笑った。

「そうですか、それはそれは」

美濃部は愉快そうに言って四分の一ほど残っていたウイスキーを一気にあけた。

「僕や妻のことはこの辺にして、美濃部さんのお孫さんについて聞かせてくれませんか？」野島は話をそちらに向けた。「新聞に美濃部という姓の人はいなかったと思いますが……美濃部さんの娘さんのお子さんですか？」

「その通りです。江口浩平《えぐちこうへい》という名です」

そんな名前が確かに犠牲者リストにあったな、と野島は思い出した。いくつだったっけ。

「十九です」

美濃部は重々しく言い、空のグラスを一瞬睨みつけた。

「十九になったばかりでした」

こんな馬鹿げたことがあっていいのか、という激しい怒りが美濃部の声には含まれていた。

野島の酔いはさめてきた。自分は悲しみを吐き出したが、美濃部はまだなのだ。

「私と娘夫婦が病院に駆けつけた時、浩平の心臓はもう止まっていました」

美濃部は喉の奥に石でもつかえているような声を搾《しぼ》り出した。

お気の毒ですなどという言葉はあまりに虚《むな》しく、野島にはとても言えなかった。

「私たちは、浩平に会わせて欲しいと医師に言ったのですが、頭部の損傷がひどく、それはできないと言われました」

美濃部は今、再びその瞬間を生きている、と野島にはわかった。彼は孫の死を知らされた瞬間のあまりに残酷で生々しい記憶に囚《とら》われ、硬直しているのだ。

その絶望の記憶再生の瞬間に訪れる呪縛《じゅばく》を、野島はもう何度も何度も経験している。周囲の世界がすうっと遠ざかり、その瞬間の記憶に存在を封じ込められてしまうのだ。人によってはそこから死ぬまで抜けられず、そこで人生が完全に止まってしまうことさえある。その呪縛が弱くなり、最終的になくなる日は多分、自分が完全にボケるか、あるいは死ぬまでないだろう。

「担ぎ込まれたばかりの時はまだ息があり、言葉を発することもできたそうなんです」

野島は深く息を吸い込み、ゆっくりと長く吐き出した。聞く方も楽ではなかった。

だが、その吐息が途中で止まった。

頭に落雷が落ちたようなショックに襲われ、背中がびくん、と震《ふる》えた。

美濃部も高梨も野島の反応に何ごとかと視線を向けた。

野島の顔は青ざめていた。

「あの……もしかして……」

美濃部の顔をまじまじと見つめながら、野島は言葉を搾り出した。

「浩平君は……あの……その日、もしかして……」

口に出すのが恐ろしかった。しかしもう引き返せない。

「あの……」

野島の目に再び涙が滲む。

「青い……チェックのネルシャツ……」

ガタン、と大きな音がした。美濃部がグラスを床に落としたのだ。グラスは割れなかったが、氷がバラバラとカーペットに転がった。

美濃部は心臓が口から飛び出しそうな顔をしていた。

高梨は右手で口を覆い、飛びださんばかりに目を見開いた。

「と……オレンジのナイキの……」

「会ったんですか！」

高梨が身を乗り出した。

美濃部はガラステーブルに両手をついて野島の方へ彫りの深い顔をぐっと突き出した。

「そうです！　まさに浩平です、会ったんですか野島さん！」

もう間違いなかった。

顔面がぐしゃぐしゃになり、野島に手を握ってくれと怯え、泣いていたのは、江口浩平だったのだ。

それなのに俺は……。俺は、恐くなり、後退《あとずさ》りしてしまったのだ。〝死にたくない〟と彼が怯え、訴えていたのにもかかわらず。

「間違いない、浩平だ。野島さん、あなたは浩平に会っていたんですよ！」

野島は気圧《けお》され、青い顔でせわしなくうなずいた。

「あなたは私の孫の死に際《ぎわ》に立ち会っていたんだ！　なんという偶然だ」

美濃部は椅子から立ち上がり、テーブルを回って野島の方へやってきた。脚のすねをテーブルの縁にぶつけたが、まるで頓着《とんちゃく》しない。

「どんなでした！　浩平はどんな様子でした」

野島の傍《かたわ》らにひざまずき、すがるような目で野島の右腕をつかむ。

「ああ、あの、あの……」

野島の心臓は体の中でしゃっくりのように痙攣《けいれん》していた。とてもじゃないが本当のことは言えない。手を握っててくれと言われ、恐くて逃げたなどとは……。

「ま、まだ意識はあったんです。救命室の入り口がつかえていて、こ、浩平君がたまたまそこにいて、私が駆けつけた時、ストレッチャーの上でもがいていたんです」

長い睫《まつげ》に縁取られた美濃部の目から大粒の涙がこぼれた。

「彼が……突然、僕の手をぐっ、と摑んだんです。恐かったんでしょう……それで……」

世の中にはついていけない嘘とついてもよい嘘がある。

野島は決心した。

「僕は……何がなんだかわからないけど彼の手を握り返してやったんです。彼が……怯えていることがわかって……ほ、他にしてやれることもないし……ぼ、僕だってああなったら、誰でもいいからしっかり手を握っていてもらいたい」

次の瞬間、野島はわっと泣き出した。

美濃部もまた、低く太い声で号泣した。高梨もハンカチを口元に押し当てて嗚咽《おえつ》を漏らした。

三人の泣き声が天井と壁に反響し、柔らかく明るい部屋の空気が震えた。

野島は後悔していた。たとえ知らない人間でも、彼の手を握ってあげれば良かった。きっと彼はとてつもない恐怖に捕われたまま死の暗い穴に引き摺《ず》りこまれていったのだろう。誰でも死ぬ時はひとりだが、その直前までは誰かに傍にいて欲しい。罪の意識が野島の全身を苛《さいな》んだ。

彼に何もしてあげられなかった分、美濃部に何かしてやりたい、と野島は本心から強く思った。

「やっぱりそうだったんだ」

美濃部が、摑んでいる野島の腕にいっそう力を込めて言う。

「野島さん、浩平が私たちを会わせてくれたんですよ。あなたの名を初めて聞いた時から私はなんとなく縁を感じていたんですよ。初めて聞く名前なのに、以前どこかで会ったような……言葉ではうまく説明できないが、不思議な縁を感じていた。きっと、天国の浩平が私の無意識に囁《ささや》きかけていたんですよ」

「そうですね。きっとそうですよ」

野島は泣いてくしゃくしゃになった顔に痛々しい笑みを浮かべた。

「浩平にお礼を言わないとな」

美濃部も穏やかな笑みを浮かべ、立ち上がると、ゆっくりと窓辺に向かった。張り出しの部分に両手をつき、しばらく無言で外を眺める。

野島は深呼吸し、横にいる高梨をちら、と見た。彼女と目が合う。

高梨は〝彼は大丈夫〟とでも言いたげに野島に頷いた。

実際、十数秒が経って美濃部が再び野島に向き直った時、彼は充血した目以外は泣いたことなど遠い過去のことのような顔に戻っていた。心の中から一切の悲しみを捨て去ったようであった。

その変貌ぶりに野島は戸惑い、美濃部がただの男ではないことを改めて認識した。

「野島さん、来ていただけませんか。あなたに見ていただきたいものがある」

美濃部は丁寧《ていねい》だが底に怒りのこもった声で言うと、さっさと書斎の出口に向かって歩き出した。

野島が面食らって高梨を見ると、彼女もすっと椅子から立って、ついてくるよう目で促した。

4

モーターの唸りとともに鋼鉄のシャッターがゆっくりと上がり始めた。

美濃部は両手をチノパンのポケットに突っ込み、シャッターを睨みつけている。

高梨も腕組みをして、美濃部と似たような表情で静かに何かの登場を待っている。

野島は二人から発散されている不穏な空気に戸惑いながらもシャッターの向こうにある物が姿を現わすのを待った。何が現われるのか見当もつかない。

だが、それの一部が見えると野島は思わず「これは……」と口走った。

まるでしつけの悪い巨人の子供が飽きたおもちゃを地面に叩きつけたようにぐしゃぐしゃになった車の残骸《ざんがい》であった。

シャッターが完全に上がると、微かにガソリンの臭いが野島の方に漂ってきた。

車はほとんど原形をとどめておらず、それが衝突のすさまじさを物語っていた。

「引き取ったんですよ」

美濃部がこともなげに言い、ポケットに両手を突っ込んだままゆっくりとかつて車だった物の成れの果てに歩み寄る。

「浩平はこの車に乗っていて、事故に巻き込まれたんです」

野島は身震いした。

残骸の中から彼の声が聞こえるような気がしたからだ。〝死にたくない〟というあの声。

「事故調査が終わって、私が車の残骸を引き取りたいといった時、警察は私の正気を疑うような目をしましたよ」

美濃部は言いながら、ゆっくりと車の残骸の周囲を歩く。

野島も引き寄せられるように残骸の傍に行き、事故への恐怖を新たにした。快適な車も事故に巻き込まれれば車輪のついた鉄の棺桶《かんおけ》だ。

「これ以上の生き証人はないと思いませんか？　野島さん」

美濃部はピラーがぐにゃりと曲がった運転席の傍で立ち止まり、同意を求めた。

野島は唾《つば》の塊《かたまり》を飲み込み、頷いた。

確かにその通りだ。

だが、車の残骸を丸ごと引き取ってこんなふうに保存しておくという発想は、野島にはややついていけなかった。これは明らかに大金持ちの発想だ。

「私はね、野島さん。どんな細部も忘れたくないんですよ。だからこうして車の残骸を引き取って、いつでも見られるようにした。こんな私を、歪んだ心の持ち主とお思いになりますか？」

美濃部は視線を運転席から野島に向けた。

野島は静かに、ゆっくりと顔を振った。本心はなんともいえなかった。

美濃部は衝突のせいで長さが半分以下に縮《ちぢ》んでしまった車のノーズを回り込んで、高梨の傍にいった。

すると高梨もごく自然に彼に近寄り、彼の肘の辺りを両手で支えるようにして触れた。

野島は二人の関係を垣間《かいま》見た。

二人がまっすぐに野島を見据える。

「野島さん」

美濃部が呼びかけた。

これから何か重大なことを告げられるのだ、と野島は悟った。

「私は私なりにこの事故のことを調べたんですよ」

野島は眉をひそめた。

「警察は横転して炎上したワゴン車の、ドライバーの運転ミスということで片づけましたがね」

「……違うんですか？」

事故の詳しい状況については野島も新聞に書いてあること以上は知らなかった。

「私には、長年懇意にしている出版社の友人がいましてね。今はある週刊誌の編集長をしているんですよ」

「……はあ」

「その彼は私の孫が事故に巻き込まれたと知って、彼なりに調べてくれ、それをそっくり私に教えてくれたんです」

知りたいでしょう？　と美濃部の目は言っていた。

もちろん、野島にも興味はある。

「彼はいい加減な人間ではないし、実際に取材にあたった彼の部下も、彼が信頼している真面目な記者だ。彼はダレきった警察以上のことを調べ上げてくれましたよ」

今日の目的はこれだったのだ、と野島はやっとわかった。

悲嘆に暮れる金持ちの老人を慰める、などという単純なことではなかったのだ。

「この事故には本当の加害者がいるんです」

美濃部は断固たる口調で言い切った。

「事故を引き起こした張本人が。そいつはまだ生きているんです」

「事故を起こして逃げた奴がいると？」

美濃部は頷いた。そして、野島に訊いた。

「野島さん、走り屋って知っていますか？」

野島の背中に高圧電流が走った。

走り屋。

野島は顎を引き、拳を固めた。

「そうか……」

口に出して言った。

「あいつらか」

その声は長年探し続けた肉親の仇《かたき》を放浪の末についに見つけた侍《さむらい》のようであった。

走り屋。国産車をベースにして何百万円という金をかけてオリジナルのチューンナップカーを造り上げ、ただひたすらスピードを追い求めるスピード狂の最右翼。

「野島さん、知ってるようですね」

野島は頷き、自分が知っている限りのことを話した。

美濃部はしきりに頷き、「友人の編集長もだいたい同じようなことを話してくれましたよ。そんな連中がいるなんて、私は全然知らなかった。自分の無知が恥ずかしかったですよ」

なぜそのことに思い至らなかったのだろう、と野島は今更ながら自分の鈍さを不甲斐《ふがい》なく思った。

「私も美濃部さんから聞いて初めてピンときましたよ。ドライバーをやってた頃なら、真っ先にその可能性を思いついていたでしょうに……」

野島は言って唇を噛んだ。

「でも、本当に走り屋のせいなんですか？」

「記者が、目撃者を見つけてくれたんです」

そう言ったのは高梨であった。その言葉に美濃部も頷く。

「運良く傷一つ負わずに済んだのだけれど、危うく死にかけたタクシーの運転手が話してくれたそうです。事故が起きる直前、走り屋と思われる数台の改造車が一般車の間を猛スピードで擦り抜けていき、しかも、そのタクシーは後ろから黒い改造車にぴったりくっつかれて、二キロ近くも煽られ続けたそうです」

話す彼女の顔は嫌悪に満ちていた。

「運転手も乗客の女性も死ぬほどの恐怖をおぼえたそうです」

「そういう連中なんですよ」野島は吐き捨てた。「他人なんかどうだっていいんです。自分が走りたいように走る。じゃまな奴は追い立てる」

「まだ先があるんです」高梨は言った。「その運転手はカーブに差しかかった地点で、一番最初に横転したワゴン車が同様に白っぽい改造車に煽られているところを見たと言っているんです」

野島は立っていることすらつらくなってきた。

壁に歩み寄り、冷たくつるつるしたコンクリートの壁に右手をついて体重を支えた。

「警察はちゃんと事情聴取していないんですか？　そんな大事なこと……」

「ナンバーも何も覚えていないんですよ。ただ派手な改造車だったということしか……時間にすればごく一瞬のことですから」

野島はこめかみが割れそうに痛み、胃袋が裏返りそうな気持ちの悪さを感じた。

やがてこれまでの人生で経験したことのない、全身が千切《ちぎ》れそうなほどの怒りがマグマのごとく湧き出してきた。膝が震え、肩が震え、唇が震えた。その場にしゃがみこみ、頭蓋骨をぶち割って噴き出しそうな怒りに身悶《みもだ》えした。

「そんな奴らに……」

体内に大量のアドレナリンが分泌《ぶんぴつ》され、野島の顔は青くなり、声は低く、ざらついたものへと変化していた。

「そんな……くだらない奴らのせいで……」

これ以上くだらなくて虚しい死に方があるだろうか。馬鹿馬鹿しいまでにケバケバしく飾り立てた悪趣味な改造車に乗り、スピードのことしか頭にない傍若無人な馬鹿どもの、命を粗末にしているとしか思えないつまらないレースに巻き込まれて火ダルマになって死ぬこと。しかも事故を引き起こしたその馬鹿どもは次の週末になれば、また何もなかったかのような涼しい顔でＰＡ《パーキング・エリア》に集まり、車を見せびらかしあい、一般車のドライバーに恐怖を与えるために車を駆《か》る。

美濃部や高梨がいても、野島は感情を抑えることができなかった。

「ぶっ殺してやりたい」

野島ははっきりと口に出して言った。その声はコンクリートの壁に反響し、自分自身の耳へ跳ね返ってきた。

「ふざけやがって」

「私もね」

美濃部が野島と似たように低くざらついた声で言った。

「ぶっ殺してやりたいですよ」

「私も同じ気持ちです」

高梨が言った時、さすがに野島も彼女を振り返らずにいられなかった。

野島は美濃部と高梨の目を交互に見た。

二人とも同じ目をしていた。そして自分もまた二人と同じ目をしているとわかっていた。

「済ませませんよ、このままでは」

美濃部は宣言した。

「絶対にね」

高梨が小さく頷く。

野島は膝に力をこめ、立ち上がった。

「なぜ僕なのか、わかりましたよ」

5

リムジンが走り去っていった。

野島はマンションの入り口に立ち、リムジンのテイルランプが完全に視界から消えるまで見送った。

一人になると、ふと夢からさめたような気持ちになった。

振り返ってみるとこの数時間、なんとも現実離れした時間と空間の中にいた、とそんな気がした。

だが夢なんかではない。

繁美が死んだのは現実だし、その責任が誰にあるのかもわかっているし、そいつに対して自分がどう行動すべきか決めたことも現実である。たとえその行動が突拍子もない、現実離れしているとしか思えないことであっても、やはり確かな現実なのだ。

このまま日常生活に繁美の記憶を埋めてしまうつもりは毛頭ない。美濃部と会わなかったらそうしてしまうところであった。

〝あなたにならそれができる〟

野島の頭に、美濃部の言葉が蘇った。実際に声を聞いているような鮮明さで。

〝あなたは元ラリードライバーだ。運転技術に関しては申し分ない〟

野島はエレベーターのボタンを押し、待った。

〝車や、その他もろもろの費用はすべて私が持ちます。だから、野島さん、走り屋になってください〟

エレベーターが降りてきた。乗り込み、4のボタンを押す。扉が閉まり、上昇を始めた。

〝走り屋になって連中の中からあの夜、事故を起こした張本人を探し出してください。私が編集長に記事を掲載しないように頼んだのは、掲載されると連中が鳴りをひそめてしまうかもしれないからですよ〟

ポーン、と音がしてエレベーターが停止した。

野島は廊下を自分の部屋に向かって歩き出した。

〝時間がかかるかもしれません。でもそいつが生きている限り、そして私たちがあきらめない限り、いつか必ず、そいつはあなたの前に現れると私は信じています。あらわれたら、私たちの手でそいつに償《つぐな》いをさせましょう〟

大股で歩きながら、ポケットから鍵束を取り出す。

〝どう償わせるかはそいつが見つかった時に改めて私とあなたの二人で話し合いましょ

う。殺すもよし、警察に突き出すもよし、一生車の運転ができない体にしてやるもよし、そいつが愛している物や人間をそいつから奪ってやるもよし〟

鍵を穴に差し込み、ドアを引き開ける。

部屋は真っ暗だ。

明かりをつけると野島は上着を脱ぎ捨て、やかんに水を注いで湯を沸《わ》かし始めた。

時計の秒針の音しか聞こえない部屋に、コンロで熱せられたやかんが膨張する微かな音がくわわった。

野島はやかんの取手の縁を目でひたすらなぞり続ける。

美濃部はただの裕福で穏和な老人などではなかった。彼は〝殺すもよし〟と平然と口にした。

あれだけの財を一代で築き上げた男だ。ただの穏和で真面目な人間であるわけがない。

結構だ。それでこそ男だ。高梨も彼と人生を共に生きている。仲間だ。

目的ができた。これで死んだ繁美の面影にただ涙を流してのたうちまわるだけの日々を過ごさなくて済む。

希望に満ちていた繁美の人生。これからだった繁美の人生。繁美と俺の人生。いつか生まれるはずだった繁美と俺の子供。そしてその子供の人生。

すべて消されたのだ。

俺はそれらのすべてと引き換えに、まだ見ぬ敵から奪いたいだけ奪う権利があるのだ。当然の権利が。

〝私は老齢であなたと行動を共にはできないし、仕事柄日本を留守にすることもよくある。ですから以後、私とあなたとの連絡は高梨君を通じて行ないましょう。どうか彼女と仲良くしてあげてください。とても有能で冷静で、まれにみる素晴らしい女性ですよ、彼女は〟

やかんの蓋《ふた》がコトコトと音を立て始めた。

野島はまだコンロの前に立ち尽くし、やかんの取手の縁を睨み続けていた。

〝まずは車ですね。走り屋にふさわしい、ベースとなる国産車をみつけることから始めましょう〟

野島は美濃部に大体のプランを説明した。

〝国産車ですか？〟

美濃部はきょとんとした顔になった。

〝スピードを出すのならポルシェとかフェラーリにすれば……〟

美濃部は走り屋というものをまるでわかっていなかった。更に説明してやる必要があった。

〝それじゃ駄目なんですよ。走り屋のベースカーはあくまで国産の中クラスなんです。スカイラインとかランサーとかソアラとかスープラとか……。そういった車を改造して自分だけのオリジナルカーに変身させるんです。そういうチューンナップも走り屋にとって大きな喜びなんですよ〟

〝やれやれ〟と美濃部は呆《あき》れたような疲れたような声を上げた。

〝ただ、ここ数年の不況のせいで、走り屋の数はかなり減ったと思うんです。奴らの全盛期はとっくに過ぎました〟

〝ほお、それは良いことですね。世間にとっても、私たちにとっても。数が減るほど見つけるのも容易になる〟

カタカタカタカタカタ。

やかんの蓋が跳ね、湯気が噴き出した。

野島は火を止めてインスタントコーヒーを淹《い》れた。食欲はこれっぽっちもない。コーヒーにウイスキーを少量落とし、スプーンでかきまぜる。

〝明日、さっそくベースカーを手に入れましょう〟

野島は美濃部に言った。

〝それなら私もお供します〟高梨が事務的な口調で言った。〝支払いは私がしますから〟

〝うん、それはいい。野島さん、よろしいかね？〟

断る理由は特になかった。

立ったまま一口すする。熱すぎて舌を火傷しそうになった。ウイスキーをもう数滴垂らし、何度も口で吹く。

〝では明日、伺う前に電話を入れます。正午くらいでよろしいですか？〟帰りのリムジンの中で高梨は言った。

〝わかりました〟

野島はマグカップに口をつけ、一口飲んだ。温かさが舌から喉、食道へとゆっくり伝い落ちていく。

携帯電話の着信音が鳴った。

野島はマグカップを片手に持ったまま脱ぎ捨てた上着のポケットからケイタイを抜き出した。

液晶画面を見ると、愛美からだった。

後で今日のことを報告すると約束していたのだ。すっかり忘れていた。

どうしようか。

急に落ち着きがなくなった。

もちろん、美濃部と共に走り屋どもへの復讐を誓い、自分も走り屋になることに決めたなどとは言えない。

適当に嘘をつくしかない。

――駿さーん。あたし。

やや脱力を誘う愛美の声であった。

「おお、愛美ちゃん」

――電話なかなかこないから気になっちゃって。

「ごめんごめん、今帰ってきたところなんだ」

――ええ、今？　随分時間かかったんだね。

「ううん、まあね。いろいろ話しこんじゃってさ。夕飯も一緒に食べたし」

――どんな人だったの？

「すごい大金持ちだったよ」

野島は話しても害のない部分だけを愛美に話して聞かせた。愛美は随分と興味を持ったようだった。

――そんなすごいパワーを持った人でも孫を失っちゃうと弱気になっちゃうんだね、可哀想。

実際は弱気どころか復讐の鬼になっているのだが……。

「今後もちょくちょく会って話そうってことになったよ」

野島は言いながら、靴下を脱いで洗濯機に放り込んだ。

――へえ、すごいね。そんなお金持ちの人とコネができちゃって。その内、その美濃部さん

――て人の会社に引き抜かれるかもよ。

野島は苦笑し、ネクタイを外した。

「何言ってんだよ」

――だって乳製品会社よりダイヤモンド会社の方がいいじゃない。給料だっていいんでしょう？

実に遠慮のない発言だった。

――そうだ！　その人にスポンサーになってもらってまたラリーに出ればいいじゃない！　そうよ！

野島はぎくりとした。そして「おかしなこと言うなよ」と動揺丸出しの声で反応してしまった。

――駿さん、もうちょっと面白いリアクションしてよ。〝そうだ、その手があったか！〟とかさあ。

口を尖《とが》らせている愛美の顔が目に浮かんだ。

「疲れてるんだよ」

ふいに沈黙が生まれた。野島はあぐらをかいてウイスキー入りコーヒーをもうひと口飲んだ。

――ねえ、駿さん。

愛美が真面目な声になった。

「ん？」

——今度ドライブに連れていってくれない？

口に持っていきかけたマグカップが止まる。

「え？」

——東京の方に買い物に行きたいの。ついでにドライブもしたいの。

そんなことを頼まれるのは初めてだった。野島は滑稽《こっけい》なほど自分が動揺しているのを感じた。

なんなんだ、俺は。

「ああ、いいよ」

〝ああ〟と〝いいよ〟の間にちょっと間があいてしまった。

——やったー。

野島の動揺をよそに愛美は喜んだ。

「でも、ドライブなら彼氏といけばいいじゃないか」

——彼氏なんかいないの！

「ええ？　だって、去年繁美と三人で会った時に彼氏の写真……」

——あんなの、もうとっくに別れたよ。

「あ、そうですか」

野島の口元が緩んだ。過去を引き摺らないところは繁美と似ているかもしれない。

――それじゃあねえ……んんと、来週とさ来週はもう塞がっちゃってるから、その次の日曜日なんかは？

「日曜日……」

日曜日、と聞いて野島はためらった。

週末は走り屋になると決めたのだ。

だが、考えてみると走り屋どもが集まるのは金曜か土曜の深夜だ。走り屋どもの多くは肉体労働者で月曜からまた働きに出るから、日曜日はあまり集まらないだろう。

「うん。多分、大丈夫だよ」

――じゃ、約束だよ。近くなったらまた電話するから、その時に時間と場所を決めよ。

「わかった」

――じゃーねー。

愛美は明るい声で言い、電話を切った。

野島は電話を切り、ちょうど良い具合にぬるくなったコーヒーをガブガブと飲み干した。

妙なことになったな、と早くもアルコールが浸透してきた頭でぼんやりと思った。

復讐のための走り屋デビューという非日常的現実と、死んだ妻の妹の買い物のお供という日常的現実が両方いっぺんにやってくるのだ。

「まあいい」

野島は天井を見上げ、つぶやいた。

とにかくまず明日だ。

立ち上がり、裸になってシャワールームに入っていった。

6

「寝不足のようですね」

野島の顔を見るなり高梨は言った。

「大丈夫、試運転には差し支えありませんから」

野島は言って、高梨の車の助手席に乗り込んだ。

今日はリムジンではなく、高梨のポルシェ・911GT2RSである。昨日美濃部の家のガレージで見たポルシェは彼女のものだったのだと今日やっとわかった。

高梨がエンジンをスタートさせると、野島の真後ろからイグゾーストノイズが響いて脳味噌を揺さぶった。

実のところ、寝不足だけではなく、二日酔いもあった。昨夜シャワーを浴びた後で何も食わずにボトルを三分の二も空けてしまったのだ。別にヤケを起こしたというわけではなく、ぼおっとしてグラスを口に運んでいたらいつのまにかそれだけ飲んでしまっていたのだ。勿論《もちろん》、これまでそんなことはなかった。

「大分お酒を召されたようですね」

スムーズにポルシェを車道に滑り込ませ、高梨は言った。

「臭いますか？」

起きてもう一度シャワーを浴びたのだが……。

「許容範囲です」高梨は答えた。「では、どこに行きますか？」

野島は知っているカーショップとその場所を高梨に教えた。

「今朝起きた時、すんなり決まったんです。これしかないってね」

高梨は何も言わず、満足げに頷いた。

野島は改めて彼女の横顔の美しさに感心した。

「でも、ちょっと値段が張りますよ。大丈夫ですか？」

「その車、黄金でできているんですか？」

高梨は妙なことを言った。

「え？　いや……」

「鉄と樹脂でできた車なら、なんだろうと問題ありませんよ」

彼女はちらりと野島を見て、笑った。茶目っ気と華やかさを両方備えた笑顔だった。その笑顔に野島の心臓は大きく脈打った。

「スバル・インプレッサのＷＲＸ　ＳＴＩ」

野島は高梨に説明した。

「僕がラリーをやっていた頃に乗っていたインプレッサの新型です。以前から興味はあった」

高梨が含み笑いを漏らした。

「なんです？」

「失礼。昨日のお話を聞く限りでは、車とはきっぱり縁を切ったのかと思っていたものですから」

そう指摘され、顔に血がのぼるのを抑えられなかった。

冷静さを装いつつ、ゆっくりと車の周りを一周する。ターボモデルの特徴であるボンネットのエアインテークが迫力を感じさせる。

「こちらのモデルはオプションを一通り装備したものでございます」

出っ歯《ぱ》で痩《や》せた販売員が野島に音もなく擦り寄ってきて言った。

「HIDヘッドランプ、リヤスポイラー、リヤ濃色ガラスにビルトイン・ナビゲーション・システム、プッシュエンジンスイッチ……」

野島は片方の耳で聞きながらもう片方から男の言葉を聞き流した。男の口からはそばつゆの臭いが放出されていた。

「私にはそこそこの国産スポーツカーに見えますけど」

高梨が小声で言う。

「とんでもない」野島は即座に否定した。「ポルシェにくらべれば見かけは大人しいですけどね」

販売員に向かって、「エンジンを見てもいいかい?」と訊いた。口調がやや横柄《おうへい》になっていることに本人は気づいていない。

販売員は喜んで、とボンネットを開けた。

エンジンスペースの約四分の一を占《し》める大きなインタークーラーが力強さを感じさせた。

満足してボンネットを閉め、「乗ってみよう」と言った。

運転席のドアを開ける。ドアノブは先代のノブに手を入れる物からレバー式に変わっていた。

両サイドをしっかりとサポートするバケットタイプのシートに座った瞬間、野島の顔には待ちわびた恋人に会ったような笑みが浮かんだ。確かな手応えを感じた。やはり、この車以外にない。ドアミラーの見え具合が良いのも気に入った。こういう細かいところも重要なのだ。

「お尻がすっぽり入ってしまうんですね」

隣に座った高梨が楽しそうに言う。

「それはもうターボですから。ああ、シートの高さ調整はそちらのハンドルで行ないます。調整幅も先代モデルより調整幅が広く……」

なおもクドクドと説明するそばつゆ臭い口臭の販売員はうっとうしいだけなので、さっそく試乗することにした。

シートベルトを装着し、キーを捻《ひね》ると、水平対向4気筒特有の軽やかだが力強いアイドリング音が心地よく耳に響いた。

「いいですね」

音を聞いて高梨が言った。

車のエンジン音の良し悪しを聞き分ける女というのは、野島にとって魅力的であった。

「いいでしょう?」とそばつゆ販売員が嬉しそうに言う。

この試乗車は6MTタイプのもので、野島にはありがたかった。ATでは運転は楽しめない。

「じゃ、いきますよ」

クラッチは軽過ぎず、重過ぎず、感触に慣れるということがまったく必要なさそうであった。初めから自分のために作られているかのようにぴったりと馴染《なじ》んだ。

国道に滑《すべ》り出し、かったるい低速はパスして60㎞／hに上げる。トルクの出方はラリーモデルと同等のスムーズさで、感動すら覚えた。

「車好きの方には本当に評判が良くってですねえ、さっきのお客様など、車から下りた時、〝いやあ、いいよぉ、これ〟なんて言って感動で目を潤《うる》ませてましたよぉ、ハイ」

後部席に座ったそばつゆ販売員が応対した客の物真似を混ぜて勝手に喋る。野島は勿論聞き流す。

「昨日、夫婦で来られたお客様なんか、〝おい、二人目の子供なんかやめて、やっぱりこの車を買おう。それしかねえよ〟とまで言い出したんですよぉ、ハイ。そうそう、まだ免許も持ってないのに買いに来たお客様もいらっしゃって、〝とりあえず買って、これから免許取るんだよー〟なんておっしゃってましたよぉ、ハイ」

声色の使い分けが巧《たく》みなことは認めるが、黙っていて欲しかった。

「昨日までキューブを運転していた人とは思えませんね」

高梨がちょっと冷やかすように言った。彼女もこの車の乗り心地を楽しんでいるように見えた。

スピードを上げれば上げるほど安定感は増し、カーブでは路面に吸い付くように狙ったラインをわずかも外れない。

「もっと飛ばしたいな」野島は言った。

「ここでは無理ですよ」高梨が笑って言った。「これで決まりですか？」

野島は頷いた。

「決まりです」

「色は？」

「え？」

「ボディーの色ですよ。いろいろあるのでしょう？」

「いろいろございますよぉ、ハイ。サテンホワイト・パール、スパークシルバー・メタリック、ダークグレー・メタリック……」

こいつの〝よぉ、ハイ〟を聞く度に体から力が抜けていく。

支払い手続きは高梨が済ませた。納車は三週間後の火曜日ということになった。

車の色はプラズマブルーに決めた。ついでにオプションパーツとしてボディーを路面に押しつけてコーナーリング特性を向上させるためのフロントアンダースポイラーとリヤアンダースポイラー、それにＨＩＤヘッドランプ、リヤバンパースカート、サイドアンダースカート、トランクスポイラー、ウィングレットタイプのフロントグリルも付けてもらう。

高梨のポルシェに乗ってカーショップを出た途端、野島は自分がもう引き返せないラインを超えてしまったことを今更ながら実感した。運転している時はその快《こころよ》さに浸《ひた》りきり、本来の目的を忘れてすらいた。そのことに野島は罪悪感を覚えた。

遊びで車を買ってもらったわけではないのだ。

「どうかしました?」

野島の表情の変化に気づいた高梨が訊いてきた。

「いえ、なんでも……」と野島は言葉を濁した。

「美濃部さんは、あなたのことを心から信頼しています」

高梨が言った。その表情は少し硬かった。

「彼があんなふうに他人に感情を剝《む》き出しにしたことは、これまでありませんでした」

「あなたにもですか?」

野島はやや意地悪い感情を持ってその質問をぶつけた。

「ええ」

高梨は当たり前のように答えた。

野島は今一度彼女の横顔に目をやった。目線で彼女の額、鼻筋、唇、顎へと優雅な曲線をなぞる。

「彼とは知り合ってどのくらいなんですか」

　野島は訊いてみた。

「そうですねえ……七、八年というところでしょうか」

「じゃあ、あなたの学生時代からですね」

　高梨は笑った。

「そんなに若くありませんよ、私は」

　野島は、じゃあいくつなんですと訊こうとしたが、ちょっと気がひけたのでやめた。かわりに話題を美濃部の方へと向ける。

「美濃部さんて、奥さんはいらっしゃらないんですか？」

　高梨が頷く。

「あの人は……」

　彼女は言いかけ、のろのろ運転の赤いミニを追い抜いた。

「何も知らない他人から見ると、誰よりも多くのものを得た人のように見えるでしょうけれど、本当は得たものと同じくらい、多くのものを失っているんです」

　意味深長な言葉であった。

「失うだけの人生よりは遥かにいい」

野島はつい、言ってしまった。

「まあ、それはそうですけれど……」

彼女は今度は原付バイクを追い越す。

沈黙が流れる。なんだか場が湿っぽくなってしまったのを野島は感じた。自分だけかもしれないが。

野島は言った。

「高梨さん、運転上手ですね」

彼女がちょっと困ったような笑みを浮かべた。

「とんでもない」

「いえ、うまいですよ。判断が素早い」

「女にしては？」

「いえ、別にそういう意味じゃ……。素質があるってことです。安心して助手席に乗れる」

「どうもありがとうございます。そういえば、奥さんとはよく一緒にドライブなさったんですか？」

高梨が訊いてくる。

「ええ、まあ。結婚する前はよく……。結婚してからはお互い忙しくて、買い物する時ぐらいしか乗らなかったけど」

「車の運転の上手な男性ってセクシーですよね」

「え?」

野島は面食らった。

「車の運転て、次から次へと物事を的確に判断して実行に移す必要があるわけでしょう? それができる人って魅力的だと思いません?」

そういう考え方もあるのか、と野島は妙に感心してしまった。そして、自分も一応車の運転が上手い部類の人間であると考えると、彼女の発言はかなり大胆ということにならないか?

何を考えてるんだ、お前は。と頭の中で冷めた声がした。

彼女の話はあくまで一般的なことだ。彼女が俺という男に興味を持っているだなどと考えるのはそれこそ大馬鹿だ。

「これからのことですけど」

彼女の言葉で野島は我に返った。

「走り屋として活動するようになったら、当然走り屋仲間みたいなのができますよね」

野島は顔をしかめた。死んだ繁美のためとはいえ、連中と関わるのはあまり気がすすまない。

「ええ、そうでしょうね」

「これは美濃部さんからのお願いなんですけれど、彼らと一人知り合いになるごとにその車のナンバーを教えて欲しいそうです」

野島はまた彼女の横顔を見た。彼女は今また巨大な鉄パイプを積んだ8トントラックを追い越すタイミングを計っている。

「それだけでいいそうです。あまり根掘り葉掘り訊くと相手が警戒してしまいますからね。ナンバーさえわかれば、後はこちらで調べます。ですから無理をしないようお願いします」

野島は彼女の事務的な言葉の裏に不穏なものを感じ取った。素性調査のプロでも雇うつもりなのだろうか。

「お気を悪くなさらないで欲しいのですが、野島さんは運転のプロでも、調査のプロではありませんから」

「おっしゃる通りです」野島は答えた。

心が冷えてきた。

自宅に戻り、一日の残りを野島はまた抜け殻のように過ごした。

頭の中で考えることは、敵を見つけたらどうやって罪を償わせてやろうかということばかりだった。殺伐《さつばつ》としたアイデアが次々と浮かんでは消える。

寂しくて、やりきれない日曜日だった。繁美の遺品を整理しようかとも思ったが、心が乱れるのが恐くてできなかった。いつになったらできるだろうか。

7

月曜日。東京はどんよりとした曇り空に覆われていた。

午前九時半を少し過ぎた頃、灰原景介《はいばらけいすけ》は今から三十六分前に隣の区との境界近くの路上でイモビカッターを使って盗んだばかりの旧《ふる》いクラウンの運転席に座り、ステアリングに黒のレザーグローブをはめた両手をさもやる気なさそうにだらりと置いていた。

盗んだ車に文句を言っても仕方ないがアイドリング音には張りがなく、聞いていて眠くなりそうだ。おまけに本来の持ち主によって後部席に並べられた七人の小人の内、一人だけがなぜか内側を向いているのも気に入らない。

左手首のデジタル時計に目をやる。

ストップウォッチをスタートさせてから四分五十八秒……五十九秒……五分経った。

ここはある都営団地内の生活道路であった。道路の両側には違法駐車の車や廃棄車が野放しになっており、古すぎる団地のわびしさを一層強めている。

団地内は静かで、住んでいる人間の生気がまるで感じられなかった。それもそのはず、ここは都内でも指折りの老人団地なのだ。

灰原の斜め前方に止まっている古くて汚らしい軽自動車から、車と同様に汚いジャージ姿の赤いキャップを被《かぶ》ったチビの中年男が降りて、建物の陰に消えた。三十秒ほど経ち、そいつが戻ってきた。ジャージの股間がわずかに濡れているところを見ると立ち小便をしてきたらしい。

灰原はもう一度ストップウォッチを見る。

六分半を過ぎた。計画では五分のはずだった。

立ち小便男がハンドルに両足を載せ、スポーツ新聞の続きを読み始めた。

ほどなく自転車に二人乗りした男が現われた。二人ともジーパンに無地の白Tシャツ、黒いキャップを被り、サングラスをかけ、花粉症用マスクを顔につけている。

自転車は灰原のクラウンを通り過ぎてからあわてて急ブレーキをかけた。後ろに乗っていた男が振り落とされて地面に転がり、サングラスが外れかけた。運転手もさっと飛び降りる。自転車は三メートル走り続けてから横倒しになった。盗んだものなので頓着しない。

立ち小便男がスポーツ新聞から顔を上げ、灰原の方を一瞬だけ見た。

体を張ったギャグで売る漫才コンビのように騒々しく現われた二人の男は灰原の車へと

駆けより、後部ドアを開けて飛び込んできた。二人とも息が荒い。

ドアが閉まると同時に灰原は車を発進させた。生活道路では考えられないほどのスピードで。

二人があわただしくマスクを取る。

「あぁっ！」自転車を運転していた唇の腫れている男が、後方を振り返って大声を上げた。「畜生《ちくしょう》、あいつ見てたぞ！」

「なんだよ！　どいつだよ」

後ろに乗っていた男も大声を上げる。そいつは右手にカーキ色の布袋をしっかり握り締めている。

「あいつだよ、あそこの汚い軽に乗ったおやじ！　おい、戻れ」

男は灰原に命じた。

「必要ない」

「何言ってんだバカヤロー！　見られたんだぞ、全部」

男は異常に興奮していた。右手を後ろに回してベルトに差していた特殊警棒を抜く。警棒にはわずかに血が付着していた。そしてそれを握る男の手は震えていた。

「ここで車のナンバー覚えられちゃなんにもなんねえんだよ。殺《や》るんだ、戻れ」

「必要ない」灰原はもう一度言う。

布袋を握り締めた男はパニックを起こしそうな面で灰原と相棒を交互に見る。

「戻れーっ！」男が絶叫する。

灰原は急ブレーキをかけた。

男二人はつんのめってフロントシートの背にそれぞれ顔をぶつけた。

「あいつは〝くるまびと〟だ」再び車を発進させ、灰原は微かにいらだちのこもった声で言った。「誰とも、何とも関わりは持たねえんだ。気にすんな」

「おめえになんでそんなことわかるんだよう！」

警棒を持った男はなおもつっかかってくる。

「見りゃわかる」灰原は冷めた顔と声で答えた。

「ホ、ホームレスみたいなもんか？」

布袋を持った男が訊く。

灰原は小さく頷いた。

二人の興奮が少しずつ引いていく。

「ほっとこうぜ」布袋の男が相棒に言う。「十時半までにこの金渡さねえと、俺達終わりなんだぜ。早く行かねえと」

相棒は歪んだ顔で舌打ちしたものの、黙って後部シートに置いてあったチェックのネルシャツを摑むと袖に腕を通す。もう一人も同様にくすんだ青のフリースを着る。

「俺の分を先によけといてくれ」

団地を抜け、一般道に出ると、灰原は後ろに声をかけた。

「わかってる」

唇の腫れている男が答え、布袋に手を突っ込むと輪ゴムで束ねられた一万円札を抜き出した。

金はこの近くのファミリーレストランの土曜と日曜の売り上げだ。なまじ銀行が近いために従業員は歩いて売上金を持っていく。女が一人で、しかも誰もが知っている制服に上着を羽織《はお》っただけの格好で。襲ってくれと言っているようなものだ。

「ほらよ」

後ろからにゅっと腕が伸びてきた。その手には剝き出しの一万円札が十枚。

灰原は何も言わずに左手で受け取り、札をズボンのポケットにねじ込んだ。

「足りるよなあ、これで……」相棒の男が自信なさげに言う。「なんか千円札が多いぞ」

灰原には関係のないことであった。

灰原と二人組は互いに本名も知らないし、それぞれが抱えている事情も知らない。二人は金を作るために車を手放してしまったらしく、灰原のような車を盗む技術を持っている男を必要としていたのだ。ついでに運転が上手いというから保険のつもりでドライバーも任せただけだ。

六分後、車はある雑居ビルの前に止まった。そのビルの四階の窓には〝あなたのためのマネー・プラザ　サンキューファイナンス〟と書かれている。

男二人は灰原に礼も言わず別れの挨拶もせずに車から降りて、ビルの中へ駆け込んだ。これでもう二度と会うこともない。

灰原は次の目的地に向かった。

ほどなく小雨がパラつき始める。

七分後、灰原はＪＲ中央線の武蔵小金井《むさしこがねい》駅近くにある線路際の道路にクラウンを止めた。

ここもまた違法駐車天国であった。

灰原は脚もとに置いておいたエヴィアンのボトルを開けて、コンビニで三百円で買ったハンカチを濡らすと、それでハンドルやその他手の触れた部分を拭った。終わると、人目がないのを確認してから降り、ハンカチもボトルも金網の向こうの線路脇に投げ捨てる。

そして助手席の足下に置いてあった物を取ると、線路に沿って歩き出す。

灰原は手足が常人より長く、壺でも載せて歩けそうなほどの怒り肩であった。胸板は薄く、腹はへこんでいる。

歩く灰原の顔から険《けわ》しさが少しずつ消えていき、徹底した無関心から生じる完璧な無表情へと変わっていった。

四十メートルほど歩くと、そこに灰原のS14《イチヨン》がひっそりとうずくまっていた。

車はおとなしいグレーであった。しかしありとあらゆるチューニングパーツが付いている。フロントバンパースポイラー、インタークーラー、サイドステップ、リヤバンパースポイラー、アルミ製のウイング、ルーフスタビライザー、二連マフラー。タイヤはフロントがフォーミュラD98J、リアがNT555R。ホイールはテクノキャスト・コルシア。ドアを開けて運転席に乗り込む。ドライバーシートだけがレカロSPGというバケットタイプのものに交換され、通常のものとは異なる両肩と腰を押さえる四点式カスタムシートベルトが装備されていた。

普通の人間が見たら驚くだろうが、今、この車にはステアリングがついていなかった。ステアリングは灰原の右手に握られていたのだ。ナルディ・クラシックの33径のものだ。クイックリリーススペーサーというカスタムパーツによってステアリングをワンタッチで着脱できるようになっているのだ。盗難防止のためである。車泥棒もステアリングがない車は盗まないものだ。

ステアリングを差し込むと、尻ポケットから携帯電話を抜き、登録してある番号を呼び出す。ストラップに取り付けたアルミ製超高性能エンジン用ピストン・コンロッドをリアルに再現したキーホルダーがぷらぷらと揺れる。

――お電話ありがとうございまーす。フジイ・レーシングです。

愛想の良い店員が出た。

「すいません、昨日おたくのケータイサイトで中古のイチヨン用のカーボンボンネットを見たんですけど、あれ、まだあります？」

灰原は少し掠れ気味の声で訊いた。

――ありますよー。

店員は元気よく答える。

「それ、欲しいんで、とっといてもらえますか？　今から二、四十分ですぐ行きますから」

イチヨン用の中古のカーボンボンネットは滅多に市場に出回らないのでのんびりしていられない。前回中古市場にブツが出たのは三年前でサイトにアップされて十分で売れてしまった。

――はーい、いいですよー。じゃ、お名前だけよろしいですか？

「灰原っていいます」

――ああ、ハイバラさんですね。いつもどうもー。

「ああ、どうも」

――ではお取り置きしてお待ちしてまーす。

んだ。

「はい、よろしく」

電話を切ってハンズフリーユニットにセットする。灰原の口元に微かだが、笑みが浮かんだ。

その中古のカーボンボンネットは一カ所目立つ擦り傷があるため八万四千円と安かった。色は薄い黒艶《つや》消しで、交換すると車全体の印象がずいぶん変わった。

逃がし屋で稼いだ金の大半が消えたが、灰原はそれで良かった。残った金でついでにモーターオイルとギアオイルも買う。

交換した軽量ボンネットでさっそく走らせる。低中速度ではたいして軽量化のメリットは体感できないが、気分は良かった。

運転していると携帯電話に清子《きよこ》から電話が入った。ダッシュボードに自分で取り付けたデジタル時計で、清子が今、昼休みに入っていることがわかった。

灰原は無視した。

きっちり三分後、もう一度かかってくる。灰原は「馬鹿野郎」と呟いてからハンズフリーユニットのボタンを押した。

——**もしもしい？**

清子は怒っていた。

灰原は「ああ」といかにも面倒くさげに答える。

――今どこ！

「車ん中」

――また仕事休んだの！

「でかけようとしたら、歯が痛くなったんだ」

灰原は到底信じられない嘘を堂々とついた。嘘を信じてもらいたいという気持ちもなかった。

――もおお！

清子は泣きそうな声を出した。

うるせえよ、バカ。

高揚しかけていた灰原の気持ちはたちまち冷えていった。

――やっぱりサボったのね。

「歯医者に行ったって言ってんだろうが」

灰原の声が鋭く、低くなる。

――もう、クビになっちゃうよ。どうすんのよう。

知るか、そんなこと。

小池《こいけ》清子は池袋《いけぶくろ》にある丸急デパートの物流センターに勤めるつまらない女である。それなりに頭のいい大学を出ているものの、その地味な性格とぱっとしない容貌から入社してすぐに物流部に配属され、そこで丸急の商品配送を請《う》け負っているデイムーブという業者のドライバーをしている灰原に出会い、一目ぼれした。その頃、灰原はもっと大きなガレージを借りるために、地味に働いて毎月自分が稼ぐよりも多くの給料を運んできてくれる人間を必要としていたので、清子を数回ドライブに連れていってから体の関係になり、ほどなく二人でマンションとガレージを借りた。灰原はともかく、清子は有頂天になった。

清子は灰原の口数が少ないところが気に入ったらしかった。大学生の頃、よく喋る男にひどい裏切りをされた経験があるからだという。灰原は喋らないのは得意だった。デパート勤務という仕事柄、清子の休みと灰原の休みとがなかなか一致しないということも灰原にとっては好都合であった。清子なんかと休日を過ごしてもおもしろくもなんともない。

ガレージを手に入れると灰原は徐々に本性を現わし始めた。仕事から帰るとガレージにこもり、それから真夜中に車に乗ってふらりと出かけ明け方に帰る。土曜日の夜は清子をほうって湾岸へ走りに行く。日曜日も清子をほうって各地の峠にワインディングしに行くか、中古パーツショップ巡りをする。そして清子が休みの日は配送の仕事をする。

そんな灰原に愛想を尽かしてもなお離れられない清子という女ははっきりいって大馬鹿

であった。

——あたし一人の給料じゃ暮らしていけないんだからね、わかってんのお！

「わかってるわかってる」

全然わかっていないという口調で灰原は答えた。

——また車飛ばしてるんでしょう？　もう、本当にそれしか頭にないの？

何にもハマれないお前よりずっとマシだ、この空《から》っぽ女。と灰原は心の中で吐き捨てる。

「悪かったな」

——何よその言い方！

「じゃあ別れるか」

——なんですぐにそっちへ話を持っていくのよお！

清子は電話口で泣き出した。

ここまでひどい接し方をして、なぜ自分と別れようとしないのか、自分の言葉になぜこうも一喜一憂《いっきいちゆう》するのか、灰原は不思議でならなかった。愛しているからというのは簡単だが、灰原はそれだけでないような気がしていた。

精神的マゾなのだ、この女は。そう解釈するとすっきりする。仮に灰原と別れても、どこかでまた似たような冷めた男（多分同じ業者のドライバー）に惚れて同じようなことを繰り返すだろう。そういう女なのだ。

　だが、あまりいじめ過ぎるとコンビ解消となってガレージを手放さなければならなくなる。それは困る。

「悪かったよ、泣くなよ」

　泣くなよ、と言うと、清子は大抵いっそう泣き始める。

――どうして……どうしてそう冷たいのよお。あたし、なんか悪いことしたあ？……うう……。

　人間関係がうまくいかなくなるとこの女はまず自分に原因があると考える特異体質らしい。そんな考え方で生きてきたから文字通り日の当たらない人生を突き進んでいるのだ。

「そんなことねえよ、悪かったよ」

　まったく、あくびが出そうな会話だ。

――簡単に別れるとか言わないでよ……恐くなるよ。

「悪かった」

　これでもう三回目。口調もぞんざいになる。

――今夜はちゃんと帰ってきてよ。

　清子は持ち直したのか、しっかりした声に戻った。それとも休憩時間が終わりなのだろうか。本人の弁によると、職場では強気な女で通していて、リストラ寸前のくそハゲデブおやじ社員(清子がそう呼んでいる)と毎日ぶつかっているのだそうだ。

「帰るよ。じゃ、後で」

灰原はそっけなく言って電話を切った。

対向車線から赤と黒のツートーンカラーの改造ハチロクがやってきてすれ違った。フロントトバンパースポイラーにフォグランプを装備し、トレッドを広げ、BBSの安いホイールキャップを履いている。他人の改造車を見かけると目で追ってしまうのは走り屋の習性である。

もう少し走らせているうちに灰原は尿意を覚えた。ナビシステムで近くにある公園を探し、住宅街の細い道に入っていった。

わずか十二、三メートル四方の狭い公園にホームレスが九人も暮らしていて異様な雰囲気だが、そんなことはどうでもいい。トイレに入っていくとそこでもう一人ホームレスが靴下を洗っていたがそれもどうでもいい。

放尿し終わって一物《イチモツ》をズボンにしまっていると、金髪の若い男がぬっと入ってきて、いきなり声をかけられた。

「すいません！　イチヨンデビルさんじゃないすか？」

無防備な姿勢でいる時に声をかけられ、灰原は一瞬むかっときた。

ジッパーを上げ、振り向くと男を睨んだ。男は早口で喋り出した。

「すいませんこんなとこで。あの、さっき道で偶然すれ違って〝あっ！〟と思ったらスーッと行っちゃって〝ああ、あれ絶対そうだよ、イチヨンデビルさんだよ〟って思ってUターンして追いつこうと思ったらいなくなってってそいでもって、ちょっとウロウロしてたら公園の前に止まっていたんでトイレにいるなって思ったんで、すいません」

灰原は緊張し高揚している男を見て、苦笑した。

「ああ、さっきのハチロクの……」

「そうですそうです！　いやー、こんなとこで会えるなんて感激です」

ホームレスが洗面台からどこうとしないので灰原は手を洗わずに外へ出た。男もついてくる。

灰原のイチヨンの後ろに、さきほどのツートーンハチロクが止まっている。

「もしかしてこの辺に住んでるんですかあ？」

灰原は男の質問を無視して男のハチロクに歩み寄る。後ろへ回って見る。

「俺、まだデビューして六カ月しか経ってないんで、声なんかかけるの生意気かなって思ったんすけど、どーにも我慢できなくて、すいません」

灰原は膝を折ってしゃがみ、タイヤを睨んだ。そしてすっと立ち上がり、言った。

「片減りひどいぞ」

男の顔が硬直した。「ええ？」

「このままだと真っ直ぐ走れなくなる。アライメント調整してないだろ」

灰原には男のプライドが崩れていく音が聞こえるようであった。

「す……すいません」

男が泣きそうな顔になったので灰原はやや語気を柔らかくして言った。「今すぐやった方がいいよ」

「はい。あとなんかマズいとこありますか？」

いちいち教えてやる義理はない。

「まずアライメント。他のことはそれからだ。じゃ、俺は急いでるから」

灰原は男に軽く手を振り、イチヨンのドアを開けた。

「ありがとうございます、デビルさん」

デビルさんと呼ばれることには抵抗があったが、やめろと言うのも面倒だった。

「今度すれ違った時、パッシングさせてもらっていいすか？」

「ああ。俺もするよ」多分、忘れてしまうだろうが、とりあえずそう言っておく。

「うわあ、ありがとうございます」

これ以上の名誉はないという顔で男は頭をさげた。

「それじゃ」

「あの、今度の土曜、群馬来ますか？」

男はちょっとしつこい。

「わからない。じゃあな」

灰原はドアを閉め、エンジンをかけた。去っていく灰原のイチヨンに向かって男は手を振り続けた。

8

今日は待ちに待った納車の日である。朝から気になり、仕事していても野島は落ち着かなかった。車庫は、キューブと同じ駐車場にうまい具合に空きがあったので確保できた。仕事を勝手に早く切り上げても妻を亡くしたばかりの野島に上司は文句を言わなかった。少なくとも今週いっぱいは甘い顔をすると踏んでいた。大急ぎで家に帰るとシャワーを浴びて着替え、車の到着を待った。

恋人を初めて自分の部屋に招くティーンエイジャーのような気分である。勿論、復讐という本来の目的を忘れていない。だが待ち遠しいという気持ちをおさえることはできない。なにせ三週間前の日曜日に試乗して以来、あの痛烈なドライブ感覚が忘れられずにいるのだ。

繁美。お前の仇、絶対にとってみせるぞ。

野島は遺影に向かって語りかけた。

午後八時半、約束通りにディーラーが新車に乗ってやってきた。電話がかかってくると、野島は外へ飛びだして出迎えた。

マンション出入り口を抜け、プラズマブルーのインプレッサが目に飛び込んでくると野島は思わず「おお」と感動の声すら上げた。

プラズマブルーを選んだのは正解だったと改めて思った。この車の生来の獰猛《どうもう》さに気品が加わった。

キーを受け取るとディーラーはさっさと帰らせ、さっそく初ドライブに乗り出す。この辺の心情はまさに新しい恋人と初めてセックスする男の昂《たか》ぶりと同じである。

これは是非とも高速道路で飛ばしてみなくてはと思い、大井南《おおいみなみ》から首都高速湾岸線に入り、大黒《だいこく》方面へと向かった。

平日の夜なので交通量は多くない。

走りながら早くもどんなカスタムパーツを取り付けようかと考え始める。

野島と〝彼女〟との間に不協和音は一度たりとも生じなかった。ハロゲンランプの威力も思っていた以上に強く、良好な視界が得られる。コーナーではより一層〝彼女〟との一体感というか密着感が高まり、コーナーが少ないことを不満に思ってしまうほどであった。

目に留まった一般車やトラックを片っ端から、楽々と追い抜いていく。

ラリーで惨敗し、逃げるようにドライバーを引退してからというもの、野島は楽しみのために車を運転することを避けていた。思い切って過去を断ち切らなければ新しい生活に迷いが生じ、真っ直ぐに進めない。それが恐かったのである。それに、レースの世界で負けた男が週末に公道を飛ばして自分を慰めるなどという茶番はごめんだった。そんなのは田舎大将のやることだ。

だが、今こうしてまた車を飛ばしている自分を、情けないなどとは思わなかった。なぜなら野島はまた新たな目的のために車を駆っているからである。自分を慰めるためなどではない。

野島は、自分が籠《かご》から出された鳥になったような気分を味わった。長年飼われていた鳥は籠から出されても怯えてまた籠に戻るかもしれないが、野島は違う。まだまだ自力で飛ぶ力が充分に残されている鳥だ。

昔の勘が戻ってくるにつれ、野島の顔は次第に険しくなっていった。

どこかに走り屋の馬鹿はいないか、と走りながら探した。見つけたらこちらから挑発し、ごてごてと飾り立てた自慢の愛車が車のグレードにおいてもドライブスキルにおいても負けることの屈辱を味わわせ、そいつのたったひとつのプライドを踏みにじって唾《つば》を吐きかけてやるのに。

だいたい、走り屋なんてどいつもこいつも負け犬なのだ。走ることがとことん好きならば、どんなに苦しくたってプロレーサーへの道を歩めばいい。その覚悟がないからただの走り屋になるのだ。

覚悟がないならルールを守って走れ。

「馬鹿どもが」野島は吐き捨てた。

平日の夜だからか、挑発をしかける相手は見つからなかった。

それからしばらく快調に飛ばしたが、繁美が事故に巻き込まれた地点が近づいてくると、野島の車はまるでボンネットに透明な牛が乗ったかのようにスピードダウンした。何台かが野島のインプレッサを追い越していく。

鎖骨の辺りから力が抜け始め、腕、肘、指先までがふにゃふにゃになってしまったような感覚に捕われる。そして胃袋は金属の塊《かたまり》でも飲み込んだように、冷たく重くなった。

路面から事故の痕跡はきれいになくなっていた。多くのドライバーたちが、ついひと月前にここでどんなに悲惨なことがあったか気づくこともなく走り去っていく。事故なんてものは自分が巻き込まれない限り、なんでもないことなのだ。

事故現場を通過する。

全身が後ろに引っ張られているような気がし、アクセルに乗せた足が自然と浮き上がる。

後ろを走っているワゴンがクラクションを鳴らし、抗議した。野島はハッと我に返り、再び加速した。

事故現場が遠くなるにつれて現実感が戻り、体がしゃんとしてきた。ボンネットに乗っていた透明な牛もいなくなった。

もはや高揚感も攻撃心もすっかり萎《しぼ》み、野島は車に申し訳ないほどのダラダラ運転で走った。

かつて走り屋の聖地であった大黒PAが近づいていた。そこで一息入れて引き返そうと決めた。だが、さっきの事故現場は通りたくないので、帰りは時間はかかるが途中で高速を下りる。

そうだ、高梨に報告するのを忘れていた。

平日深夜の大黒PAは侘《わび》しさを覚えるほどに空いていた。がらがらの駐車スペースに止めると車から降りて、トイレに向かう。パーキングには長距離トラックが多かった。普通車は営業用のワゴンやセダンが多い。

最近はすっかりご近所専門ドライバーになりさがっていたので、PAに来るなんてずいぶんと久しぶりであった。

野島はふと、子供の頃父親に連れられてドライブに行った時のことを思い出した。目的地で過ごした時間の記憶はほとんどないが、途中で立ち寄ったPAの記憶は鮮明だ。子供の目には、普段目にすることのない大型トラックが何台も止まっていることが珍しく、ものすごく感動したのだ。

新車なのでいたずらされないかと心配になり、必要以上に急《せ》いて用を足した。インプレッサに乗り込むと、携帯電話と財布を取り出す。高梨からもらった名刺を財布から抜き、電話をかけた。

コール三回目で彼女が出た。

——**はあい**。

その声が耳に飛び込んできた瞬間、野島の心臓はきゅっと縮こまった。恐ろしいほどの色気を感じる声だったのだ。

「あ、あの……すいません、野島ですけど……」

一秒ほどの間。

——**ああ、野島さあん**。

それはあきらかに寝ているところを起こされた声であった。三週間前の土曜日、日曜日と接した彼女のきびきびとした声と、今の脱力しきった声との落差はあまりにも大きかった。そのひどく無防備な感じが、野島の背中をぞくぞくさせた。脈拍が急激に速くなる。

——**ごめんなさい……ちょっとうとうとしちゃってて**。

「すみません、お休みだったんですか？」

——いいえ、ちょっと本を読んでいて、つい……。

「遅い時間に申し訳ないです」とは言うものの、まだ十一時を少し回った時間だ。非常識な時間とは言えない。「車が届きまして、試運転をかねてちょっと大黒まで来てみたんです」

——ダイガク？

「大黒です。大黒パーキングエリア」

野島は言いながら、笑ってしまった。

高梨も笑った。

——ごめんなさい、寝惚けてしまって。そうでした。今日が納車でしたね。

高梨の声がシャンとなった。野島は残念な気がした。

——乗り心地はどうですか。

「最高ですよ。飛ばせば飛ばすほど安定感が増していく。コーナーでも定規で線を引くみたいに狙ったラインを正確にトレースするんですよ。ちょっと固めのサスがまたいい感じで……」野島は目を輝かせてまくしたてた。

ふふ、と高梨が電話の向こうで笑った。

——すっかり目覚めたようですね、本来の自分に。

彼女にそう言われ、野島は少しだけ罪悪感を感じた。死んだ繁美に対して。

——無理に抑えていた分、反動がきたのかしら？

彼女の声にはわずかだが、からかうようなニュアンスが感じられた。野島は言葉に詰まってしまった。

不思議な女だ、と思った。

軽く咳払《せきばら》いしてから話し出す。「これからこいつにいろいろとカスタムパーツを加えていって、今度の週末までに走り屋らしい車に変身させます」

——なんだか残念ですね、そのままの方が格好良いのに……。

「それもそうですけど、このままじゃ走り屋友達はできませんから」

——パーツにかかるお金も勿論こちらで持ちます。後で代金を野島さんの口座に振り込みますから、領収書をもらって美濃部に送ってくださいか？ 口座の番号を教えてくださいます

野島は教えた。本物の走り屋が知ったらよだれを垂らして羨《うらや》むだろうな、と思った。謎めいた美女が、車ばかりか走り屋パーツの代金まで持ってくれるのだから。

それはそうと気になることがある。

「あの……」

——はい？

「僕と、高梨さんは、今後どんな感じでやっていくんですか？」

――……といいますと？

ちょっと言葉が足りなかったか。

「あの、どのぐらいの頻度で連絡を取り合うんですか？」

――ああ、そういうことですか。そうですね、とりあえず車が完成したらまた連絡をいただけますか？

事務的な言い方であった。

「わかりました。ついでにできあがった車の写真も送りますよ」

――それはいい案ですね。お願いします。

「じゃあ、僕、そろそろ帰ります」

――気をつけてくださいね。

「はい、おやすみなさい」

電話の向こうでまた彼女がふふ、と小さく笑った。

――おやすみなさい。

野島は電話を切った。

頭をシートに預け、目を閉じる。彼女の〝ふふ、おやすみなさい〟が頭の中で繰り返される。

数秒してからふいに頭をがっくりと垂れ、呟いた。

「何やってんだ馬鹿野郎」

それは自分に対する言葉であった。妻の繁美を失ってまだひと月も経っていないというのに、もう背の高い、不思議な魅力を持った女との会話に胸を高鳴らせている。随分と安い野郎だ。

もっとしっかりしろ。遊びじゃないんだぞ。

ゴゴゴン、といきなりウインドウを叩く音がして野島はシートの上で飛び上がった。見るとドアの外にどことなく佐藤蛾次郎《さとうがじろう》を思わせる容貌の髪の毛くしゃくしゃの中年おやじが立っていた。

脅かしやがって。野島は男を睨んだ。

ウインドウを下げるつもりはなかった。

「ねえ、お兄さん。裏ハメ撮り欲しくない?」

蛾次郎は明るい声で言った。

野島は呆気に取られて男の顔を見つめた。

「ボカシなし。四枚で千円、十枚二千円でいいよ、どう?」

こんなところで商売をやっているのか?

要らねえよ、馬鹿。野島は心の中で吐き捨て、車を出した。

9

野島は水曜日、木曜日と定時で仕事を抜け出し、インプレッサのカスタムパーツ探しに奔走した。

メーカー純正パーツはウイング状のトランクスポイラー、サイドストレーキ、ドアミラーカバー。非純正はデジタル式のスピードメーター、ブースト計、油温計、水温計。それにリヤと後部ドアウインドウに濃いスモークフィルムを張った。携帯電話のハンズフリーユニットも取り付けた。二日間ではこれが精一杯で、エンジンチューニングまではできなかった。もっとも現時点ではあまり手をつけるつもりもなかったが。

追加メーター、とくにスピードメーターはメーカー純正品はあまりあてにならないという定説があり、野島も昔からあてにしていないので正確なデジタルスピードメーターはどうしても必要だった。走り屋経験のない野島は追加メーターのレイアウトに苦労した。ラリードライバー時代と違い、すべてを自分で考え、自分で取り付けなければならないのだ。

金曜日、野島は思い切って風邪と偽り会社を休んだ。美濃部の金でレンタルしたガレージで朝から働き通して、日が傾きかけた頃にようやく仕事を終えた。体はくたくただったが、充実感が体に張《みなぎ》っていた。

運転席に腰掛け、苦心の作である追加メーターを眺めて満足げにうなずく。初めてにしてはうまくできた。すぐに走らせてみたいが、昼飯を抜いたので体に力が入らず、頭も少しぼうっとしている。

まずはシャワーと栄養補給が先だということになり、マンションの自室に戻ってからシャワーを浴びて着替え、いつものコンビニに向かう。

弁当と明日の朝食べるパン等を買い込むと、部屋まで戻るのが面倒くさいのでインプレッサの車内で食い始めた。

食い終える頃、ハンズフリーユニットにセットした携帯電話が鳴った。

液晶画面を見ると、愛美からであった。そういえば、週末近くにまた電話すると言っていたっけ。

ウーロン茶で口の中の物を飲み下して電話を取った。

「もしもし？」

――今晩はー。

明るい声が耳に飛び込んでくる。

愛美の声は高梨と話す時とは異なる安心感を野島にもたらした。似たような世界に生きている者同士が感じる気安さだ。

「よお」

――今、何してた？

「ああ、夕飯食ってた」

――そう。日曜日、予定通りでオーケーだよね？

「ああ、うん」

――ねえ、駿さん。あたし、日曜日に映画も観《み》たいんだけど、駄目？

「映画？」

――うん、東京でしかやってないの。でもね、すごく観たいの。

「ふうん……何て映画？」

――『真剣師　菊池明』

野島は眉をひそめた。

「なんだそれ？」

――将棋の勝負師の話。賭け将棋の世界でどんどんのしあがっていくの。滋野秀樹が主演なんだよ、知ってる？

「名前なら聞いたことあるけど……でも、将棋の映画なんか観てわかるの？」

――いいの、滋野秀樹が主演だから。それにずっと将棋ばっかりやってる映画じゃないもん。

「そりゃそうだ。そんなんだったら寝るよ、俺は」

愛美は電話の向こうでからからと笑った。

——その人ねえ、ちょっとだけど駿さんに似てるんだよ。目元の辺りが。

「へええ」

——ね、いいでしょう? つきあってくれる?

「そりゃまあ、いいけど」

——ねえ、駿さん。今どこにいるの?

愛美が突如、訝《いぶか》るような声で言った。

「部屋だよ」

野島は嘘をついた。新車の中で弁当を食っていたとは言えない。

——嘘お。

愛美は断定した。

「嘘ついてどうするんだよ」と言いながら野島は内心焦った。

——車の音、随分大きいよ。

なるほど確かにマンションの四階と大通りが傍を通っているこのガレージではたとえ車の窓を閉めていても違いはあるかもしれない。が、それにしても鋭くないか?

「窓を開けてるんだよ。昼間は閉め切ってるから帰ったら換気しないと」

――ふうん。

愛美の声にはなんとなくまだ納得しかねるといったニュアンスがあった。

その時、困ったことに野島の二つ隣のスペースに車が滑り込んできた。そのドライバーは窓を全開にしてヒップホップを鳴らしまくる馬鹿者であった。しかも安い改造マフラーのせいで排気音がやたらとうるさい。

あわてた野島は急に声を大きくして言った。

「ええと、じゃ待ち合わせの時間はどうする？　お昼ぐらいにするかい？」

バッタン、という実に乱暴なドアの閉め方に野島は腹が立ち、同時に冷や汗が出そうだった。

――うん、そうだね。ねえ、ちょっと新聞見てくれる？

愛美が唐突に言う。

「え、新聞？　なんで？」

――真ん中辺りに映画の上映時間が載ってるんだ。

「新聞、そっちにないの？」

――今、父さんが見てるの。

困った。一度部屋にいると嘘をついておいて、今更実は車の中にいるなどとは言えない。

「ええと……ええと。そうだ、こっちの新聞は日経だからそういうのは載ってないなあ」

我ながらうまい嘘だと思った。

──そう。じゃあいいよ、あたしが調べとく。

「うん、頼むよ」

──それじゃあ、待ち合わせは正午に上野の丸越デパート前にしない？　そこなら地下にパーキングもあるし。

「そうだな。じゃ、そうしよう」

別れの挨拶をして電話を切ると、野島はどっと疲れた。やはり今夜はこのまま休んで明日の朝早くに飛ばしにいこう、と予定を変更した。

10

「ねえ、景介」

灰原が寝転がってぼんやりとニュース番組を眺めていると、清子が話しかけてきた。

灰原は無視した。

「聞いてる？」

「うう」灰原は必要最小限のエネルギーで返事をした。

「今日ね……宝石売り場の女の子からね……合コンに誘われちゃったの。それが明日だっていうの」

前日に突然合コンに誘われたら、それは単に頭数《あたまかず》を合わせるための要員でしかないといつだかテレビのバラエティー番組であるお笑いタレントが言っていたことを灰原は思い出したが、何も言わなかった。

「いきなり明日とか言われても困るじゃない？　でも、せっかく誘ってくれたのに断るのも悪いし……」

普通に考えたら、どこのデパートでも大抵美人が揃っている宝石売り場の従業員が物流の醜い女などをコンパに誘うわけがない。よっぽど他に誘う奴がいなかったのだろう。

「あたし彼氏いるよって言ったんだけど〝いいよいいよ、そんなの。彼氏とか彼女がいても結構皆参加するんだよ。あたしも彼氏いるもん〟だって。ねえ、本当に聞いてる？」

「聞いてる」

さっさと話し終えろ。

「でさあ……男の子は別にどうでもいいけど、女の子たちとは今後の付き合いもあるだろうから最初はやっぱり断らない方がいいのかなあって思ってさあ」

今後の付き合いもある、か。ねえよ、そんなもん。お前はあくまで一回こっきりの頭数要員なんだ。そんなこともわからないのか。

だがそれを言うエネルギーが勿体《もったい》ないから言わない。

「でね、あたし……行くって返事しちゃったの」

「行け」灰原は言った。

「何よお、その言い方。怒ってるのお？」

「行きゃいいだろ」

「なんでそう冷たいのよお。怒ったの？　あたしが合コンに行くから？」

「くだらねえこといちいち相談するな。苛々《いらいら》する」

清子が怒りで体を硬直させたのを、灰原は背中で感じ取った。

「何がくだらないことよ！　大事なことじゃないのよお」

うるせえ、死ね。

せっかくぼんやりと何も考えない時間を楽しんでいたのにそれを壊され、灰原も頭にきた。首をひねり、ちらっと清子の顔を睨む。

「お前にゃ大切でも、俺には鼻くそだ」

「あっ、そう！」

清子が立ち上がり、クローゼットを開けるとわざとらしく服を物色し始めた。

「あした何を着ていこうかなあ」

醜くゆがんだ顔で、歌うように言う。

「あたし、彼氏いないって言っちゃおうかなあ～」

灰原は噴き出した。清子が、本当に、心底から、どこまでも哀れで滑稽なブス女に思えたからだ。その滑稽さがもはやギャグの域に到達してしまったのだ。

だが清子はおかしくないらしい。殺意すらこもった目で灰原を睨みつける。

「何笑ってんのよ！」

灰原の顔から笑いがすっと引っ込んだ。清子に恫喝《どうかつ》されたからではない。くだらないことにひとりで悩み、大騒ぎして、灰原に噛みつくこの女の馬鹿ぶりにいい加減殺意を覚えたのだ。

「なんだよ」

喉を殴って殺し、ついでに五階のベランダから下の道路に投げ落としてやろうと思った。グシャッと派手に潰れて脳味噌が飛び散るに違いない。でも、この女はどこまでも空っぽで虚ろだからブシュッ、と空気が漏れるだけかもしれない。

今は想像するだけだ。

だが、その内本当に殺《や》るだろう。この女がもっとおとなしくならない限りいつか……。

「ひとりで騒いでんじゃねえよ」

灰原は殴り殺すかわりにそう言った。

その異様な冷たさに清子は危険なものを感じたようだった。作戦を変更し、泣き出したのだ。

「あたしのことなんか全然心配じゃないし、構う気にもなれないのね？　そうなんでしょう？」

一発殴ってやるか。

灰原はのっそりと上半身を起こし、膝をついて立ち上がるとクローゼットの扉によりかかって泣いている清子に近づいた。

「おい」

低い声で呼び、右手の拳を固めた。

清子はハッとなり、森の小動物のように素早く灰原の拳が届く範囲から逃れた。

「ごめん、ごめんなさい」

清子はあわてて謝る。こういうところがイケてない女たるゆえんだ。まともな女ならここで別れようと決心するものだ。

「なんでてめえは人を責めるような物の言い方しかできねえんだよ」

灰原は清子の目を見て言った。

「俺がお前に嫉妬すれば満足なのかよ」

「別に……そんな……ごめん」

「ごめんじゃねえよ、馬鹿。俺はてめえの爪研《つめと》ぎの柱じゃねえんだ。キイキイうるせえんだよ。ひとりで騒ぎやがって」

「ごめんなさい」

殴ろうという気も失せた。灰原は秒単位で気分の変わる男なのである。再びテレビの前にゴロリと横になる。

清子はまた泣き出した。さっきのわざとらしい泣き方と違い、本当に泣いているようだった。

「だって、あんまりそっけないんだもん……何言っても手応えないんだもん……う……。せめてもうちょっと、関心のあるフリだけでもしてくれたっていいじゃない……うう……」

それから少しの間、沈黙が流れた。

「明日、走りに行っちゃう?」

清子が訊いてきた。

「知らねえよ」

秒単位で気分の変わる男に明日のことなんか訊くな。

「明日、なるべく早く帰るようにするから家で待っててくれる?　たまには一緒に映画のDVDでも観ようよ。ねえ?」

「ああ」

灰原はとりあえず返事した。灰原にとって返事なんてものは、喉から空気が漏《も》れる音に過ぎない。

「ごめんね。怒ったりして」

清子はすっかりしゅんとなって、謝った。

「いいよ」

許したわけではない。さっさと会話を終わらせたかったのでそう言っただけだ。

Ⅱ　何が大事？

1

「……いやがった」

野島は呟いた。

土曜の夜十一時半。群馬県黒城山近くのとある閉鎖された大型ゲームセンターの駐車場に、異様な熱気を孕んだ空間が出現していた。

灯りに吸い寄せられる無数の羽虫のごとく、車が各方面からぞくぞく押し寄せてきている。

今夜、走り屋どもがここに集まってくるという情報をくれたのは高梨だった。

最近、関東の走り屋たちは『走るっぺ飛ばすっちゃ』というまことにふざけた名前のネット掲示板を使って警察情報を交換し、先週は茨城、今週は群馬、来週は静岡というふうに毎週異なるスポットに集まるという。

毎週末に湾岸の大黒ＰＡに集まるあけっぴろげな時代は終わり、走り屋どもはよりアンダーグラウンドな世界に潜った。

ウインドウを下げると、狂気すら感じる音の洪水がどっと襲いかかってきた。

イグゾーストノイズ、音楽の重低音、メロディー付きのクラクション、嬌声、スキール音、ウケ狙いの「なんちゃってパトサイレン」、爆竹の破裂音。

こんな音で楽しい気分になれるのか？　安いクソどもが。

野島は舌打ちするとウインドウを閉め、高梨に電話した。

すぐに彼女が出た。

――**野島さん？**

それにしても良い声だ。

「どうも、あの……」

――**ちょっと待ってください。美濃部がお話ししたいそうです。**

いきなりそう言われ、野島は面食らった。

なぜかベッドに全裸で横たわる二人の姿が頭に浮かんでしまう。

――**今晩は。お久しぶりです。**

美濃部の声はやけに張り切って聞こえた。

――いよいよ走り屋デビューですね。

「情報、ありがとうございました。ドンピシャですよ」

――なぁに、ちょっと奴らの掲示板に潜りこんだだけですよ。走り屋掲示板は警察もたまに覗《のぞ》くのでよくサイト引っ越しするんです、それを見失わないようにしてさえいれば大丈夫です。ところで、高梨君が言ってましたよ。あなたはハンドルを握ると人格が変わるって。

「いや、別にそんなことないですよ」

なんだか高梨に悪い印象を与えてしまったような気がして残念であった。

――いいんですよ。謙遜《けんそん》しなくても。その方が頼もしい。車の写真も拝見させてもらいました。なかなか迫力ありますね。

「どうも」

――あなたが友人でなく、ただの走り屋だったら、爆弾で吹き飛ばしてやりたいくらい、いかにも〝走り屋〟の車に変身していますよ。

「はあ……」

美濃部の声のトーンが一段高くなる。

――あのことがあって以来、私は道路で趣味の悪い改造車を見かける度に、ドライバーを引き摺り出して殴り殺してやりたい衝動に駆られるんです。

野島は言葉を失った。

たとえそいつが浩平や、あなたの奥さんを事故に巻き込んだ人間でなくたって、どうせどこかで真面目なドライバーを威圧《いあつ》して楽しんでいる低俗な人間なんです。殺してしまえばいい。

美濃部の怒りは底無しに深かった。

そう思いませんか？　野島さん。

「ええ、思います」野島は頷いた。しかし、それは本心からというよりも美濃部の迫力に圧倒されたからといった方がいい。

私はね、人を威圧して優越感に浸る人間というのが、吐き気がするほど嫌いなんだ。公共の場所で皆が不愉快な言動を取る奴というのは無神経だからそんなことをしているんじゃない。確信犯なんですよ。人を不愉快にさせて、どうだ、文句あるか、と威圧感を与えたいがためにやっているんですよ。電車やバスの中でよくそんな奴がいるでしょう？

聞いている野島の背中にもぞもぞと妙な痒《かゆ》みが広がっていった。それはそうと、美濃部ほどの大金持ちが今更電車やバスなどに乗るのだろうか。

道路で言うと、それが走り屋なんです。醜悪な改造を施して、暴力的な排気音を立て、罪のない一般ドライバーたちに威圧感や息苦しさを与える。まったくもって不愉快な馬

――鹿者どもです。もしもこの世に魔法が存在して、たった一日でも独裁者になれるのなら、私は真っ先にこういう奴らを一人残らず銃殺刑にしてやりますよ。そしてそれを生中継で全国に放送する。

聞いていて野島は複雑な気分であった。

――私は！

美濃部の声のトーンがさらに一段上がり、突然途切れた。

野島は耳を澄ませたが、声はそれきり聞こえなかった。

「もしもし？」

――すみません。一人で興奮してしまった。

美濃部の声は、一瞬にして劇的に落ち着いていた。まるでテレビのチャンネルを変えたように。

やはり只者《ただもの》ではない。

「いえ、そんな、気にしないでください」

――歳のせいかな。昔よりも堪《こら》え性がなくなった。

美濃部はやや自嘲気味に言った。

「堪える必要はありませんよ。この件に関してはね」

――いいことを仰る。さすが野島さんだ。私は今夜、あなたが体験することをすべて共有したい。寝ないで待っていますから、ぜひとも復讐への第一歩を記してください。

「任せてください」

野島は決意を新たにして答えた。

なんて異様な美的感覚だろう。さすが田舎者というべきなのか？　これまで東京で目にしてきた改造車が抜群にセンス良く思えてしまうほどの、醜悪なセンスにのっとって造り上げられたフリーキーなモンスターマシンがひしめきあっていた。

こいつらは走ることより互いに変な車を見せ合って騒いでイベントを楽しみたい連中だろう。

もっと純粋に走りたい連中のカスタムカーは少し離れた所に集まっていた。野島が潜りこむのはこちらだ。

この喧騒。この熱気。今この時間、群馬県、いや北関東全域で一番賑《にぎ》やかなのはここかもしれない。

音楽の重低音がひどく不快だった。

「ああ、うるせえうるせえ、馬鹿」

野島は吐き捨てた。しかしその声は自分の耳でさえよく聞き取れない。

野島は自動販売機の前に立ち、ポケットから小銭入れを引っ張り出した。

「♪黄色いさくらんぼ〜」

火曜日、野島に裏DVDを買わないかといってきた蛾次郎おやじが変な歌を歌いながら野島の前に割り込んできた。コインを入れ、FIREコーヒーを買う。

お前、またか！　こいつ、走り屋兼エロ物売りなのか？　ありえないことではない。

「♪ぺちゃくちゃ、ちゅるちゅぱ　うっふ〜ん　黄色いさくらんぼ〜」

おやじはじゅるじゅると下品な音を立ててコーヒーを飲みながら去っていった。

なんとなく同じコーヒーを買うのがいやになったのでミルクティーを買い、少しずつ飲みながら周囲を見回す。

連中のナンバーは主に関東だが、宮城、富山、青森といったナンバーもある。刺激を求めてわざわざここまで走りに来ているようだ。

駐車スペースを自分のガレージと勘違いしているのか、13《イチサン》シルビアの車体の下に潜り込んで作業している変な奴もいた。

パパーン、とどこかでまた爆竹が鳴り、野島は顔をしかめた。

いろいろな種類の人間が集まってきて、似たもの同士で固まり、それぞれが好き勝手に土曜の夜を楽しんでいる。が、虚しく、刹那《せつな》的である。

野島はゆっくりと愛車へと戻る。今夜はまず愛車に存分走らせてやるのだ。復讐を焦ってはいけない。辛抱強く毎週走り屋ナイトのイベントに顔を出し、走ることだ。そうしていれば遅かれ早かれいつか走り屋どもに認知され、おのずと連中に接触する機会もできる。繁美を事故に巻き込んだ走り屋がそれより前に事故で死にやしないか気掛かりではあるが、今はそうならないことを祈るだけだ。

2

もう新型インプレッサの走り屋が現れやがったか。灰原はたった今出ていった車を見送りながら思った。

先代のインプレッサSTIに乗っている走り屋は峠などに結構いるが、フルモデルチェンジした新型に乗っている奴は初めてみた。

プラズマブルーの車体が、周囲の複雑な光を反射してきらめいていた。

よほどの金持ち野郎か、死ぬ気で借金した崖っぷち野郎だろう。

ついていってそいつの走りを見てみたい気もしたが、即Uターンするのも馬鹿らしい。『走るっぺ飛ばすっちゃ』はいつもの賑わいを見せていた。その猥雑《わいざつ》な喧噪に、灰原は言葉では表現しにくい解放感を覚えた。

誰も他人のことなんか気にせずに勝手に楽しむ空間。そんな空間は日本中どこにでもあるが、その中でも『走るっぺ飛ばすっちゃ』の節操のなさは特別であった。

なんでもあり、の世界がここにある。

三年くらい前が走り屋激減の下向きピークであったが、去年の秋頃からまた少しずつ走り屋は増えてきている。正確には失業などで金がなくて走れなくなっていた奴がまた走れるようになった。走り屋の世界も景気次第ということだ。

愛車をゆっくり回していると、馴染みの走り屋の車が今夜も来ていた。大洪水が起きようが、親が死のうが、勤め先をクビになろうが、恋人が臨月だろうが、奴らは必ず来る。それこそサラリーマンのように律儀《りちぎ》にやって来る。そこが灰原のような気分屋の走り屋と違うところだ。

もっとも、熱心さと走りの熟練度は必ずしも比例しないが。

イチサンシルビアの〝タンツボ〟が車体の下に潜り込んで作業をしていた。〝タンツボ〟とは灰原が心の中で勝手につけた名前で、走りの筋は悪くないが、ところ構わず痰《たん》を吐き散らす癖がある。自分の車の中以外だが。

ハチロクレビンの〝スペースマン〟もいる。車内にプラネタリウムのような宇宙的電飾を施しているのでそう名付けたのだ。走りはいいが、日によってムラがある。

他にもハチマルスープラの〝出目金（ボンネットになぜか出目金のシールを貼っている）〟、GTOの〝ぴくぴく（噂によると事故の後遺症だとかで右目蓋《まぶた》がいつもぴくぴく動いている）〟などがいた。他にも最近見かけるようになったヒヨッコ走り屋がちょこちょこしている。灰原と目が合ってもニコリともしないが、かといって睨みつけるわけでもない。〝ああ、お前も来たのか〟とでもいう冷めた視線を送ってよこすだけである。

やっと空いたスペースにイチヨンを滑り込ませ、灰原は外に降り立った。

便所で小便をして、自動販売機でキャビンマイルドを買う。走る前の儀式のようなものだ。

煙草を買ったところで背後から軽く肩をつつかれた。

振り向くと、灰原と同年代のくせに異様に白髪の多い男が顔をにやつかせて立っていた。襟首よれよれの白無地Tシャツを着て、十カ所以上も破れ目のある茶色く変色したジーンズを穿《は》いている。おまけにデブである。

今井《イマイ》という走り屋であった。

先日の逃がし屋の仕事を灰原に持ちかけた男である。もとは今井が持ちかけられた話だったのだが、「俺、朝起きれないから」と言って灰原にその話を回したのだった。

「……かったんだな」

今井は灰原の目を見ずに言った。周囲がうるさ過ぎるのと、今井の発音が不明瞭なため、聞こえない。

「なに？」灰原は聞き返した。

「捕まらなかったんだな」

今井が顔を寄せて言う。口が臭い。

灰原は唇の右端を微かに上げて返事のかわりとした。

「ボンネット、ギャラで買ったんだろう?」

今井は灰原の目を見ずに訊いてくる。

「まあな」

灰原は面倒くさそうに答える。

「いいよなあ、カーボンエアロ。マークⅡ用の中古ってホントなくってさあ」

「マメにパトロールしてりゃみつかるさ」

〝パトロール〟とは中古パーツショップをはしごして目当てのブツがないかチェックすることである。

「でもその前にプロペラシャフトだよなあ。ああ、欲しいよなあ」

今井は不明瞭な声でぼやいた。日頃の他人との会話の少なさがその不明瞭さの原因かもしれない。

灰原も似たようなものだが、この男の頭の中には次に手に入れるべき強化パーツのことしか入っていない。見事なまでにそれしか頭にない。ほとんど強迫観念である。いい加減に臭くてぼろぼろのジーパンを買い替えようとか、たまには散髪しようとか、そういうことは一切考えられないのである。

それから五分ほど、二人は一般ドライバーにはおそらく一割も理解できないであろう車部品に関するマニアックな話を交わした。会話の95パーセント以上は英語の部品名で、かろうじて接続詞だけが日本語というかなり凄《すさ》まじいものである。

話している間、今井は一度たりとも灰原と視線を合わせない。灰原もそのことには慣れていた。話していても相手と視線を合わせない走り屋は何も今井だけではない。

とりあえず話題が尽きた時、今井が言った。

「あ、そういやぁさっきニューインプレッサの走り屋がいたぜ」

「俺も見た。初めての奴だな」

「最近出たばっかなのに、もう一通りいじってやがんの。なんだかむかついちまったよ。金持ちなんだよなぁ、きっと」

灰原は肩をすくめた。

走り屋という人種は圧倒的に貧乏人が多い。貧乏人が走り屋になってますます貧乏になる。それでも走ることをやめられないから底無しの貧乏になる。

「俺なんか、カップうどんの汁とっといて次の日うどん玉入れて食ってるってのによお、くそ」

「自業自得《じごうじとく》だろう」

「そんじゃーねー」

今井はくるっと背を向けて歩き去った。自分が話したいだけ話すと、一方的に会話を打ち切って去る。そういう男だ。

――ナイナイ！　今夜の第一レースにエントリーしたいスーサイドマシンは集まれぇえ！

車に積まれた巨大スピーカーからカイの声が流れた。自称走り屋イベントプロデューサーのカイは峠レースを盛り上げるいわば道化だ。いなくてもレースはやりたい奴が自然と集まって滞りなく行われるのだが、カイがいた方がギャラリーが盛り上がるし、イベント感が増す。

とりあえずメンバー見て参加するかどうか決めるとしよう。

灰原はシルビアに戻り、四点式シートベルトを装着するとキーを差し込んで捻った。ドロドロドロ……という特徴ある音とともにイチヨンシルビアに命が吹き込まれる。

灰原は夜の中へ滑り出した。

3

なるほど、これが峠の楽しさってやつか。

シフトダウンして加速すると、驚いたことにインプレッサの安定性が増した。まるで野島が飛ばしてくれて喜んでいるような気がした。車の高揚が野島にもフィードバックされ、高揚感をもたらす。

恐怖も不安もなかった。あるのは爽快感だけだ。

運転には確かな自信がある。ラリーではこんなのとは比べものにならない酷い悪路、悪天候のもとで、しかも遅れを取り戻すために五十時間以上も寝ていないようなストレスフルな状況でひたすら爆走していたのだ。

報道されていないだけで、コカインの力に頼って乗り切っていたドライバーもいた。それくらい、正気のスイッチを切らねば乗り切れない局面の連続だった。

地図にも載っていないいつどこで出現するかもわからない大小の障害物を次々とかわし、時には子牛を跳ね飛ばして罪悪感にかられながらも決して止まらなかった。

小難しいカーブが連続するからってこんなまっ平らな路面でどうやって転ぶというのだ？

この峠のセンターラインには、走り屋の世界で猫と呼ばれるチャッターバーが設置されている。下手なドライバーがこれを踏めば命取りになる。実際これまで数人の走り屋が猫を踏んで派手に転がり落ちて死んでいる。

だがラリー経験者の野島にとってはまぁまぁほどよいくらいのスリルだ。

反射神経はまったく落ちていない。自信をもて。もっともっといけるぞ。

峠が終わればじきに長さ四百五十メートルの黒城大橋が見えてくる。走り屋掲示板の書き込みによると土曜の夜の黒城大橋及び黒城街道の交通量はかなり過密だそうで、峠と直線のコンビネーションコースとして人気が高い。峠で一番になって橋をウイニングランするのが理想だが、その橋で大型輸送トラックなどに阻《はば》まれて後ろからきた奴にあっさり抜かれるというアクシデントもあり、最後まで気が抜けないらしい。

橋に差しかかるとスピードダウンした。頭が少し熱くなっている。クールダウンした方がいい。

とその時、後方からブオーッというずぶ太い排気音が急接近してきた。

なんだ、と思った瞬間、真っ黒な改造セリカが野島の右脇を突風のごとく駆け抜けて行った。控えめにみても１８０は超えているだろう。続いて赤と黒のツートンカラーのＲＸ－７が近づいてきたと思ったら飛び去っていた。

どうやら自分が峠を走り出したすぐ後にレースが始まっていたようだ。

てめえらそんなに死にたいのか？　てめえ一人で死ぬなら結構だが、ここには他のドライバーもたくさんいるんだぞ、家族連れだっているんだぞ。

「……ふざけんなよ」

追い越し車線の車を追い越すための追い越し車追い越し車線が欲しいのはこういう瞬間である。

交換したばかりのカーボンボンネットは、劇的というほどではないが、確かに効果を感じさせた。

その効果に気を取られていたら、ほんの一秒の間にトップから三番手に後退してしまった。そろそろ本気をだそう。

4

峠は終わってしまった。直線で巻き返す。

デジタルスピードメーターはあっという間に200を超えた。

200を超えると視覚にちょっとした変化が生じる。

他の車がどれも後ろ向きに走っているように見え始めるのだ。そして自分の車は少し遅くなったような錯覚を覚えるのである。

この辺の感じ方は各走り屋によって微妙に異なる。例えばデブの今井は200を超えると本人の弁で〝いきなり視界がプレステ状態になる〟と言う。

灰原は舌打ちした。

鉄材を積んだ十六トントラックの馬鹿なドライバーが、追い越し車線ぎりぎりまで寄って走っていた。しかもシャブでもやっているのか少なく見積もって140は出している。

灰原にはああいう馬鹿が我慢できない。

アクセルをくっ、と踏み込み回転を上げる。ステアを切るポイントは見えていた。トラックの真横を走り抜ける。トラックの車輪はシルビアの車高とほぼ同じであった。

両者の間隔は一メートルもない。

ポイントに飛び込むと同時にわずかにステアを左に切って、トラックの真ん前に飛び出した。そしてアクセルに込めた力を急激に抜く。慣性で体がぐっ、と前にのめりそうになる。

後ろから壁が迫ってくる。

灰原は軽く蛇行した。

トラックのドライバーは肝を冷やしたらしく、ウォールの方へと寄る。

灰原も意地悪くウォール側に寄って蛇行する。

トラックの車輪が凄まじいスキール音を立てた。

この辺で勘弁してやるか。

灰原はお遊びをやめ、再びロケットのごとく加速して離脱した。

数台抜き去ったところでハンズフリーユニットに差した携帯電話が振動した。走る時は集中の妨《さまた》げにならないよういつもバイブモードにしてあるのだ。どうせ清子だ。勿論出る気などない。

両目共視力1・5の灰原の目が、品川ナンバー、プラズマブルーのインプレッサを捕えた。追い越し車線を160ほどで走っている。

灰原はそいつに〝白うさぎ〟と心の中で命名した。たとえて言うなら、泥と汗と垢《あか》で汚れ、異臭を放つユニフォームを着て戦っている工場の肉体労働者の草野球チームに、真っ白な新品のユニフォーム姿でいきなり入れてくれと言ってきた親会社の幹部の息子みたいな奴であった。

灰原は少し興味を覚えた。

スローダウンし、左に寄ってちょっと観察してみることにした。

やはり新車というものは乗っても、外から走りを見ても安心感がある。もしかしたらまだシートのビニールカバーさえついたままかもしれない。

まっさらな新車を走り屋チューニングする。

残念なことにそんな贅沢《ぜいたく》ができる人間は多くない。

〝白うさぎ〟の走りは安定していた。リズムに乗ったように二つの車線を行き来して、一般車を抜き去っていく。

灰原もついていった。

〝白うさぎ〟は走りに自信を持っているようだ。実際、灰原の目から見ても達者であった。

だが、どうもまだ自分を抑えているという印象も受けた。育ちの良さゆえの上品さが、もうあと一歩を超えられなくさせている。そんな感じがした。

これまで見たことないタイプの奴であった。

灰原は〝白うさぎ〟との間を少し詰めた。

真後ろにつけ、パッシングする。

5

自分を抜き去った二台の走り屋を追うように野島は加速した。

こめかみの血管がどくどくと脈打ち、怒りと緊張のために視野が余計に狭まった。

回転は上がりっぱなし、スピードメーターはついに170を超えた。公道でこのような無謀なスピードを出したのは生まれて初めてだ。

しかし、走りはまだまだ安定していた。車の性能の良さもあるが、自分の確かな腕があればこそである。

どうせ180を超えればリミッターがかかってしまう。ここまできたらトップエンドでの走りを味わってやろう。

いくぞ！

インプレッサは縄を解かれた猟犬のように飛び出した。

野島の中で何かがふっきれた。

飛ばせば飛ばすほどタイヤは吸いつくように路面をグリップし、わずかもぶれることなく狙ったラインを正確にトレースする。脳の神経回路から快楽物質がじゅわっ、とにじみ出す。

右へ、左へ、リズムに乗ってまるで踊るように自由自在に車線変更する。走るというより泳ぎ回るという感覚であった。

一般車に迷惑をかけているという罪悪感はまったく感じなかった。確かなテクニックを持った者は自信を持って自分の走りたいスピードで走ればいいのだ。

ほどなくさっき自分を追い抜いたRX－7を捉える。

排気音ばかりでかいガキが。音のでかさを競ってんじゃねえぞ。

野島は車線境界ライン上に飛び出して突っ走り、追い越し車線でRX－7が前を走るセダンを煽っているその横を、野島の腕の長さほどのきわどさで擦り抜けた。

さらにライン上を走り続ける。

続いて黒のセリカも捉える。右から回り込んで軽く幅寄せし、ちょっかいを出す。頭に血がのぼったセリカがお返しとばかりに右に幅寄せしてくるのをわざとさせておき、ここぞという瞬間に減速して真後ろにぴたりとつけ、からかいの意を込めたクラクションを一発鳴らしてから、すっと左側に飛び出して抜き去ってやった。

愉快だった。

どいつも見かけ倒しのちょろい奴らだ。

野島は自分が公道においてもまた素晴らしいレーサーになれるのだということを実感した。まあ、腕を磨いてきた場所が場所だから当然である。

「もういっぺん教習所で一から習って出直してこい」

野島は背後に向かって吐き捨てた。

ふと背後に、気配を感じた。

ルームミラーで見ると、グレイのイチヨンシルビアが亡霊のように真後ろにぴったりくっついていた。

一瞬、ひやりとする。

なんだよ、てめえは。

イチヨンが野島に向かってパッシングした。意味するところは明らかだ。

俺が誰だかわかってしかけてきているのか。野島の口元に冷たい笑みが浮かんだ。さっきの二台を追い抜いたところを見ていたのなら、それなりの覚悟で臨んでいるんだろうな。

上等だ、田舎侍が。しかけてこいよ。

イチヨンが右から抜きにかかった。

甘いぞ！

野島はひやりとさせてやるつもりで、同じタイミングで右に飛び出した。お前の鼻面つかんで引き摺り回してやるよ。

回転計はさらに跳ね上がり、エンジンのトーンも高くなる。

ダムの放流のように快楽物質がどっと脳下垂体に送り込まれ、自分が何か特別な存在へと昇華していくような高揚感が野島の全身を包み込んだ。

自分が他の車を追い抜いているのではなく、他の車が勝手に後ろに飛び去っていくように感じられた。その中で真後ろのあいつだけは飛び去っていかない。

よくついてきてるぜ、お前。なんなら弟子にしてやっても……。

きついカーブに差しかかり減速した瞬間、風が右を擦り抜けていった。

一瞬、何が起きたのかわからなかった。

いつのまにかあのイチヨンが、前を走っていた。

野島は唖然《あぜん》とした。

すさまじく鋭利な刃物によって、しかも目にも留まらぬ速さで顔を切られたかのような、そんな冷たさを頬に感じた。

このコーナーをあのスピードで走り抜けたという事実、そしてそんな芸当ができる奴がいるという事実を受け入れがたかった。まるで奴が走り抜ける一瞬だけ、スピードの神が奴専用のショートカットをこしらえてやったかのようだった。

あまりにも簡単に抜き去られた。野島はやっと、あのイチヨンがいままでわざと力をセーブしていたのだと悟った。奴は俺がどこまで走れる奴なのか観察していたのだ。

俺はからかわれたんだ。

「てめえ……」

今度は野島が熱くなった。鉄壁のようだった自信に亀裂が生じ、その亀裂から、ふいにある記憶の断片が顔を覗かせた。

結婚前に繁美と二人、車で二泊三日の旅行をして、その帰り途の高速道路でのことだ。

「駿の助手席ならいつでも安心してられるな」

繁美は笑顔でそう言った。彼女にしては珍しいくらい率直な誉め言葉であった。笑顔も少女のように素直だった。

婚約を交わし、二人の仲は結婚という最高潮に向かって急角度で上り詰めようとしていた。そんな状況が、パートナーに対する接し方を知り合った頃よりもずっと素直なものにしていた。

二人の間には相手に対する不安も、見栄も、隠し事もなかった。

「ここでラジオからユーミンの歌でも流れたら出来過ぎだな」

野島は照れ笑いしながら言った。「あんまり出来過ぎで、ズッコケて事故るだろうな」

〝僕の人生の　サイドシートには　君の笑顔を乗せたいから〟

という歌があるのだ。

幸いラジオからはソフト・セルの『セックス・ドワーフ』が流れていたのでそういう事態は避けられた。

「ねえ、駿。一人で運転している時、実は目ぇ吊り上げてぶっ飛ばしたりとかしてない？」

繁美が茶目っ気のある目で訊いてきた。

「してないよ」野島は笑いながら答えた。

「おじいさんの車、後ろから煽ったりしてない？」

「しないって。今までだってしてないし、これからだって絶対にそんなことしないよ。もう俺一人の命じゃないんだから」

そんな言葉がすらっと口から出たことに自分でも驚いた。

俺一人の命じゃない。そうだ。そうなんだ。

「繁美と、繁美の家族、俺の家族。それに、いずれ子供だって産まれるんだからな」

後にも先にもあんなくさいセリフを堂々と吐いたことなどなかった。やはり結婚前というやや特殊な状況がそう言わせたのだろう。

勿論、本心だ。心の底から出た言葉だ。

そんな境地に達することができたのだ。繁美のおかげで。

小春日和《びより》のような柔らかくて明るい記憶から、野島は突如現実に立ち戻った。

ターボエンジンが咆哮《ほうこう》し、加速Gが頬の肉をへこませている現実に、である。

おい！

俺が今やっていることはなんなんだ。

目を吊り上げてぶっ飛ばし、くだらない奴ら相手に抜いた抜かれたとムキになっている
俺はいったい何だ？

そう思った途端、膝に穴が開いてそこから足に伝わるべき力がすべて漏れ出してしまったかのように踏み込んだアクセルがぐぐっ、と戻り始めた。エンジンの回転がどんどん落ちていく。

俺は堕ちたのだ。

断罪するような声が頭の中でした。

そうだ、繁美を殺した奴らと同じになり下がったのだ。

いい走りだった。ここまで自分を引っ張れる奴は久しぶりだ。真後ろを走りながら灰原は思った。

6

だが確実なことは、いくら良い走りでも自分ほどではないということであった。

今、前を走っているあいつはついてくるのが精一杯でいつまでたっても自分を抜けないイチヨン、つまり灰原に対して麻薬のような優越感と勝利感を味わっていることだろう。自分がスピードの神にでもなったような気分だろう。灰原がセーブしていることも知らずに。

灰原は対戦相手を勝利に酔わせてから一気に奈落の底に突き落としてやるのが好きなのだ。その方が精神的ダメージが大きい。そうやってこれまで多くのうぬぼれ走り屋を蹴落としてきた。

灰原の唇の端が微かに吊り上がった。

〝逆転コーナー〟と心の中で名付けたポイントが近づいてきた。まともな頭で、しかも死にたくない奴なら間違ってもそこでしかけたりしないきついカーブである。しかし、そここそが灰原の勝負どころなのである。このカーブを自分のようなスピードで抜けられる奴は存在しない。どういう状況であれ、そこだけはスピードの神がいつも灰原だけに味方するのだ。

カーブに差しかかり、灰原は超人的な反射神経でスピードをほとんど緩めずに右側から〝白うさぎ〟を追い抜いてやった。極薄の剃刀《かみそり》で切りつけるように。

後輪が少し流れたが、大したことない。もっと大きく流れて死神にうなじを触られたこともある。

体勢を立て直し、奴の反応を見る。大抵の奴はここで抜かれた動揺で走りが目に見えて雑になる。

インプレッサは勃起《ぼっき》しかかったペニスが相手の女の心ないひと言で萎《しお》れたかのようにスピードがみるみる落ちていった。

「なんだよ」

灰原はつまらなくなった。逆ギレして追ってくることを期待したのに。これから面白くなったのに。

途端に興味も薄れる。もうちょっかいを出す気にもなれない。

ミラー越しに、小さくなっていくインプレッサに向かって呟いた。

「自分んちの庭でも走ってろ」

7

これ以上走るのは苦痛だった。すぐにでもどこかに車を止めて気持ちを落ち着けたかった。

『強盗・強姦・不審者続出！　遠くても回り道を』と書かれた立看板の先の暗い小道に入って車を止めた。

上下と四方から押しつぶそうとするかのような濃い静寂の中に閉じ込められ、野島は恐ろしいまでの孤独をいやというほど味わった。胸の真ん中にアクアライン・トンネルのような大きな穴が開いていた。

しばらくハンドルに突っ伏して微動だにしなかったが、ようやく体を動かす気力が湧いてくるとシートベルトを解除してシートを後ろに倒し、目を閉じる。

なぜ急にあんな記憶が蘇ったのだろう。まるで、繁美があの世から呼びかけたようだ。今の俺の命は誰のものだ？　野島は自分に問いかけた。

繁美はもういない。子供も産まれない。野島の家族と繁美の家族はもう繁美の命日以外に顔を合わせることもないだろう。いずれ疎遠になり、やがては完全に別れる。

野島は目を開けた。

状況はあの幸せだった時とは違う。走り屋どもが俺から多くのものをいっぺんに奪い取った。今度は俺が奴らからその何倍も奪う番だ。やり返す時は倍にして返す。それが戦いの鉄則だ。

胸に開いた穴が、周辺から徐々に小さくなっていくのを感じた。

もう弱気にはならないぞ。もう二度と感傷的な想い出に動揺などしない。

シートを元に戻し、ベルトを装着して再びエンジンをかける。腕時計を見るともう夜中の一時を過ぎていた。

だが、まだ帰るつもりはない。

「もう一回行くぞ」

8

ひとっ走りした灰原はスタート地点に戻ってきた。

深夜一時を過ぎて、イベント会場はますます狂いつつあった。これが明け方過ぎまで続くのである。

ゲームセンターの裏で立ち小便して出てくると、一人の若い女が、よろめきながらこちらに向かって歩いてきた。

女はブーツを履いた足をもつれさせ、転んで膝を擦りむいた。ミニスカートから生えている白い生脚が灰原の目に飛び込んだ。

顔もまあまあ普通だ。二十歳前後だろう。

「どうした？　大丈夫か」

灰原は女に近寄ってしゃがみ、肩に手を置いた。

「ううん」

女はかなり酔っていた。

「気持ち悪いのか」

女は小さくこくりと頷いた。

「吐きそうか？」

「もう……出した」女は掠れた声で答える。

灰原はその返事に苦笑した。

「友達と来たのか？」

「……」

「おい」肩をゆする。

「んん？」

「友達と来たのか？」

女は首を振る。

「彼氏か？　彼氏どこにいるんだ？」

女はまた首を振る。

こりゃ置いていかれたクチだな。置き去りにされて、ヤケ起こしてビールをガブ飲み。イベントではたまにこういう女が発生する。痴話喧嘩の挙げ句、男は女を放って帰り、女は別の男に誘われるままそいつの車に乗って帰ったり、あるいはさらわれたりする。

「しょうがねえ彼氏だな。これからどうすんだよ」

女はぼおっとした顔で首を傾げた。

〝あたしもう終わってんの、なんでもいいの〟とその顔には書いてある。

決まった。

「俺の車で休めよ。気にすんな」

灰原は女の背中に右腕を回し、立たせた。女はなすがまま引き摺られ、ついてくる。

灰原は女を乗せると、ヒーターを入れた。

助手席の女は頭をがっくりと垂れ、一言も口をきかない。

灰原はシートを倒して、おもむろに一物《イチモツ》を引っ張り出すと「こいよ」と言って女の髪を摑んで股間へ引き寄せて、強引に唇に押しつけた。ここで嫌がった場合、顔面を一発殴る。

だが女は酔っているのと、自分を置き去りにした男への仕返しのつもりか、ためらうことなく、そうすることが当たり前というふうに灰原の物を頬張った。

こういう女は楽で良い。

二、三分が経ち、気分が乗ってきたところで灰原は女を仰向けにし、パンティーをずり下ろして片方の脚だけを抜くと、脚を開かせた。そしてのしかかり、おもむろにファックを始めた。

女は抵抗もせずに、うんうんと唸る。

コンドームなど持っていないので灰原は女の中へ直で突っ込んだ。

病気持ちかもしれないが、病気が怖かったらこんな女は乗せない。それからいたわりの欠片《かけら》もないやり方で責め立てて、「うんっ！」とうめくと射精し、果てた。所要時間約八分というところだ。

女は泣きも笑いも怒りもしない。死んだようにぐったりとしている。

灰原は一物を出したままでドアを開け、外に出た。その場で立ち小便をしてから一物をしまい、助手席側に回り込んでドアを開けると、女が脱ぎ捨てた上衣とブラジャー、それにハンドバッグを道の真ん中に放り投げた。それから女の頭を軽くこづいて言う。

「下りろ」

「んあ？」

「下りるんだよ」

灰原は、女のブーツの足首を摑んで、乱暴に車外へ引き摺り出した。

「ちょっとお！　なにすんのよお！」

初めてまともな言葉を喋った。

「うるせえよ」

「あたしの服うう！」

「向こうにある」灰原は捨てた服の方へ顎をしゃくり、「じゃあな」とボンネットを回って運転席に乗り込み、エンジンをスタートさせた。

「ちょっとお、何よこれえええ！」

灰原は女の叫びを無視して走り去った。

やることはやった。今夜はここらで帰るとしよう。

9

――ああ、野島さん。なかなかかかってこないから、これは相当のめりこんでいるなと思っていましたよ。高梨君は眠ってしまいましたが、私はずっと起きていましたよ。どうで

――したか？

午前三時を過ぎても美濃部は元気な声であった。

「走り屋はたくさん来てますよ。ただ、僕の想像とは少し違いました」

――と、いいますと？

「もっとこう、暴走族みたいに群れているのかと思ったら、そうじゃないんですよ。結構みんな一匹狼というか……。どいつも黙々と自分の車を駆っていて、他のことには興味ないというふうに見えました。仲間同士で談笑しているところも見なかったし……」

――ほう、なるほどねえ。一匹狼ですか。ふうん。

美濃部はいたく関心を示した。

「僕も結局、走るだけでした。すみません」

野島はひどく虚しいことに時間を費《つい》やしてしまったような気がしていた。大学生の頃、大切な試験の前に結局悪友どもと徹夜マージャンをやってしまった時のことをふと思い出した。

数時間後には愛美との待ち合わせがある。だが、これから家に帰ってもろくに寝る時間もない。もうちょっと早く切り上げれば良かったといまさら後悔しても遅い。

――ああ、気にしないでください。道程は長いのですから。焦りは禁物ですよ。根気よくいきましょう。

「美濃部さん」

——はい？

「実を言うと……今、少し複雑な気分です」

——……。

「なんて言ったらいいのか……自分が……なんだか分裂しそうな……」

——野島さん、私にはあなたが晒《さら》されているストレスがよく理解できますよ。あなたはいわばマフィア組織に潜入したFBI捜査官のような立場なんです。任務遂行のために誰よりも憎い連中の一人として行動しなければならないんです。自分に矛盾を感じてしまうことがあって当然ですよ。それはあなたが理性あるまともな人間であるということの証《あかし》なんです。

「そう言われると、少しすくわれた気分です」

——明日、といってももう今日ですが、一日ゆっくり休息することです。車のことは忘れてね。繁美さんとゆっくり語らうのもいいでしょう。

繁美とゆっくり語らう。その言葉は野島の心に、なんともいえぬ痛みを伴ってしみこんだ。

「そうですね。それがいいかもしれません。それじゃあ、高梨さんによろしく」

——ええ、伝えておきます。お疲れさまでした。

確かに疲れた。

野島は家路に向かうことにし、エンジンをスタートさせた。

喧噪はまだまだ続いていた。誰もがぶっ倒れるまで踊り狂い、騒ぎまくるつもりらしい。

走り屋どももまだ粘るらしい。

そして後に残されるのは大量のゴミとタイヤ痕。それだけだ。

「……まったくお前らは……」

野島は吐き捨て、インプレッサを出した。今は一刻も早く家に辿り着き、熱いシャワーを浴びて蒲団に潜り込みたかった。

10

――どういうつもり！

当然のことだが清子は激怒していた。

「ちょっと仲間と話し込んじまったんだよ」

灰原はさも面倒くさそうに答えた。

今、灰原は自宅のマンションから二キロほど離れた団地の脇の路上に車を止め、シートを倒して両足をハンドルの上に投げ出している。

帰る前に清子に電話して様子を探ってみることにしたのだ。当然怒っているだろうが、その度合いを確かめるために。

「それに……帰り道が混んでてよお」

股間が痒いのでジッパーを開けて、右手を中に差し入れた。

──一緒に映画観るって約束したじゃないのよお！

さきほどのファックのせいで陰毛はまだ湿っていた。

「お前が何時に帰ってくるかわかんねえんだからしょうがねえだろ。俺にずっと待ってろっていうのかよ」

──なるべく早く帰るって言ったじゃない！　十時半には帰ってたわよ！

「ああそうかい」

そんなに早く帰ってくんなよ、バカ。

「もっとゆっくりしてくりゃいいだろ。せっかく誘ってもらった合コンなんだからよ」

陰毛を数本引き抜いて、窓の外へ投げ捨てる。

──あんなもんおもしろくもなんともないわよ！　愛想笑いで顔が疲れただけ。もう行かない！

つまり全然モテなかったってことだろ。

――ねえ、今どこにいるのよお。

「わかんねえ」

――なによ、それ！

「ああ、うるせえ。いちいち怒鳴るなっていってんだろ」

――もう……。

清子はまた泣き始めた。泣く度にますます醜く、すくいようのない女になっていく清子。

灰原は今また殺意を覚えた。

「これからちょっと寄っていくとこがある。お前は寝ろ」

――どこ行くのよおお……うう……。

〝うう〟じゃねえよ。このトンチキが。

「借りた工具、ダチんとこに返しに行くんだ。それから戻る」

嘘である。

馬鹿女の面を見たくないから、駅前のシャワールーム付き漫喫で汗を流し、車の中で昼前まで眠ることにした。それから家に戻り、喧嘩が始まる前にまた寝ちまえばいい。

金があればこんな女と暮らさなくて済むのに。世の中、思い通りにはいかないものだ。

11

朝六時近くにマンションに帰り着き、野島は着替えもせずにまっすぐ蒲団へ直行した。とりあえず十時に目覚ましをセットして、頭から蒲団を被り、目を閉じる。

短い時間に、いろいろなことがあった。

体を横たえていても全身にまだ車を運転しているような振動と圧力を感じる。頭の中ではあの駐車場で聞いたというか聞かされた、覚えたくもない日本人ギャングスタ・ラップの「♪オレディック！　あいつビッチ！　ハメてハメてなんもわるくね？」という寒いフレーズが延々と反復され、消えてくれない。

野島は唸り声を上げ、何度も寝返りを打った。

閉じた目蓋の裏に浮かぶのは高速道路の路面と流れていく光の筋ばかりだ。

「彼女、お前に色目を使ってたぞ」助手席の藤森《ふじもり》はざらついた声で言った。「お前、手ぇ出したのか」

「そんなのお前の勘違いだ！　おい、本当にこのまま進んでいいのかよ！」

レースは後半に差しかかり、モーリタニアのアタールからスタートし、ヌアディブに向かっていた。680キロの走行距離の内630キロが砂漠の中というスペシャルステージである。ドライバーもナビゲーターも、体力と神経の限界ギリギリであった。

順位は下がる一方だ。それはナビゲーターの藤森のせいだ。パリダカという大舞台に挑戦していながら、サービスポイントで夜食の配膳の手伝いをしている〝なっちゃん〟という若い女に一目惚れして、勝手に妄想を膨らませている。妄想に囚《とら》われてラリーコンピューターの単純な入力ミスをしでかし、しかもそのミスに気づくのが遅かった。野島たちは大きくコースアウトした。十四分の手痛いタイムロスである。

長年一緒にやってきてこんなこと初めてだ。ぶん殴ってやろうかと思った。

確かに野島も彼女に好意を抱いていた。〝なっちゃん〟は美形で明るくて元気がよく、皆に好かれている。今大会のいわばマスコットのような存在となっていた。しかし女の子をひっかけるために出場したのではない。藤森だけがそのことをわかっていない。

藤森は野島の質問に答えずにねちねちと続ける。

「お前はいつも抜け駆けする。そういう奴だ。アクロポリスの時だって食事係のフェイちゃん、俺が先に目をつけたのに……」

「だったらなんだ！　そんな大昔の話すんじゃねえ！　お前もなっちゃんと話せばいいだろ！　話しかけられねえからって俺に八つ当たりするな！　だいたい今そんなこと話してる場合かよ！」

怒鳴りながらコースを間違えた地点に向かって爆走する。焦りと怒りで髪の毛が逆立ちそうだ。ミスコースした時ほど冷静にならなくてはいけないとわかっているが、隣が間違えても〝ごめん〟も言わない馬鹿野郎で、しかもロスタイムが十四分ともなるとそれは無理なことであった。

前方は砂嵐のため地面と空の区別もつかない。一瞬の判断の誤りが命取りになる。それなのに、藤森はナビゲーターの仕事を完全に放棄している。さらに五分ほど前からエンジンの音もおかしくなっていた。

悪夢のような状況である。

これで砂漠にスタックでもしたら発狂してしまうだろう。

「答えろ野島っ！　なっちゃんに手をつけたのか！」

野島は藤森のしつこさに気味が悪くなってきた。ちら、と横目で藤森を見ると、目が完全にイッていた。競技者たちの間でしばしば話題になる〝砂漠をさまよう亡霊〟にでも取りつかれたようだ。

野島はぞっとした。

「ば、馬鹿言うなっ！　そんな暇あるかよ」

「あるさ。お前は手も早いし、終わるのも早いからな」

いくら気味悪くてもその発言は許せなかった。

「てめえよりは長いぞ、バカ！　それより、二度とミスすんじゃねえぞ。今度間違えたら絞め殺すからな」

もうこいつとは一緒にやっていけない。コンビ解消だ。蹴り出して砂漠の中に置き去りにしてやりたかった。

「頭を冷やせ！　サハラ砂漠に来てまで女のことなんかで喧嘩してる場合かよ、今はレースをしてるんだぞ！　本当に、まっすぐでいいのかよ！　地図見ろよ！」

野島は怒鳴った。このままオンコースできずにリタイヤという最悪の事態が現実のものになりつつあった。

「てめえの勝手にしろ！」藤森も怒鳴り返す。そして命の次に大切なコマ地図をくしゃくしゃに丸め始めた。「もうやめだ、馬鹿くせえ」

全身が燃え上がりそうな怒りに、野島の全身はぶるぶると震え出した。

「なんだとコノヤロッ、ナビしねえなら車から降りやがれ！　この役立たず！」

「一人で運転できねえくせにでけえ口たたくんじゃねえよ！　てめえと組んでたら一生上にあがれねえや！」

「それはこっちのセリフだ、この腐れウジ虫！」

「俺がウジ虫ならきさまは牛の下痢便だ！」

「なんだとこの風俗童貞の……」

その瞬間、ふわっと、車が浮き上がった。
いきなり地面が消え失せたのだ。すーっと股間が冷え、次の瞬間、今度は車の尻が大きく持ち上がった。上下の感覚が消え失せた。そして車は亀みたいに裏返しになった。頑丈に補強したはずのピラーがあっけなくひん曲がる。フロントグラスがべこっとへこんでからあっけなく割れ、白い砂がどっと流れ込んできた。野島の目にも鼻にも口にも熱く焼けた砂が容赦なく侵入した。

畜生！

夢の中だけで叫んだのか、実際に叫んだのかはわからない。かっと目を開けると、目覚ましが鳴っていた。

「くそ……」

野島は両手でこめかみをぐりぐりと回した。
キャリアの最後となったパリダカのリタイヤの瞬間はこれまで何度も夢に見た。そして夢から覚める度に猛烈な自己嫌悪と屈辱感に陥る。
本当に、なんとくだらない最後だったことか。今思うと問題の中心にいたあの女だってそれほど美人でも、器量が良いわけでもなかった。ラリーという特殊な状況が生んだ一種のヒステリーみたいなものだったのだ。

「馬鹿くせえ……」

結局、眠っても余計に疲労が増しただけであった。

正午に上野まで愛美を迎えに行かなければならないのだ。

熱いシャワーを浴びても眉間の凝《こ》りは取れず、やたらと生《なま》あくびが出る。

黒の長袖シャツに薄茶のチノパン、黒のブルゾンという格好に着替え、眠気覚ましにとりあえずコーヒーを一杯飲み、髭を剃《そ》ってから部屋を出た。

エレベーターで一階まで下り、自動ドアをくぐる寸前になって自分が右手にインプレッサのキーを持っていることに気づいた。今日は日産キューブに乗るというのに。

舌打ちしてキーをポケットに突っ込むと、エレベーターに引き返し、四階の自室に戻ってキューブのキーを取って再びエレベーターに向かう。

エレベーターに乗ってドアが閉まってから、野島はまた舌打ちした。インプレッサのキーを部屋に置いてくるのを忘れた。

どうも調子が悪い。

だが、まあいい。惚れた車のキーはいつでも持っていたいものだし。もう一度戻るのは馬鹿馬鹿しいので、そのまま一階まで下り、駐車場に向かった。

キューブに乗る前にインプレッサに近寄り、一回りして自分で気づかぬうちにボディーに傷がついていないかチェックする。

擦り傷ひとつついていないことに満足すると、ボンネットを軽くぽん、と叩いて「カバーを買わないとな」とまるで恋人に向かって言うように呟いた。

日産キューブに乗り込むと、そのあまりの狭さに思わず「なんだこりゃ？」という言葉が口をついて出た。


道が混んでいて五分ほど遅刻してしまった。車は上野丸越の地下パーキングに入れ、野島は店内から一階の正面口へ向かった。

店内はかなりの混雑で、正面口も待ち合わせの人間と買い物客で混み合っていた。

その中から愛美の姿を見つけた瞬間、野島は思わず目を見張った。

見違えていたのだ。

愛美は野島が外から来ると勘違いしているらしく、外の方を向いて、野島に横顔を見せていた。

肩まであった黒い髪は大胆に切り落とし、より明るいブラウンになっていた。

上は濃いピンク色のキャミソールに同色のカーディガン、下はスカーフのような派手な柄《ガラ》スカート、紺とピンクのツートーンのミュールという格好だった。フェンディのロゴマークハンドバッグを左肘に提げ、右手に携帯電話を持っている。その薬指にはシルバーの指輪が光っている。

これまでに繁美を交えて会った時、愛美は大抵ジーパンとかデニムのスカートといったラフな格好だったのだ。アクセサリーの類も繁美にくらべればあまり身につけない方だった。今日もそんな格好で来ると思っていたのだが、今日の愛美は誰がどう見ても気合いが入っている。今までになく、愛美に〝女〟を感じた。

野島の脈拍は早くも上がり始めた。

ふいに愛美がこちらを振り向いた。野島の視線を感じたらしい。

愛美の顔がぱっと弾け、笑顔が咲いた。携帯電話を持った右手を野島に向かって振る。

愛美って、こんなに可愛かったっけか。

野島はうろたえたものの、同時に嬉しくもあった。嬉しい誤算というやつである。

ややだらしない笑みを浮かべながら、軽く右手を挙げて応えた。

「やーだ、中から来ると思わなかったよう」

愛美は笑いながら近づいてきた。

すると顔のディテールもはっきりとし、今までになく念入りにメイクをしていることがわかった。濃いめのアイラインとカールした睫《まつげ》、艶のあるピンク色の唇。それらに心を揺さぶられた。

「よお、元気か？」動揺を隠しつつ挨拶した。

「駿さん、なんか眠そうな顔してるよ。平気？」

「平気平気、それより、随分気合い入ってんな」

「へへ、ちょっとねえ」

愛美はいたずらっぽく笑って両腕を広げてみせた。胸元の白い肌についい目がいってしまう。

顔中しみだらけしわだらけの老婆が、広げた愛美の腕に頭をぶつけて、「いたっ」と声を上げた。

「あっ、ごめんなさい」

愛美はあわてて老婆に謝る。

野島は苦笑して、「気をつけろよ」と注意した。

「すいません」と老婆にもう一度謝ってから、愛美は野島に向き直って言う。

「ねえねえ、映画、一時半からなんだ。だからわりとゆっくりランチ食べられるよ。デパートの上で食べる？」

「なんでもいいよ、任せる」

繁美と出かけた時もそうだったが、野島は外で食事をする時は、相手に任せてしまう。考えるのが面倒くさいのだ。

「前からそうだよね、駿さんは。じゃ、いこ」

愛美は野島のブルゾンの肘を掴むと引っ張って歩き出した。

ほんの微かだが、甘い匂いがした。

野島の脈拍はさらに上がっていく。


二人は最上階レストランフロアーにあるイタリア料理の店に入った。テーブルに向かい合って座ると、野島は余計に緊張した。まるきり別の女と居るような違和感すら覚えたのだ。

「ねえ、駿さんとあたしが会うの、今日で何回目かわかる？」

前菜のサラダをフォークでつつきながら愛美が訊いてきた。

野島は頭の中で数えてみた。結婚前に一度、結婚した後に二度会っている。

「今日で四度目だな」

野島は答え、生の玉葱《たまねぎ》を口に入れた。苦い。

「外れっ」

「え？」

「五回目だよ。結婚式で会ったじゃない」

「ああ、そうか。そうだったそうだった」

野島はなぜかおかしくなり、笑った。睡眠不足だとつまらないことが妙におかしかったりする。

愛美はよく喋り、笑った。

野島も普段とくらべればよく喋った。寝不足で眉間とこめかみが痛いのはつらかったが、気分は上々であった。

会話の最中に視線が合うたび、寝不足の脳味噌に微弱な電流が走るのを野島は感じた。それは心地よい電流であった。

自分は愛美という女について実は何も知らなかったのではないかと思った。野島の心の中で、愛美はこれまでの繁美の妹という存在から、斎藤愛美という一人の女へと変わった。だが、死んだ妻の妹を一人の女として見ることには、まだためらいがあった。

パスタを食べ終わる頃、野島は何気なく訊いてみた。

「前の彼氏とはなんで別れちゃったんだい？」

「え？　向こうが馬鹿だから」

愛美は平然といった。その顔を見る限り、もう完全に過去のこととなったようだ。

「馬鹿にも色々いるじゃないか」

野島はにやにやしながらそう言い、ナプキンを一枚取るとそれで鼻の頭を拭った。

「その人、別に彼女がいたのよ」

「そうか、二股男か」

「それは別にいいのよ。お互い独身なんだから」愛美はさらっと言ってのけた。目つきがちょっときつくなる。「でもさあ、ある日そいつがデートの最中に私に言ったのよ。〝やっぱりさ、こういうのって、なんだか良くないよね〟って。馬鹿じゃないの？　って思ったら、いっぺんに冷めちゃった」

「〝こういうの〟って、二人同時に付き合ってること？」

「うん。フツー、そんなこと相手の女に同意求める？」

「良心が咎《とが》めたんだろう」

愛美が野島の方に身を乗り出してきた。

「それにしたってさ、良くないって思ったんなら余計なこと言わないで〝別れよう〟って言えばいいじゃない。あたしに同意求めないでよ。そういうの、男らしくないよ。最低だよ」

「いきなり別れようって切り出すのが酷《こく》だと思ったから、先に理由を言ったんじゃないのか？」

別にその男を弁護するつもりはないが、野島は言った。目線は愛美の顎のラインをなぞり、それからまた白い胸元の辺りをさまよう。

「そうだとしても、〝良くないよね？〟っていうのが気に入らないわよ。あたしが〝ううん、そんなことないよ〟って言ったら、付き合いを続けてたわけ？」

野島は愛美の鎖骨《さこつ》の窪《くぼ》みから、顔に視線を戻した。

「さあ……どうだろう」

「つまり、自分じゃ決められない人間なのよ、そいつは。そういう男は駄目、却下」

野島はなんだかすがすがしいものを感じてしまった。

「その男は見る目がなかったんだな」


腹がいっぱいになったら、体が眠りを要求し始めた。しかし、愛美との会話と視覚刺激から脳味噌はすっかり活性化してしまい、なんともおかしな具合であった。

ランチの後は映画『真剣師　菊池明』である。

これにはまいった。

菊池という将棋の腕は天才だが、女にはてんでだらしない男が真剣師としてのし上がっていくという話なのだが、十五分から二十分に一回、さまざまな女とさまざまな場所での妙に濃厚で生々しいセックスシーンが展開され、その度に野島の頭の中ではスクリーンの女が隣に座っている愛美や高梨に重なってしまう。

野島はもう二カ月以上セックスをしていない。いつまでこの状態が続くのかはわからない。相手が現われればするだろう。生きていて、男なのだから。肉体的に亡くした妻の喪《も》に服すべき期間も野島にはよくわからない。

だが、その相手が愛美というのは許されない。それは駄目だ。

スクリーンでは全裸の女と主役の男が、温泉の湯気の中で前戯を交していた。湯気でかろうじてぼかされているが、かなり露骨な体勢であった。

――ああっ！　ああん、この指、魔法の指なのね。

女が感極まったような声を上げた。

その声で観客の男全員がおそらく勃起するか、先端を濡らしたに違いない。野島も例外ではない。ズボンの下がむくむくと起き上がった。

ちら、と一瞬隣の愛美を見ると、食い入るようにスクリーンをみつめていた。

――あたし……あなたが、将棋を指している指を見て、はあ、はあ、感じたのよ。男の人の指を見ただけで感じたのなんて、生まれて初めてなのよ、あ、ああん！

男は不敵な髭面で女の乳房を科学者のような手つきで揉みしだいている。

この野郎。

野島はそいつ（主役の名前、なんといったっけか）に羨望《せんぼう》の混じった憎しみを覚えた。

そいつが言う。

――将棋盤は宇宙なんだ。俺は広大な宇宙に宇宙服だけで飛び出していく狂った飛行士なんだ。

わけのわかんねえこと言ってんじゃねえ、畜生。それにしても、この映画を見たカップルは皆、映画館を出てホテルに直行するんじゃなかろうか。

愛美とセックスがしたい。

一旦そう思ってしまうと、その思考をどうにも止められなくなった。理性の壁にひびが入り、崩れそうだった。その壁には鉄骨が入っていないらしい。

――戻ってこれなくても構いやしないのさ。

――ああ、明っ、あたしも連れていってえ！

いい年こいた男が映画のエロシーンを見て欲情し、こめかみの血管をどくどくと脈打たせている。滑稽だとは思うが、理性では抑えられなかった。

畜生、これじゃ拷問だ。早く終われよ。

野島は情けない気分だった。

「いやー、なーんかすごかったねえ」

映画館を出るや否や愛美はあっけらかんと言った。

「まいったよ、ホント」野島は両手をポケットに突っ込んで歩きながら言った。「何の映画かわかりゃしない」

エンドロールの間に頭を冷やし、その後トイレで用を足すとどうにか落ち着きが戻り、ほっとしていた。

「主役の人、似てたでしょ？　駿さんに」

「どこがさ」

「だから、この辺のところが」

愛美は右手をすっと伸ばしてきて、野島の眉間を人差指と中指で触った。それが愛美との初めての肉体的接触であった。

「なんか脂《あぶら》っぽーい」

愛美が野島を触った手を見て顔をしかめた。

「え？　そうか？」

脂っぽい顔のおやじが世の女の嫌われ者であることぐらい野島も知っている。映画館で洗おうかとも思ったのだが後ろがつかえているため遠慮したのだ。

初めての肉体的接触が脂っぽい、ではちょっと具合が悪い。

とりあえずハンカチで拭いておこうと思い、ズボンの右ポケットからハンカチをつまんで引っ張り出す。

その時である。同じポケットに入れておいたインプレッサのキーがぽろっ、と足下に落ちた。

「あ、なんか落ちたよ」と愛美が言う。

野島はあわてて体を屈《かが》めると、ひったくるようにキーを拾い上げ、愛美に見せまいと尻ポケットにすかさず突っ込んだ。

必要以上にあわててしまったことを後悔してももう遅い。

「さ、次は買い物だろ?」

ごまかすために野島は明るい声で言った。

愛美はにこっとして頷いた。

「うん。銀座ね」

銀座に向かい、まずはデパートの化粧品売り場に入る。ひどい混雑であった。人混みを縫って歩くだけで疲れる。しかし愛美は人混みからパワーを得たかのように精力的に売り場を回る。

化粧品を手に入れると次は婦人服売り場である。

野島の眠気はもはや限界に達していた。さきほど感じた性欲もすっかり萎れ、ひたすら眠い。

「ごめんね、疲れちゃったでしょう? どこかその辺に座っててくれてもいいよ」

「ああ、悪いけどそうする。このフロアーにいるから、後で探してくれ」

野島は愛美にそう言い残し、混雑している売り場から避難してフロアーの隅に置かれたベンチに向かったが、ベンチはすでに野島と同じように妻や恋人の買い物に付き合わされてくたびれ果てたとおぼしき中年男たちによって占領されていた。男たちは一目でサラリーマンとわかった。私服姿にどうも違和感があるのだ。

仕方なく野島は階段のステップに腰掛けて、しばし中途半端な眠りをむさぼった。

「ごめんねー、すごい時間かかっちゃって。退屈しちゃったでしょう？」

ブランドショップの紙袋を二つさげた愛美が戻ってきた。顔にはまったく疲れが見えない。

「ああ、いいよいいよ」

野島は言って目脂《めやに》を拭った。

「買い物は終わった？」

「ううん、まだ。上の階に行ってくる」

蒲団にくるまって、手足を伸ばして、寝返りを打って、こころゆくまで眠りたい。騒がしい場所での中途半端な眠りはちっとも疲労を癒《いや》さない。

遅いぞ、愛美。早く戻ってこい。

「ごめーん。ごめんごめん」

愛美が言いながら階段を下りてきた。

「ああ……終わった？」

「うん、もう全部終わった。いっぱい待たせちゃったからお詫びにこれ」

愛美は言って、野島に紙袋を差し出した。

「何？」

「ハンカチと靴下」

「そうか、ありがとう」野島は礼を言った。

「あたしもちょっと疲れちゃった」

愛美は言って、野島の隣に腰掛けた。目の前二十センチ以内にシルバーのピアスに飾られた愛美の耳がある。体温さえ感じられそうなその近さに、野島はまた欲望を焚《た》き付けられそうだった。寝不足の時ほどしたくなる、というのは本当らしい。

野島は腕時計を見た。五時を少し過ぎたとこだ。

「どうする？　これから」

予定ではドライブということになっていたが。

「もう遅いし、駿さんも疲れちゃったでしょう？　今度でいいよ。せっかく車で来てくれたのに悪いけど」

「そうか？」

今度というのはいつだろう、と考えてしまう。

「なんか軽く食べて帰る？」

野島が訊くと、愛美は嬉しそうに「うん」と頷いた。

愛美が、ケーキが食べたいというので銀座八丁目のビル地下にある喫茶店に入った。眠い体に糖分は心地よかった。ケーキが次々と口に運ばれる。

「ねえ、駿さん」

「うん？」

「車買ったの？」

野島は口の中にケーキを入れたまま硬直した。ケーキを呑《の》み込み、「え？　どうして？」と悪あがきする。

とぼけても無駄だと知りながらわざとらしくとぼけてしまう自分が情けない。

「駄目だよ、ごまかしても」愛美はやや意地悪い笑みを浮かべて言う。「さっき見ちゃったもん。リモコンとセットになったやつ。あのキューブのキーとは違うもんね」

浮気がバレた亭主のように野島は愛美から目をそらした。

「そんな深刻な顔しなくたっていいじゃないよぉ。ねえ、見せてよ」

愛美は可愛い声で言って、野島の方へ右手を伸ばした。

野島はしかたなく尻ポケットからキーを取り出し、愛美の小さな掌《てのひら》に載せた。

キーはリモコンのドアキーとアルミ削り出しプレートのイグニションキーがセットにな

ったものだ。

「かっこいい。ね、どこの車？」

「ん……スバル」野島は歯切れ悪く答えた。

「なんでその車で来てくれなかったの？」愛美は不満気な顔で言う。「あたしを乗せたくなかったってことだよねぇ」

「いや、それは違うよ」野島は即座に否定した。「もう少し乗り慣れてからにしようと思ったからだよ。それにホラ、新車だから傷つくの嫌だし……」

愛美は野島にキーを返さず、キーを握ったまま右手を引っ込めた。

「じゃあ今度は乗せてよね」

あれを見たら愛美はどんな反応を示すだろう。ノーマル仕様ならまだしも、バリバリの走り屋仕様にしてしまった〝あいつ〟を見たら。

嫌だとは言えなかった。

馬鹿野郎、だからキーを部屋に置いてくれればよかったんだ。面倒くさがるからこんなことになるんだ。野島は自分を責めた。

「ああ……うん。そうだね」

「なんか嫌そうだね」

愛美の顔は悲しげだった。

その顔を見て、野島は心が痛んだ。

「違う違う、嫌なんじゃない。そんなんじゃないよ。ただ、愛美ちゃんが見たら……びっくりしちゃうかなぁって思ったから……」

「びっくり？」

「うん、ちょっとさ……あの、改造しちゃって」

愛美の目がやや大きくなる。興味を覚えたことは間違いなかった。

美濃部たちとの秘密に早くも綻《ほころ》びが生じてしまった。

ああ……俺は、駄目な野郎だ。

「見たーい」

愛美が目を輝かせていった。

「そ、そう？」

「来週よ、来週絶対ドライブだからね」

愛美は有無を言わせぬ口調で言った。

「よし、わかった」野島は観念して言った。

「約束だよ」愛美が念を押す。

「ああ、約束する」

そうするしかないだろ。

「じゃ、キー返してあげる」

愛美はにっこりと笑い、野島にキーを差し出した。

野島は手を伸ばし、掌を上に向けた。愛美がその上にキーを持った手を載せる。

その手をぎゅっと握りたい衝動に駆られた。しかし、できなかった。


愛美と別れて自宅へ戻った野島は、もう何もする元気がなかった。愛美と過ごした時間は充実したものだったが、新車のことを知られたのはやはりまずかった。

高梨や美濃部には黙っていよう。

体は疲れきっているのに、脳味噌は興奮していた。

愛美のふとした表情やしぐさ、触れた手の感触がいやでも性的妄想をかき立て、どうにも落ち着けない。相手と一緒にいる時よりも別れた後の方が妄想に遠慮がないものだ。

玄関のドアを開けて部屋に入った野島は、電話の留守録ボタンが点滅しているのに気づいた。誰かがメッセージを残したのだ。

上着を脱いでソファに放り投げ、留守録ボタンを押す。

――新しいメッセージが、四、件です。

と機械の声が告げる。

――一、番目のメッセージ。十一時、二十二分。

ピーという発信音。

プーッ、プーッ、プーッ。

——二、番目のメッセージ。十三時、二十分。

ピー。

プーッ、プーッ、プーッ、プーッ。

——三、番目のメッセージ。十五時、十一分。

ピー。

プーッ、プーッ、プーッ、プーッ。

野島は眉をひそめた。

——四、番目のメッセージ。十六時、四十七分。

ピー。

プーッ、プーッ、プーッ、プーッ。

——メッセージは、以上です。

不吉な胸騒ぎがした。着信履歴を確認するとすべて同じケータイ番号からであった。野島には覚えのない番号だ。

美濃部や高梨ではないだろう。彼らだったら、なんらかのメッセージを残すか、野島の携帯電話に連絡するはずだ。

「誰だお前」

こちらからかけ直す気にはなれない。メッセージをすべて消去した。

服を脱いでシャワーを浴びる。体が温まるとまた性的妄想がぶり返し、映画で見た温泉でのセックスシーンが頭に蘇る。あれが俺と愛美だったら、と想像すると股間の物がむくむくと頭を持ち上げ始めた。

落ち着きを取り戻して眠るためには、自分の右手に頼るほかなかった。

男というのは悲しい生き物だ。

12

男でも女でも世の中には本当はしたくないセックスをしている者が大勢いる。

日曜日の灰原もその一人であった。

昨日の夜、清子と一緒に映画を観るという約束を破った代償として、灰原は清子とセックスしてなだめてやる必要があった。でないとガレージを失う。

峠で酔っ払った若い女を食ったばかりなので清子とのセックスは欲望度ゼロのどこまでも義務的なものであった。

だから勃起はしたものの、いつまでたってもイカない。仕方なく昨夜のファックを思い出しながらようやく射精にこぎつけた。

射精の直後、心臓の辺りに氷を押しつけられたような冷たさを覚えた。同時に暗くて寒い穴に落ちていくような感覚に捕われる。

ああ、死にてえ。面倒くせえ。死んでもいいや。

虚しいセックスの直後はいつもそれしか考えられない。

清子を殺して、イチヨンに乗って高速で３００キロ出してトラックの荷台にでもクラッシュして何もかも終わりにするのも悪くない。

清子は仰向けになった灰原の平たくて薄い胸に頭をのせ、ことの余韻に浸っていた。

灰原はその頰を撫でるようなふりをして右手の親指を目蓋に載せ、ぐっ、と力を込めて目玉を潰すところを想像した。

それから絶叫する清子の顎を両手で持って、外側へどこまでも捻っていく。

なんて簡単なんだろう。

「景介」

清子が目を閉じたまま呼びかけた。

「ん？」灰原は力なく応えた。

「景介はまだ心のどこかであたしのことを好き？」

遠慮深い質問であった。現状をわきまえた質問ともいえる。

「ああ」灰原は面倒くさいからそう答えた。

「よかった」

清子は満足げに言い、頭の位置を直した。それから灰原のみぞおちの上に掌を置く。

「誰も愛せない人生って悲しいよね」

清子はぽつりと呟いた。

「そうか？」

「そうよ。好きな人がいなかったら、何か嬉しいことがあっても独りでお祝いしなきゃならないのよ。そんなのいやじゃない」

何も嬉しいことがなきゃそんなの関係ないだろう、と思ったが灰原は黙っていた。早くシャワーを浴びて体にまとわりついた清子の汗と体液を流し、パチンコにでも行きたい。パチンコは頭の中を空っぽにするのに最適だ。

この女は……。

灰原は清子の頭の天辺を思った。

ある意味、スリルに満ちた人生を送っていると言えよう。なにせ、いつ恋人に殺されるかもわからないのだから。

そう考えると冷たい笑いが灰原の口元に浮かんだ。

13

——あら野島さん、お元気ですか？

高梨の声は相変わらず溌剌《はつらつ》としていた。

「はい、どうも」

——今日はお仕事ですよね。

「ええ、そうです。今、外回りしてるんですけど、ちょっとサボって電話したんです」

——まあ、それはどうも。私もサボるの大好き。

高梨は軽い冗談を言って、ふふっ、と笑った。

野島の目的のひとつは達成された。彼女の〝ふふっ〟が聞きたかったのだ。

「あのう、高梨さん」

——はい？

「昨日の昼間、僕の家に電話くれましたか？」

——いいえ。

「美濃部さんもしてませんか？」

——彼は昨日の昼間は雲の上ですよ。商談でアメリカに行きましたから。

美濃部のことなら知らないことはないとでもいうふうに高梨は話した。

「そうですか。やっぱり」

——どうかしましたか？

「いえ……ちょっと気になることがあって」

——電話のこと？

「ええ。昨日の午後、僕が出かけている間に四回無言のメッセージが入っていて……なんか、妙に気になって」

——これまでにそういうことはなかったんですか？

「ええ、ないです。だからよけい気になっちゃって。僕の両親に訊いても違うっていうし……」

——奥さんのご家族ということは？

「まだ訊いていないけど、たぶん違うと思います」

——まあ、親戚だったらメッセージを残すでしょうからね。もしかして奥さんのお友達とか仕事関係の人じゃないんですか？

「そうかなぁ」

——ちょっと失礼ですけど、奥さんがお亡くなりになったことをまだ知らない人がいて、それで連絡を取ろうとしているって可能性はありませんか？

「え？」

そうだ。なぜそんな簡単なことを思いつかなかったのか。

「そうか……もしかしたらそうかもしれません。どうもありがとうございます」

――別に何もしてませんよ私は。

「いえ、おかげでちょっとスッキリしました。どうも」

――どういたしまして。

これで電話を切るのはちょっと惜しい気がした。もう一言二言何か話したい。

「高梨さんは、今日は何を？」

――私ですか？　今日はこれからお稽古ごとに行きます。

「へえ、なんのお稽古ですか？」

――大したものではありませんよ。

「良かったら教えてくれませんか」

――ゴシンビクスです。

「何ですか、それ」

――護身術とエアロビクスが合体したものです。楽しいですよ。それでは失礼します。

「あ、どうも」

電話が切れた。

繁美の友達かもしくは仕事関係の人間か。妙な引っかかりは消えたが、そのかわり今度は別の不安が頭をもたげ始めた。

野島は頭を軽く振って馬鹿な考えを追い払った。

14

くそ面白くない仕事から解放されると灰原はイチヨンを駆って大宮方面へ足を伸ばした。

今夜は中古パーツショップ・パトロールだ。今夜も、というべきか。平日の夜に多少の金がある時はいつもこれだ。といっても予算は一万五千円以内だが。予算内で最大限得な買い物をするいわばゲームだ。

県道沿いにぽつんと建っている知る人ぞ知る的パーツショップ『ワイルドライド』でブツを物色していると、大黒で顔を見たことのある奴が何人も出たり入ったりするのを見かけた。

走り屋の生活パターンは驚くほど似通っていたりするのだ。

しかしなごやかに挨拶をかわしたりするようなことはまずないと言ってよい。どいつもこいつも自分の欲しいパーツが他の走り屋にかっさらわれないか心配でそれどころではないのだ。

ちなみにここの店長は走り屋で知らない奴はもぐりだと言われるほど坂上二郎《さかがみじろう》によく似ていて、その顔と裏腹に強烈に愛想が悪いことで有名だ。

イチヨン用のオレンジバルブ付ホワイトウインカーが九千円。食指が動きそうになったが、もう少し安くてもいいはずだ。

灰原にはまったく必要ないが、珍しいレカロのブラック・チャイルドシートが八千円と格安だった。だがよく見ると、シートの頭の部分に紛れもない血の染みがあった。事故車から外したものだろう。道理で安いはずだ。

オリジナル触媒《しょくばい》ストレートパイプ七千八百円はちょっと迷うところだが、レア度が低いので今日でなくてもいいか、ということになってしまう。パーツハンティングの基本は程度がよく、安く、しかもなかなか中古市場に出て来ないブツである。

大して広くない店内を目を皿のようにして時計回りに一周する。四分の三を回ったところで、身に覚えのある妙な体臭が鼻をついたので、後ろを振り向いた。

「よっ」

デブの走り屋、今井であった。

「よお」

灰原はそっけなく挨拶した。パーツを物色している時は話しかけられたくないのだ。

店を出ると今井が愛車の青い五年式マークⅡによりかかって煙草をふかしていた。

別に無視して帰ったところで一向に失礼にあたるわけでもないが、灰原はあくまでついでに挨拶してから帰ることにした。

「特にめぼしいもんはなかった、あんたは？」

今井はいつもの通り灰原の目を見ずに訊いてきた。

灰原は肩をすくめた。

「めっけもんがないとガッカリするけど、ちょっとホッとするよなあ。しかも今日三千円しかないから、そんな時にFコンVプロなんかあった日にゃ死にたくなるよ。それを目の前でかっさらわれたら、俺、そいつ殺しちゃうかも」

それから二人はまた一般人に理解できない会話を数分繰り広げた。今井の速くなりたいという執念は並々ならぬものがあるが、速くなるのに一番良いのは何よりまず自分の体重を落とすことだ。しかし灰原はそれは言わない。自分で気づくべきことだ。

「……んでもってギリチョンツライチかネガキャンかで悩んでるとかいって夜中の三時にくっだらねー電話してきてさ、お前そんなんよりこないだいってたピロボールどうしたんだって訊いたらデスビがイッちゃってそれどころじゃねえ、それにおとといポン付けエアロをくそガキに盗まれそうになってバット振りかざして走って追いかけてったらオフセットでドリフトしてた鬼キャンハチロクに轢《ひ》かれそうになってマジギレして、ダクトにバット突っ込んでブッ壊してやったらそいつビビッて〝スイマセーン〟だってチョー爆笑もんだったよそれじゃーねー」

今井はまた喋りたいだけ喋ると突如くるりと背を向けて会話を打ち切った。灰原も帰ることにした。

しかし店の駐車場に一台の車が滑り込んできて、灰原も今井もドアを開けたまま立ち止まった。

品川ナンバー、プラズマブルーのニューインプレッサだ。

「あいつ……」

今井はインプレッサを睨んだ。その目つきは、毎日同じ時刻に同じ公園の同じベンチに座ってぼーっとすることを日課としていた老人が、いつものように公園に行ったら他の老人にベンチを占領されていた時のようなものであった。

運転席のドアが開き、ドライバーが出てきた。

年は三十半ばくらい。身長は百七十五センチくらいで痩せていた。

ジーパンに青いチェックのネルシャツを着ている。顔の印象は、一見リーマン風の地味な奴だが、目つきは鋭い。

灰原は男を目で追った。男は灰原たちの視線に気づき、一瞬こちらを見た。

目があった。暗い目つきだ。そのまま大股で店の中へ入っていった。灰原はなんとなく興味を覚え、ドアを閉めると再び店に戻る。今井も後についてくる。

15

自動でないドアを引き開けて店内に一歩入った途端、野島はなんとも妙な空気を感じ取った。

自分が場違いなところへ入ってしまった、そんな気がした。

たとえて言えば話題のコミック本を買おうと思ってたまたま目についた本屋に入ったら、そこが同人誌専門店だった時のような、そんな感じである。

店内の空気が濃い。どんなジャンルであれ、濃いマニアが集まる場所の空気はどこも似通っている。

店内にはドアーズの陰気なCDがかかっていた。オーナーの趣味なのか？　そういえば、正面のカウンターにブーツを履いた両足を載せ、えらそうにパイプ椅子にふんぞり返って堂々と外国人系エロ雑誌を眺めている太ったおやじがいるが、あれがオーナーなのだろうか。

あいつ、坂上二郎に似ているぞ。だが、なんという愛想の悪さ、というかやる気のなさ。

オーナーもオーナーなら店の客もなんだか異様である。皆等しく顔つきが暗く、若ハゲ、デッパ、ノーチン、猫背……ハッキリいって女にもてそうにない奴ばかりだ。

そうか、オタクだ！　と野島は悟った。

そうなんだ、こいつらはオタクなんだ。

洒落たブースト車に乗って女を引っかけようというような目的で車をいじっているのではないのだ。パーツを吟味し、自分だけの一台を造り上げることを至上の喜びとする連中なのだ。純粋な車マニアと言えば聞こえはよいが、そのいきすぎた純粋さが他人、特に異性を遠ざけているのだ、と野島は勝手に看破した。

そうだったんだ。俺の敵はこんなオタクどもだったんだ。こんな気持ちの悪い連中に繁美は殺されたんだ。

周囲の人間すべてが敵に見え、怒りで頭がクラクラしてきた。

もしかしたら今ここに繁美を事故に巻き込んだ張本人がいるかもしれない。そう思うと、ろくな装備も心の準備もなしに敵地のど真ん中に一人でパラシュート降下した兵隊のような気分になった。

落ち着け、と自分に言い聞かせ、無造作に陳列された中古パーツを物色していく。

野島は右後方に視線を感じた。

その視線はどうもカウンターの坂上二郎のいる辺りから発せられているような気がする。俺が新参者だからか？　何か気に入らないのか？　お前が来るにゃ十年早いとでも思ってやがるのか？　なめんじゃねえぞ、坂上。

ここで逃げるように店を出るわけにはいかないのだ。今夜はここでインプレッサに適合する前置きインタークーラーとブローオフバルブを手に入れたいのだ。

客たちのほとんどは三十代と四十代で占められていた。若者はいない。服装は皆質素というか貧乏くさかった。車に金をかけすぎて服に金が回らないというのが恥ずかしいくらい見え見えである。車にのめりこむと人間はこうも駄目になるのか？

なんにせよ、野島がこれまで知らなかった異様な世界がここにある。

当たりをつけた五点のチューニングパーツを両腕で抱えてカウンターへ持っていくと、坂上のおやじが〝なんだキサマ、一体どういうつもりだ〟とでもいう目で一瞬野島を睨んだ。

野島も負けじと〝文句あるか、新参者でも俺は客だぞ〟という目でおやじを睨み返した。

おやじがさも嫌そうにカウンターから足をおろす。

「これください」野島は事務的な声で言った。

おやじは我慢ならぬという顔をして、ぱん、とわざと大きな音を立てて外国人系エロ雑誌を閉じ、背後の棚に丸めて突っ込んだ。

そして「はっ」とため息をつくとカウンターに置いてある大型の電卓を手に取り、商品を見ながらボタンを押す。

野島はその様子をムカムカしながら眺めた。

「十九万八千九百七十円」

おやじは坂上二郎的なみかけよりもずっと低い声で電卓を水戸黄門の印籠《いんろう》のように野島の顔の前に突き出した。

この分だとおやじからスマイルを引き出すには店の商品をすべて買わないと無理かもしれない。

店中の客の視線を背中に感じる。少しだけ快感であった。

「正式な領収書が欲しいんですけど」野島は言った。

「あん？」

「正式な領収書」野島は繰り返した。

「ううん……」

おやじは腕組みをして唸った。

「ううん、じゃなくて、くれよ」

野島もいい加減にキレそうであった。

「うん……」

おやじはなおもうなり、ひょいとカウンターの下に姿を消した。

そして三秒後、領収書とハンコを持ってまた現われた。よほどの高血圧なのか顔が少し赤くなっている。

スパナでも取り出して「帰れ」と言われるかと思っていた野島は少しほっとした。

「美濃部でお願いします。美しいに、濃度の濃、部屋の部」

おやじは美の字はまともに書いたが次でしくじった。〝曲〟の下に〝衣〟と書いたのだ。わざとやっているのかと思った。

「違うよ、右側の下は辰だよ」

「はいはいはいはいはい、はい」

その反応もまた野島の爆発を誘いそうになったが、なんとかこらえた。が、これが最後だぞ、と心の中で警告する。

やっとまともな領収書を書き、野島の顔の前に差し出した。野島はひったくるようにして受け取りシャツのポケットにねじ込むと、「もうこないから安心してくれ」と吐き捨て、パーツを抱えてドアに向かった。

領収書はすっかり黄ばんでカビくさかった。

出ていく時によれよれの白無地Tシャツを着たデブの客とぶつかりそうになった。さっ

っと鼻を突く。野島は謝りもせずにドアを足で蹴り開けた。き店の前で川崎ナンバーの青いマークⅡに寄りかかって睨んでいたデブだ。妙な体臭がむ

16

「ああ、野島君、ちょっといいかい？」

翌日、午前の営業を終えて報告のために一旦帰社した野島は、上司の上村《かみむら》に呼ばれた。ちょっといやな予感がした。

上村の机に行く。

課内は二人の女子事務員がいるだけで他の社員はまだ帰ってきていないか既に昼飯を食いに出ている。

「なんでしょう」

「いや、別に大したことじゃないんだが。どうだい、調子は」

上村はいかにもリラックスして背もたれによりかかり、本当に大した用件じゃないんだとでもいうポーズをして見せた。

「ええ、おかげさまで……なんとか」野島は曖昧《あいまい》に微笑んだ。

「いろいろと大変だろう、独りは」

「いえ、もう慣れました」

「何か、困ったことはないかい？」

野島は首を少し傾げ、考えた。それからあっさりと答える。

「特にないです」

上村はその答えが不満だったらしい。下唇を上の前歯で噛み、ゆっくりと前方へ押し出す。上村の癖だ。

「特にないか……」

「ええ」野島はまた曖昧に微笑む。

上村は一秒ほど間をおいてから、こう言った。

「どうだね野島君、もし今夜特に予定がなければ、久しぶりに一杯やらんかね？」

まずいな、野島は心の中で呟いた。

今夜は昨夜手に入れたチューニングパーツを取り付けたいのだ。

昨夜、高梨に電話して「今のレンタルガレージでも車を整備する上で不満はないのですが、深夜でも近所迷惑を気にせず思い切りエンジンを吹かすことができて、なおかつ発進を試したりもできる場所があると助かる」とずうずうしい相談をしたら、「美濃部に相談して折り返し電話いたします」と言われ、その半時間後に高梨からかかってきて「美濃部邸のガレージをお貸しします」というありがたい返事をもらえた。

しかも美濃部はまだアメリカにいて、今夜は彼女しかいないのである。決して彼女をどうこうしようと考えているわけではないが、嬉しいことに変わりはない。

だから上村の誘いははっきり言ってありがたくなかった。

「あの……お誘いは大変嬉しいのですが……」

「何か予定があるのかい？」

何て言おうか。野島は頭を回転させた。脳味噌にイグニションキーを差し込んで捻る、エンジンがドルル……と心地よいアイドリング音を立てる、そして……。

「いや……実は、その……最近習い事を始めまして」

「習い事？」

上村は怪訝な顔をした。

「ほお……いいじゃないか、何の？」

クラッチを真ん中まで踏み込み、シフトをドライブに入れ、アクセルを軽く踏む。滑り出す。

「いや……あの、絵画をちょっと」

「ほお、すごいじゃないか」

「いや全然すごくないです、全然」

「油絵か？　水彩？」

「ああ、水彩です」

そういえば作業中に聞くＢＧＭも何か欲しいところだな。直線的かつ無機的なものの方が集中力を高めるのにいいだろう。となるとロックよりもテクノとかハウスの方が良いかもしれない。

「ほう、偶然だな、ウチの女房もつい最近水彩を習い始めたんだよ」

そんなことはどうでもいい。大事なのはＢＧＭだ。

「それで、今日の夜、それがあるんですよ」

早く乗りてえな。そういえば、ステアリングももう一回り小振りなものが欲しい。33タイプの奴を今度手に入れよう。

「そうか、そいつは残念だな。じゃあ明日か明後日はどうだい？」

思い通りのマシーンが完成したら俺のインプレッサと彼女のポルシェ・911GT2RSで峠レースなんてのもいいかもしれない。行動的かつ男性的な女だから、案外喜んでやるかもしれない。崖っぷちの道路でスリリングな駆け引きなんて、考えただけでぞくぞくする。

「え？」

全然聞いていなかった。

「明日か明後日はどうだい？」

しっこいぞ、お前。いやだって言ってんだろう。

「いやあ……あの、実は、今週はいろいろと予定が混み入っていまして……他にも大学の同窓会とか、マンションの管理組合の集まりとか……すみません」

嘘が淀みなく流れ出る。

「そうか、まあいい」上村はやや不満気な顔で言った。「じゃあ来週だ。来週必ず空けておいてくれよ」

野島には上村がどういうつもりなのか大体わかった。

自分の仕事ぶりに問題があるので、引き締めたいのだ。でないと上司の上村の管理責任も問われることになる。

確かにここのところ、つまらないミスが多かったかもしれない。だが上村にしてみれば野島は妻を亡くしたばかりでもあることだし、あまりきつくも言えない。そこで〝ちょっと飲もうか〟ということなのだ。

〝いやあ、俺も言いにくいんだけどさあ、ホラ、仕事は仕事だからさあ。何か困ったことがあったらできる限り力になるから、野島君にはもうちょっと元気を出して仕事に打ち込んで欲しいんだよなあ、うん〟

お心遣いはありがたいが、〝お前この頃たるんでるぞ。もっとしっかりやれ〟とはっきり言ってあっさり終わらせてくれた方がよっぽどいい。

退屈な上司と二人でつまらぬ酒など飲むより、インプレッサを飛ばしている方が百万倍も有意義だ。

「わかりました、来週は必ず空けておきます」

野島はそう言いながら心の中で大きく舌打ちをした。

「で、彼が言うには、私がその事業をスタートさせた途端、既存の化粧品会社が一斉に訴訟攻撃をしかけてくるというわけなんです。弁護士軍団を従えて」

彼女の細く美しいふたつの足首がシャーシの下から見える。

作業服に着替え、車の下に潜り込んでフロントセクションをフラットボトム化するためのスプリッター取付け作業をしながら、野島はちらちらと盗み見た。

「それに対抗するにはこちらも弁護士軍団を揃えて、あらかじめ予想される訴訟について充分に対策を練ってから事業をスタートさせるべきだというの。彼の試算によると、下手すると弁護士を雇う費用が会社の設立費用を上回るかもしれないって。それで、私は言ったんです。〝じゃもういいわ、やめとく〟って」

高梨は車の下でもぞもぞとやっている野島に向かって、楽しそうに彼女がこれまで試みて失敗した数々の起業体験談を話した。美濃部という資産家を味方に持つ彼女は、美濃部と彼の投資顧問さえ納得させられれば彼から投資を受けて事業を始められるという実に恵まれた環境にいた。今はまだ決定的アイデアは出ていないが、それも時間の問題だろう。

「もしも私が社長になったら、基本的に出社時間も服装も髪の毛の色もフリー。お昼ご飯は社食でバイキング」

「中華のバイキングがいいな。点心をたくさん揃えてくださいよ」

野島は手を動かしながら注文をつけた。

「休日は年に……そうだなあ……最低百六十日ね。それと誕生日休暇を全社員に与える」

「いいですねえ。うまく事業が立ち上がったら、僕を雇ってくださいよ」

野島は冗談混じりに言った。

「そんなこと言わずに野島さんも会社を起こせばいいじゃないですか。いいアイデアさえあればきっと彼が投資してくれますよ」

「僕は駄目ですよ。人の下で働くことに慣れちゃっているから」

「そういう男性って、女性から見ると魅力ないんですよね」

作業する野島の手が思わず止まった。

「すいません」

謝ってしまう自分がちょっと情けなかった。

彼女がまた、ふふ、と笑った。

「気にしないでください。私は生意気な女ですから。どうです？　コーヒーでも飲んで一息いれません？」

「そうですね、じゃあお言葉に甘えて」

彼女が内線電話で「すいません、コーヒーを二つガレージまで持ってきてくれます？」と注文した。

家政婦がコーヒーを持ってくると、野島はパーツを手に入れた店での出来事を高梨に話して聞かせた。これがうけまくった。高梨はお腹を抱えて笑った。

「結局、貧乏なオタクなんですよ、奴らは」

オイルで汚れた手に持ったマグカップからコーヒーを啜り、野島は言った。「昨日、そのことを実感しました。繁美が、あんな気持ちの悪い連中に殺されたのかと思うと……」

「本当にお気の毒です」

高梨は即座に真顔に戻ると、改めてお悔みを言った。「何か困ったことがあれば遠慮なく言ってください。力になりますから」

夜独りで寂しいんです、といったら彼女はどんな顔をするだろうか。野島は不謹慎なことを考えてしまった。

さらにもう少し話してから野島は作業に戻った。やはり今夜中にというのは無理そうである。明日会社をサボってしまえば可能だがそうもいかない。

「野島さん。明日の朝は早いのでこれで失礼します」

彼女にそう言われて腕時計を見ると、十二時少し前だった。

「え、もうですか？　なんか寂しいなあ」

野島は軽口を叩いてみせた。これくらいは許されるだろう。

「起業家は朝生まれるという諺《ことわざ》がありますから。明日の朝、美濃部氏の投資顧問と朝食の約束をしているんです」

「そうですか、頑張ってください。この車、ここに置いておいてまた明日作業しに来てもいいですか？　あと二日はかかりそうなんですよ」

「どうぞご遠慮なく。帰る時は、内線電話で7のボタンを押してください。そうすれば運転手がご自宅までお送りしますから」

高梨は言い残し、去っていった。


作業を中断し、自宅のマンションに戻ったのは明け方の四時近くだった。ちょっと頑張り過ぎた。作業台の上でずっと仰向けの姿勢でいたため、背中が鉄板のように固くなっている。

電話の留守録ボタンがまた点滅していた。再生してみたが、予想通り無言だった。

誰なんだよお前は。

二番目も無言。そして三番目のメッセージ。

やはり何も聞こえない。

野島は眉をひそめ、耳を澄ませた。

スーッというノイズの中に微かに車の通過音が混じって聞こえた。

電話の液晶画面が、三秒、四秒、五秒、とカウントしていく。

野島は電話機の小さなスピーカーに耳をくっつけんばかりに近づけた。

ふーっ。

ふいに鼻から息が吐き出される音が聞こえ、野島の背中に鳥肌が立った。

電話してきた奴はただ黙っている。だが、息遣いははっきりと感じられる。すぐに傍にいるかのように。

十秒……十一秒……。

プーッ、プーッ、プーッ、プーッ。

野島はほとんど殺意すらこもった目で電話機を睨みつけた。後ろを振り返り、自分しかいない部屋に向かって言った。

「繁美」

勿論、返事はない。

「お前、俺に何か隠してないか?」

その時電話がいきなり鳴り出したので野島は死ぬほど驚いた。

このやろう！　何時だと思ってやがるんだ！

液晶画面には〝公衆電話〟と表示されていた。受話器を乱暴に取って耳に当てる。

プーッ、プーッ、プーッ、プーッ。

既に切れている。野島は受話器を叩きつけ、コードを壁から引っこ抜いた。

17

ドアから入れられねえ家具買うなよ、馬鹿。

灰原はうんざりした。

それにしてもこのキャビネット、なんでまたこんな変な形をしているんだ？　まるで角張ったキノコじゃねえか。この奇抜さが北欧風ってやつなのか？

客への説得は愛想のいい相棒の中尾《なかお》に任せた。

「お客さぁん、これやっぱり無理ですよ。窓を外してベランダから運び込まないとだめですねえ」

「駄目え？　まいったなあ」

ハゲをごまかすために髪の毛をすべて前におろしている四十代半ばの男は、苦い顔をして両手を腰に当てた。

「とりあえずいったんおろしますよ」

中尾は言い、灰原と一緒にその家具をいったん床におろした。

「おいおいおい、そっとやってくれよ。ここで傷ついちゃシャレになんないよ」

男は口を尖らせて言った。

シャレになんねえのはお前のヘアースタイルだ。

「これは業者さんを呼んで窓を取っ払ってもらうしかないと思いますよ。無理に入れようとして傷ついたらもったいないしねぇ」

灰原は男を説得する中尾を見て、なぜこうも愛想よくできるのか不思議でならなかった。以前、中尾は「かつては俺もナナハンでブイブイいわせていて、その世界ではちょっとは有名だったんだぜ」と照れくさそうに言ったものだ。それが今では元レディースの馬鹿女を妊娠させて、もうすぐパパになる。真面目にトラックの運ちゃんをやって、聞き分けの悪いごまかしハゲ野郎を辛抱強く説得している。

「いやいや、ちょっと待ってくれ」

ごまかしハゲはと言うと、自分が買った重量七十キロを超す北欧風マルチキャビネットをしげしげと眺めた。

あきらめろよ、トンチキ。

灰原はさっさと終わらせて一服したかった。今日は特にやる気がない。

「この取っ手の出っ張りがいけないんだよな」

ごまかしハゲは自分だけがそれに気づいているかのような口調で言った。

「ううん……と」

三秒ほど考え込み、ぱっ、と顔を輝かせた。

「よし、こうしよう！　この出っ張りのところで向きを変えればいいんだ。いいか、まず普通に斜めに入れていくだろ？　そしてこの取っ手の部分にきたら、扉を下向きにする。で、取っ手が入るだろ？　そしたらまた元の向きに戻せばいい」

「……なるほど」中尾が目を大きくした。「そうか、そうですね。それならうまくいく。お客さん、頭いいですよ」

「そりゃあ、だって、俺は作家だもん」

ごまかしハゲがこの瞬間を待っていたというふうに誇らしげに宣言した。灰原はそいつの目の前で床に唾を吐いてやりたかった。

「さあ、早くしないと。もうすぐ編集者が来るんだよ」

「じゃあ、扉が開いちゃわないようにテープを張りましょう。おい灰原、ガムテープ持ってこいや」

灰原は肩をすくめ、トラックに置いてあるガムテープを取りに行った。

キャビネットの扉にテープを張ったところで編集者とやらがやってきた。そいつもまた紛《まご》うことなきごまかしハゲだったので灰原はおかしくなってきた。

「せんせぇい、どうしたんですかあ」

編集者の間延びした声は灰原の脱力を誘った。

「おお、八木《ヤギ》君。見ての通り、買った家具を入れているところさ。君が来る前になんとかしようと思ったんだが、間に合わなかったなあ、はっはっ」

「私もお手伝いしますよぅ」

「おお、それはありがたい。よし、じゃあ四人で片づけちまおう」

ごまかしハゲ作家は一人で張り切った。

「灰原、お前は中から先生と一緒に引け」

中尾が灰原に指示する。灰原は仕方なく中に入り、靴を脱いで上がった。

「しっかりやってくれよな、君。俺は非力なもんでさ」

ごまかしハゲ作家は灰原に言った。灰原は無視した。

「それじゃ皆さん、いきますよお。せーの、せいっ！」

中尾のかけ声で四人は一斉にキャビネットを持ち上げた。

ごまかしハゲ作家が非力だというのは本当であった。非力だというよりわざと力を入れていないのではと思えるほど頼りなく、灰原の腰と背中にずしり、と重みが襲いかかった。

てめえ、ふざけんじゃねえぞ。

灰原は横目で一瞬ごまかしハゲ作家を睨んだ。

「はいゆっくりー、ゆっくりー」

へんてこな形の北欧風キャビネットがゆっくりとドアを半分くぐり抜けた。

「はいストップー」中尾が号令をかける。「ここで扉を下向きにしますよー。灰原、そっち準備いいか？」

「ああ」灰原は無愛想に答えた。

「下向きにすると重心がグッとこっちにかかるんだよねえ、しっかり持ってよねえ」

ごまかしハゲ作家が灰原に言う。

「そおっとねえ、そおっと」

重心が一気に灰原の方へ傾いてきた。この変な形の北欧家具は持ち上げる時のことはまったく考えられていないに違いない。

背中と腰がメリメリと音をたてるのが聞こえるようだった。

おい、冗談じゃねえぞ。てめえ、ちゃんと持ってんのか、ごまかしハゲ。

「おお、重い重い！　おい、もうちょっとしっかり持てよ」

ごまかしハゲが小声で灰原に向かって言う。

ふざけんな、この野郎。

「うるせえ」

灰原はごまかしハゲにだけ聞き取れるような小声で吐き捨てた。

「なにい？」

ごまかしハゲが灰原を睨む。その瞬間、灰原の全身にさらなる重みがかかった。

「てめえも持てよ、くそ」灰原はまた吐き捨てた。

いまや、家具の重心はほとんどすべて灰原の腰と背中にかかっていた。これは最低の状況である。

「おーい、なんか下にさがってるぞお、大丈夫かー」

中尾が灰原に訊く。

「ちょっと……待てよ、止まれ」

灰原はそれだけ言うのが精一杯だった。

冗談じゃねえ、マジで腰イカれるぞ。

運転ができなくなる。

「やめた」

灰原は全員に聞こえる声で宣言した。

「なに？」中尾が呆気に取られる。

「お前が持て」

灰原はごまかしハゲに向かって言うと、家具からすっと両手を引き抜いた。

「なにっ？　どわっ！」ごまかしハゲが恐怖の声を上げた。

次の瞬間、フロアー全体がずしん、と揺れ、つづいてガッシャーン！　というガラスと
ミラーの砕ける元気の良い音が廊下に響き渡った。

「せんせーい！　大丈夫ですかーっ！」

ごまかしハゲ編集者が大声で呼ぶ。ごまかしハゲ作家は床にうずくまり、腰を押さえて
呻き出した。

「き……きさま……」

「せんせーい！　せんせーい！」

中尾はまだキャビネットに手を掛けたまま蒼白な顔で立ち尽くしている。

灰原はふいに今の状況がたまらなくおかしくなり、「ぷっ」と噴き出した。

「お前……」中尾はようやく家具をおろし、絶望的な顔で灰原を睨んだ。

灰原は涼しい顔で中尾を見返し、言った。

「運転できなくなったら元も子もねえからな」

「ここ……腰がぁ……」

「せんせーい！　救急車呼びますかーっ！」

灰原は靴を履くと、「ちょっくらごめんよ」と言って四つん這いになったごまかしハゲ

作家の腰を踏み台にして家具の上に飛び乗った。そして頭を低くしてネズミのように隙間から廊下へ這い出した。

「俺、帰るわ」

灰原は中尾に言い残し、階段へ向かった。中尾は追いかけてこなかった。

腰は痛むが、決定的にやられてはいない。明日の朝には多分治っているだろう。

虚しさと清々《すがすが》しさの入り混じった奇妙な気分で手摺につかまって階段を下りていく。胸ポケットから煙草を取り出し、口にくわえて火をつける。

一階まで降りたところで中尾が顔を真っ赤にして追いかけてきた。

「灰原ーっ！　てめえええええ」

肩を摑まれて無理矢理振り向かされた。

「なんてことしやがんだ！　お前だけの問題じゃねえんだぞ、俺までクビになったらどうすんだテメエ！」

胸倉を摑まれ、トラックのドアに背中を押しつけられる。

「俺にはもうすぐ子供が生まれるんだ、父親になるんだ、お前のせいでクビになったらどうすんだこの畜生！」

もはや中尾も向こう側の世界の住人になっていた。ならば謝っても仕方ない。

「踏み潰せよ」灰原は冷たい笑みを浮かべて言った。「クソガキなんか」

次の瞬間、拳骨が灰原の左頰にめりこんだ。後頭部がガツン、とドアにあたって跳ね返る。

鉄くさい血の味が灰原の口の中にどっと広がった。

「うおおお！」

中尾は逆上してでたらめにパンチを繰り出してくる。

灰原は左腕で自分の顔をかばいながら、右手に持った煙草を中尾の二段腹にぎゅっと押しつけた。

熱さに中尾が反射的に身を引いた。

灰原はその隙をついて左腕を外側へ思い切り払った。それが中尾の鼻にぶち当たってぐにゃりと潰れた。

「うぶっ！」

中尾は両手で鼻を押さえ、上半身を折った。

灰原は口の中の血を地面に吐き捨てた。もう一発ぶん殴ってやろうかとも思ったが、これまで相棒としてやってきたことを考慮に入れてやめておくことにした。

「パパになって日本の復興を支えろ、中尾」

灰原は吐き捨て、ドアを開けると運転席に放ってあったジャケットを取り、乱暴に閉めた。制服の名札をむしり取って地面に投げ捨てると大股で駅の方角へ歩き始めた。

18

午後三時を過ぎると眠気は限界に達し、野島は電車の吊革《つりかわ》につかまって頭をかくん、かくん、と上下させ始めた。電車が駅に着き、運の良いことに目の前に座っていた老婆が下りたので、野島はすかさずそこへ飛び込んだ。

取引先である牛乳販売店のある駅まであと四つある。六、七分は眠れるだろう。乗り過ごさぬよう携帯電話のアラームを六分にセットして目を閉じる。

わずか数秒で眠りに落ちる。そして夢を見た。

野島は海岸の波打ち際をインプレッサに乗って飛ばしていた。どこまでもつづく海岸の砂浜は真っ白で、海と空は突き抜けるような青だった。

打ち寄せる波を蹴散らして走るのは爽快だった。野島は一人で大いに盛り上がり、「ヒューーッ！」と声を上げ、笑った。どんどん加速して150キロを超える。

もう少し走ると、波打ち際に赤い物体が現われた。それはだんだん大きくなる。

真っ赤なビキニをまとった女であるとわかった。

「繁美っ！」野島は叫んだ。

反射的に急ブレーキをかけ、同時にサイドブレーキも引きながらハンドルを左に切って後輪を激しくドリフトさせると水しぶきのカーテンを立ち上げてぴたりと停車する。

「繁美っ！」

野島はドアを開けて外に飛び出した。

繁美が笑いかける。長い髪が、海から吹いてくる潮の匂いがする風になびく。

「繁美っ！　繁美っ！」

野島は彼女の名を呼びながら、ネクタイを引きちぎり、ワイシャツを脱ぎ捨て、もどかしげに靴もズボンも脱ぎ捨ててパンツいっちょうになった。

ええい、どうせ誰も見てやしない。

野島はパンツも脱いだ。そして素っ裸で繁美のもとへと駆けていく。

繁美が立ち上がって言う。「ここに来れば会えると思ったの」

そうして水着を脱ぎ、全裸になった。両手を広げて野島を迎える。

「繁美いいい！」

野島は繁美にタックルをかまして濡れた砂の上に押し倒した。そしてすでに固くなったものを繁美の中に入れて性急に腰を使い始める。繁美も積極的に応える。

「繁美、お前、俺に何か隠してないか？　隠してないか？」

繁美は悲しげな顔で野島の頬を両手ではさみ、「駿、あなた愛美と寝てないわよね？」

と訊く。

「何を言ってるんだ。俺はそんな……」

挿入したものが萎《な》え始めた。駄目だ！　ここで萎えたらもう一生繁美とできないんだぞ。

「繁美こそ、他の奴と寝てないよな？」

祈るような気持ちで訊く。

「愛美としたいの？」

「答えろよ！　他の奴と……」

「愛美としたいの？　ねえ、したいの？」

繁美の目には悲しみと怒りがないまぜになっていた。

「話をそらすな！　どうなんだ！」

「愛美としたいのね！　やっぱりそうなのね！」

まずい、どんどん硬度が落ちていく。

「だから話をそらせ……」

ブオーッ、というエンジンをふかす音が聞こえた。

野島が顔を上げると、運転手のいないインプレッサが勝手に走り出し、物凄いスピードで遠ざかっていく。情けない野島に愛想を尽かしたのだ。

「おい、なんだよ！　俺を置いてくなよ、おい！」

野島は泣き出しそうになった。

「戻ってくれーっ！」

携帯電話のアラームが鳴り、野島は飛び起きた。現実に戻るのにコンマ五秒ほど要した。

――次は雪《ゆき》が谷大塚《やおおつか》、雪が谷大塚です。

機械の声が告げる。

野島はがっくりした。乗り過ごしたのだ。一駅の間隔が一分半くらいのものだろうと考えてしまった時点でかなり寝ぼけていたのだ。

雪が谷大塚駅で下り、反対側のホームまで行って電車を待つ。鼻と額がうっすらと汗ばんでいた。

さきほどの夢を思い返すと脈拍が速くなる。夢は無意識の産物だという説を見事に裏づけるような内容だ。それにしても随分生々しかった。体はまだ繁美の体の感触、特に膣の感触をはっきりと覚えている。

ふいに、もう繁美を抱くことはできないのだなと思い、悲しくなった。ぴったりと重ね合い、暖め合ったあの白くてきめの細かい、弾力のある肉体は永久にこの世から消え去ってしまったのだ。

走り屋のクソどもめ。繁美はな、てめえらみたいな臭いオタクがいくら頑張っても絶対に手の届かない、いい女だったんだ。それをてめえらは……。

「ふざけんじゃねえぞ」

野島は暗い目で呟いた。野島の後ろに立っていた若い女がすっと野島から離れていった。

のぼり電車がなかなかこなかったので、目的の駅で降りて取引先の牛乳販売店に着いたのは約束の時間を二十分も過ぎてからであった。

住居を兼ねている店の中に入ったが、誰もいない。

「すみませーん。雲印《くもじるし》ですけども」

野島は奥に向かって声をかけた。返事はない。

「すみませーん」

「うおーい」

太い声で返事があった。

奥の階段からどす、どす、という音を立てて男が下りてきた。なんだか迫力のある中年男だ。禿げ上がったじゃがいも頭に汗が浮いている。

「すみません、遅れてしまいまして」野島はまず謝った。怒らせて上司の上村に話がいったらまずい。

「ああ、いいよ全然」男はなんでもないというふうに言ってにやりとした。「あんたが遅れた分だけ楽しめたからさ」

深海にいるアンコウを思わせる顔でウインクされ、野島は戸惑《とまど》った。

改めて男を見ると、全身から何やらいかがわしいというか、すけべったらしいオーラが発散されていた。汗に濡れているのは頭だけでなく、クリスチャン・ラッセンのイルカの絵が印刷されたTシャツにもところどころ汗が染みていた。

野島は気にしないようにして、鞄からパンフレットを取り出した。

「あの、さっそくですが今年のお中元のカタログを……」

「おお、そうだったな。もうそんな季節なんだな、はは」

みし、みし、という音を立てて、今度は太った中年女が階段から下りてきた。パステルグリーンの配達員の制服を着て、手で茶色の髪の毛を撫《な》で付けている。

野島は気にしながら男に説明する。

「ええ、今年から新しいラインナップが加わりまして……」

女が野島たちの傍を通り過ぎると、やたらと濃い香水の匂いがぷん、と鼻をくすぐった。香水だけではない、女のセックスの匂いもした。お世辞にも美人とはいえないし年もいっているが妙に生臭《なまぐさ》いいやらしさがあって、野島はうろたえた。

「配達いってきまーす」

女は妙に鼻にかかった声で言う。

「あいよーう」男が答える。「藤村のじいさんチに上がっちゃ駄目だよぅ」

女がくるっと踵《きびす》を返し、男の肩をどん、と突いた。

「もう、馬鹿っ」

その媚《こ》びた目つきが異様なすけべさを醸《かも》し出していた。

女は配達用の三輪バイクにまたがって走り去った。男はにやついた顔でそれを見送る。

野島も見送った。

「まぁったく、しょうがねぇ女だ、はは」

男はうれしそうな顔で言い、野島の腕を指で軽くつついた。

「あんなんでも、配達先のじじいたちには結構人気あるんだぜ」

「はあ……。それでですね、今回は去年お歳暮で結構評判のよかったフルーツヨーグルト詰め合わせのY－5Kをもっと……」

「あんた、最近セックスしてる？」

「え？」

野島は一瞬、幻聴を聞いたのかと思った。

「兄さん、最近セックスしてないんじゃないの？　覇気がないよ。奥さんヤらせてくんないの？」

あまりにもあけすけに訊いてくるので野島は呆気に取られた。

「なぁんかさぁ、もうちっと元気出しなよぅ。いいセックスしてないんじゃない？」

そこへいくと俺なんかよぉ、と男の目が訴えている。

「はあ……別にそういうことは……」

大事な取り引き相手ゆえ、「ふざけんじゃねえ」とも言えない。

「兄さん若いんだからさぁ、もっとじゃんじゃんセックスした方がいいよぅ。それとももう奥さんに飽きちゃったの？」

「いや……」

「もしそうなら浮気してみたら？　もう二十一世紀なんだし、いつまでも妻一筋でもないでしょう。ねえ」

野島は曖昧な笑みを浮かべて「まぁ、それもありますねえ」とよくわからない相槌《あいづち》を打った。

「俺なんか母ちゃん死んじゃってからもう大変よ、ほーんと」

男はあっけらかんと言った。そうか、この人も奥さんを亡くしたのか。ずいぶん明るいな。

「さっきのあいつだってさ。俺が食ったんじゃないんよ。食われたんだよ、俺の方が」

男は目をぎょろ、と剝《む》いて言う。ますますアンコウに似てくる。

「はあ……」

男はさらにスケベたらしい顔になり、野島の腕をつついた。

「まったく、今は女の方がすごいんだよねぇ、ほーんと。女だって今時旦那一筋なんて奴いないって」

恐るべき独断と偏見であるが、妙に野島の心に訴えかけるものがあった。

「兄さん、顔はわりといい線いってるから、その内食われちゃうかもよ。販売店の女店長とかさ、はははは」

「ははは、そんな」野島も調子を合わせて笑った。

「不倫は良くないとか、相手に悪いだとか、あんまり深刻に考えない方がいいよ。たかがセックスなんだからさ。かるーく考えればいいの、軽く。ね—」

ぱん、と背中を叩かれた。

「俺の母ちゃんだって、天国でこいつしょーがねえなぁとか思いながらも俺がヤリまくってんのあったかく見守ってくれてんのよ。そういうもんよ、ほーんと」

そういうもんか？

野島はここまで自信持って言えるこの男がちょっと羨ましくなった。

愛美の顔が頭に浮かんだ。続いて愛美の柔らかくてかつ弾力のありそうな胸の膨らみが、腰のくびれが、小さめのお尻の曲線が、次々と浮かぶ。

だが、やっぱり妻の妹はまずいだろう。

この男なら「なんのなんの」といって押し倒すだろうか。やりかねないな。そして心ゆくまで生と性を楽しむだろう。

「とにかく、人間いいセックスしないと駄目になるよ、ほんと。で、Y－5Kがどうしたって？」

19

灰原は駅のトイレの個室に入ると、制服のズボンを脱いで捨てた。下にはいつものジーパンを穿《は》いていた。制服のズボンは軽いが汗をほとんど吸わず不快なので多くの従業員が規則に反して下にジーパンやスウェットを穿いている。

それから洗面台で血だらけの口をゆすいだ。指を口の中に入れて歯の具合を確かめる。幸いしっかりしていて、指で押してもぐらつくようなことはなかった。よかった。きちんと歯を嚙み合わせられないと運転に差し障りがあるのだ。

腫《は》れた顔を鏡で見る。道でおまわりに出会ったら職務質問されそうな面だ。まあ、気にしてもしょうがない。

ホームへ続く階段を下りる途中で携帯電話が鳴った。

画面を見ると今井からであった。走り屋イベントやパーツショップではしょっちゅう会うというか会ってしまうが、電話がかかってくるのは珍しい。だからといって嬉しくもなんともないが。

「はい？」

――灰原ちゃーん。おれー。

今井の声は弾《はず》んでいた。

「どうした」

――あのさー。なんか灰原ちゃんに仕事頼みてえって奴がいてさー。俺に灰原ちゃんのケイタイの番号教えてくれって言ってんだけど、どうだろねー。

「誰だよ」

――こないだの二人組の片方の知り合いなんだってさー。灰原ちゃんの腕がいいってそいつから聞いて、どうしても頼みたいんだってー。

電車がホームに滑り込んでドアが開いたが、灰原は乗らなかった。

――で、どうするー？　教えちゃっていい？

灰原はちょっと考えた。だがすぐに考えるまでもないことだと思い直し、「教えとけ」と言った。

——あーい、じゃ言っとくねー。

電話が切れた。

時刻表を見ると次の電車がくるまで七分間がある。ベンチに座り、足を伸ばした。

両手に重そうな紙袋をふたつずつ持ったホームレスのおやじが灰原の目の前を通った。

そいつは灰原がさっき脱ぎ捨てた制服のズボンをさっそく穿いていた。

四分が過ぎ、通過電車が走り抜けていった後、再び電話がかかってきた。知らない番号であった。

「はい？」

——あんた灰原って人？

若そうな男の遠慮のない声が聞こえた。

「そうだ」

——あんた運転うまくって、車も盗めるんだろ？

「ああ」

——無愛想だな。

「悪いか」灰原は言った。

——別に悪かねえよ。なあ、一度会って話さねえか。プランを聞いて欲しいんだ。今、暇か？

「まああ暇だ」

──なら、これからちょっと会おうぜ。新宿まで出てこれるか？

「ああ」

──そいじゃあ、四時に都庁の地下駐車場に来てくれよ。車で拾うからさ。

「車は何だ」

──白のインテグラだ。あんたはどんな格好なんだ？

「顔の左側が腫れている。それでわかる」

灰原は言って電話を切った。上り電車がやってきた。灰原は乗り込み、新宿へ向かった。


駐車場の柱の一本によりかかり、煙草を吸いながら待っていると、改造マフラーとリアウイングを取り付けた4ドアのインテグラが灰原の前に滑り込んできて止まった。

運転席のウインドウが下がり、中からバスドラムの音だけを極端に増幅したテクノが流れ出してきた。

馬面で汚く焼けた肌をした茶髪の若い男が顔を出した。助手席にはサングラスをかけたきつねっぽい顔の輪郭をした同じ年くらいの男が座っている。馬面は白に黒ライン、きつねは黒に白ラインのウィルソンのジャージ姿である。フィルムのネガとポジのようだ。

「灰原って人?」馬面のドライバーが訊く。

「灰原って人だ」灰原は答えた。

「後ろ乗ってよ」男はそれだけ言い、ウインドウを閉めた。

灰原はドアを引き開けて乗り込んだ。メンソール煙草とアルコールとマリファナらしき甘ったるい匂いがごちゃまぜになって車内に充満していた。

後部席には女がいた。右手に煙草を持っている。

「ハイ」

女は口から煙を吐き、灰原に挨拶した。
二十二、三というところか。まだあどけなさが残る顔の造りは整っていて可愛いが、肌にはぽつぽつと赤いニキビの跡があって、脂ぎった感じがする。そして目の下の隈がやや目立つ。時期的にまだ早いグレーのニットキャップを被《かぶ》り、キャップからはみ出ている髪は茶色で縮れている。
あまり優秀でない美術系の専門学校生という感じがしないでもない。

フラワーパターンの印刷された薄手の長袖シャツに自分で切ったらしい股下までの長さのデニムを穿いていた。そして底の厚さが十センチほどのサンダルを突っかけて片方の足を助手席の背に置いていた。脚はまあまあ細くて綺麗だ。

灰原は目だけで挨拶した。

「なんで顔腫れてんの？」

女が顔からはちょっと予想のつかない低い声で、無遠慮に訊いてきた。

「転んだ」

灰原は答え、それ以上の追及を斥《しりぞ》けた。

全員灰原より年下だ。だからと言って断る理由にはならないが。

「どこ行く？」

馬面茶髪のドライバーが女に訊いた。

「とりあえず中央公園の方行けば？」女がぞんざいな口調で答える。

馬面が無言で車を出す。公園に着くまで誰も一言も口をきかなかった。隣の女はサイドウインドウに頭をもたれさせて煙草をふかし、助手席の背に置いた脚の膝の裏を指で掻《か》いている。爪のマニキュアはピンクで、色が剝げ落ちかけていた。

インテグラが脇の車道に止まると、女がだれた姿勢のままいかにもかったるそうな声で言った。

「ジュース買ってきてー」

馬面がきつねに顎をしゃくった。

「俺かよ」

きつねが初めて口をきいた。これといって特徴のない声だ。

「おめーだよ」馬面が当たり前だろ、というふうに言う。

「あたしＭＡＸコーヒー。あったかいのー」女が注文する。

「俺コーラ」と馬面。それから「何飲む？」と灰原に訊く。

「ホットの缶コーヒー」灰原は答えた。

きつねがドアを開け、車道に出た。道路の反対側の自動販売機に向かって歩き出す。

灰原は、きつねが右脚をわずかに引き摺っているのに気づいた。

四本の缶を抱えてきつねが戻ってくると、馬面は灰原に缶コーヒーを手渡しながら「金はいいから」と言った。灰原は払うつもりもなかった。

馬面は赤い缶に白ラインの普通のコーク、きつねはコカ・コーラ ゼロのダイエットコークである。

「あたしの早くちょーだいよ」

女が文句を言う。きつねが口を固く結んで、女にＭＡＸコーヒーを手渡す。

四人はそれぞれ無言で最初の何口かを飲んだ。

馬面はずずっ、ずずっ、という汚い音を立ててコークをすすり、きつねはコークを口一杯頬張ってから数秒かけて炭酸の泡が口の中で弾けるのを楽しんでいるようだった。それからごくっ、と喉を大きく動かして飲み下す。

女は短くなった煙草を窓の外へ弾き飛ばした。窓を閉めると唐突に切り出した。

「あたしたち、パチンコ屋をやるんだ」

リーダーはこの女らしい。

「そこ、毎日二時くらいに警備会社の車が来て、お金の入った袋を車に積むの。そこをやんの。音消してー！」

女に怒られ、きつねが音楽を止めた。

「チャカもあるんだぜ」馬面が横やりを入れる。「マジホンの」

女がうるさい、という目で馬面を睨むと馬面は口をつぐんだ。

「警備員は運転手入れて四人なの。大体いつもジュラルミンのケースひとつと、黒い布の袋がひとつかふたつ」

「大通りに面してるのか、そこは」灰原は訊いた。

すると女が言った。

「場所教えちゃうともう抜けらんないよ」

灰原は女を見た。目が合った。灰原と同じくらい物事に無感動な目であった。

「絶対うまくいくから他の奴に喋られちゃ困んの」

一体どれほどの根拠があってそう言うのかわからないが、大した自信である。

「人と喋らないのは得意だ」灰原は言った。

ぶふっ！

きつねが突然むせてダイエットコークを吹いた。口の中の炭酸が多すぎたらしい。股ぐらにびたびたとコークをこぼす。

「んだよーっ！」馬面がきつねに怒鳴《どな》った。「きたねえなあ」

きつねは謝りもせずに激しく咳き込む。

「いつやるんだ」灰原は訊いた。

「それも教えるともう抜けらんないよ」女はさらに念を押し、やや寄り目になってミルクコーヒーをがぶ飲みした。

「決める前にそっちの見積りと取り分を聞かせてくれ」

女も口一杯頰張ってから飲み込む人間であった。飲み下してから「まあ、こんくらいは固いよ」と言って右手を開いて五本の指を見せた。

「取り分は」

「ドライバーは二割。交渉はしないよ」

新しい煙草に火をつける。

「やる？　やんない？」

女は即断を求めていた。

馬面もきつねも灰原を無遠慮な目で見つめる。

灰原は缶コーヒーをひと口飲み、それから言った。

「警備員は殺《や》るのか」

それは訊いておきたかった。三人とも無関係な他人の命に執着する人間にはとても見えない。もっとも走り屋連中だって似たようなものだが。

「殺んないよ。ナメた真似したら脚くらいは撃つかもしんないけどねー」

女は言い、突然頭の中で音楽が鳴り出したみたいに首を前後に小さく動かし始めた。するとサングラスのきつねもなぜか一緒になって首を前後させ始める。

「んだよーっ！」馬面がきつねに怒鳴った。「うぜえなあ」

きつねは謝らずに首の動きを止めた。そして懲《こ》りもせずまたコークを口一杯頬張る。フグのような面になる。

「金を分けたらすぐに別れるのか？」

灰原は訊いた。やばい仕事をやり遂げたらその仲間とはできるだけ速やかに別れ、そして永久に近寄りたくない。

「そうだよ」女は答えた。「車乗り換えて、そんなかで金分けたらあんたは即帰っていいよ」

「俺はあんたらにケイタイの番号と名前を知られた」灰原は言った。

「だからー？　ウチらがサツに捕まったらあんたのこと喋るかもしんないってこと？」

灰原は頷いた。

女は前の席に向かって勢い良く煙を吐いた。

「そりゃーお互いさまじゃん。しょーがないよ。そーゆうもんなんじゃない？」

リスクが嫌ならやめろということだ。

「ウチらだってあんたが当日すっぽかすとか、いきなりビビッてウチら置いて逃げちゃうリスクしょってんだもん」

灰原は肩をすくめた。まあ、もっともな意見である。

一旦やると言ったらもう引き返せない。

それがどうした。引き返すって、どこに引き返すんだ？　清子との不毛な同棲生活か？　汗臭くてくだらない運送屋の仕事か？　そんなところに引き返してどうなる。

女はまた寄り目になってコーヒーを飲んだ。

「やる」灰原は言った。

「やる？」缶から口を離して女が聞き返す。

「やる」灰原はもう一度言った。「ただし、逃走ルートは俺が決める」

これだけは譲らないという目で女を見た。

きつねがごくっ、と音を立ててコークを飲み干した。馬面もずずっという音を立ててコークをすすった。

「いいよ」女は言った。

「頑張ろうぜ、兄さん」

馬面がなれなれしい口調で灰原に話しかけた。きつねもコークを口一杯頰張ったまま灰原に向かって何度も頷いた。

「場所と日を教えてくれ」灰原は言った。

20

金曜日の夜。野島は美濃部邸のガレージでインプレッサに乗り込み、缶コーヒーをちびちびと飲みながらアクセルを吹かしていた。新しく取り付けたマフラーやイニシャルトルクを強くしたLSDによる独特の攻撃的エンジンサウンドを堪能していたのである。

実際、この音は下手な音楽よりもはるかに気持ち良くドライバーを酔わせてくれる。野島の顔はほとんど恍惚《こうこつ》としていた。自分が『マッドマックス』になったような気分だ。

チューンナップはうまくいったようである。これからテスト走行だ。

野島は車から下り、ガレージの壁に取り付けられた内線電話を取ると3のボタンを押した。

——はい？

「高梨さん、これからテスト走行するんですけど良かったら乗りませんか？」

野島は上機嫌な声で言った。

——興奮してますね、野島さん。

高梨の声は野島と対照的に落ち着いていた。

「なかなかいい感じに仕上がりましたよ」

——で、ドライブに誘ってくれてるんですね？

「ええ、その通りです」

頼む、来てくれ。野島は切に願った。自分の苦心の作品を見て、乗って、感じて欲しかった。

やや間があいたが、彼女は言った。

——いくわ。ちょっと待ってて。

高梨はそう言って電話を切った。

野島は胸がすーっとするような感覚を覚えた。〝いくわ。ちょっと待ってて〟と彼女は言ったのだ。〝いくわ〟である。

彼女と自分との間の堅苦しいものがまたひとつなくなったのである。ぞくぞくしてきた。

野島は油で汚れた作業服を脱ぎ捨ててトランクにしまうと、地下フロアーのトイレに行ってごしごしと顔を洗い、石鹸《せっけん》で念入りに爪の汚れを落とす。乱れた髪の毛も撫でつける。

ガレージに戻り、車にもたれかかって高梨の登場を待った。

なぜか昨日の牛乳屋のおやじの脂ぎった顔と言葉が頭に蘇ってしまった。

〝兄さん若いんだからさぁ、もっとじゃんじゃんセックスした方がいいよぅ〟

自分のセックスライフが充実しているからあんなふうに他人を煽るんだろうが、煽られた方は結構心を乱されるものだ。しかしなぜ今こんなことを考えるんだ。お前、まさか彼女をセックスの対象にするつもりか。野島は自分に戸惑いを覚えた。

馬鹿なことは考えるな。無理に決まっているだろう。お前のセックスの相手は愛美だ。おい、何を言い出すんだ。

カツカツ、とヒールの音がした。

野島は口元が大きく緩んでしまうのを抑えられなかった。

「お待たせ」

高梨が現われた。パンツ姿で、しかも全身黒ずくめであった。そのまま『チャーリーズ・エンジェル』に出てもおかしくないくらいである。

あまりの格好よさに咄嗟《とっさ》には言葉が出てこない。それに野島は女を誉めることにあまり慣れていなかった。もっと学んでおくべきだったのだが。

「できましたよ」

結局高梨を賞賛することはせず、車に話題を向けた。

「どこが変わったんです？」

彼女がわからないのも無理はない。

「外見じゃなくて中なんですよ、チューンナップしたのは。まあ、とにかく」

野島は言いながら助手席側に回って彼女のためにドアを開けた。

「どうも」

高梨はにこりとして乗り込んだ。

ドアを閉め、運転席に乗り込むとシートベルトを装着し、いざキーを捻った。

バキバキバキッ！

「なんですか、これ」

高梨が驚き、顔を強ばらせた。

野島は笑った。「ウエストゲートサウンドってやつですよ。タービンに入っていく排気ガスをバイパスから大気解放にするとこんな音になるんです」

野島が嬉しそうに説明するが、高梨の顔は強ばったままだ。

「うるさいんですね」

はっきりと言われ、今度は野島の顔が強ばった。

「走り屋にはこうしてる奴が多いんです。すぐに慣れますよ。で、どこまで行きましょうか」

「そうですね。とりあえず三十分ほど……」

「三十分だけですか？」

「じゃあ一時間ほど」高梨はぎこちない笑みを浮かべて言った。

あまり気に入らないのか？

まあいい、乗っているうちにきっと気に入るはずだ。野島はそう思い、インプレッサを出した。

結局、ドライブの間、高梨はあまり喋らなかった。そうなると野島は声をかけづらく、行程の半分以上は無言のドライブというやや重苦しいものに変わった。

野島は自分が良いと感じるものと、彼女のそれとの間にズレを感じた。まあ、当然といえば当然であるが。

マシンの調子は最高なのだが、それが高梨には伝わっていないようだ。もっとも同じ車好きでもない限りそれをわかれというのが無理なのだろうが。

「この音、一般のドライバーには威圧感を与えそうですね」

ドライブの途中、高梨は言った。

「そうですかね」

野島には、彼女が大げさに思えた。

「まあ、そうでないと走り屋として認知されないのかもしれませんね」

彼女はあきらめたように言う。また口調がもとの他人行儀なものへと戻ってしまっている。

「まあ、ポルシェに乗っているような人にはちょっと下品なサウンドに聞こえるかもしれませんね」

期待した評価が得られなかった野島の口調はやや尖っていた。

しばし沈黙が流れる。

「野島さん」

「はい？」

「繁美さんの夢を見ますか？」

「え？」

ちら、と高梨の方を見ると彼女は野島をまっすぐに見ていた。改めて美しい顔だと思った。

「夢です。繁美さんの」

なんでそんなことを訊くのだろうと思いながらも野島は「ええ」と答えた。「こないだも見ましたよ。海岸をこの車で走っていると、水着姿の繁美が波打ち際に座っていて、僕に〝ここに来れば会えると思った〟って言うんです」

その後すぐにセックスに突入し、繁美を問いつめ、自分も愛美と寝たいのかと問いつめられた部分は省く。

「美濃部氏もいまだによく浩平君の夢を見るそうです」

高梨は流れていく光の列に目を向けながら言った。

「本当に、しょっちゅう見るそうです。日中は仕事に忙殺されていても、悲しみはいっこうに消えないんです」

野島には高梨が何を言いたいのか遅蒔《おそま》きながらわかった。スピードを落とす。

「高梨さん」今度は野島が呼びかける。

「はい？」

「僕だって繁美を奪われた悲しみも怒りも、これっぽっちも衰えていませんよ」

野島は言った。本心からというより、そう言わねばならないという心の声に従ったのだ。

「ついでに言うと、僕が車をいじっているのはあくまで復讐のためであって、車いじりにのめりこんで繁美を奪った奴らへの復讐を忘れるなんて、そんな馬鹿なことは天地がひっくり返ったってありませんよ」

話しながら、やや苦しかった。

怒りを忘れるな。

改めて自分に言い聞かせる。だが、怒りを忘れるなと自分に言い聞かせなければならないほど俺の怒りは萎えているのだろうかと思うと、情けない気持ちになった。

「そんなこと、私だって思っていませんよ」高梨は言った。「ただ、訊きたかったんです。お気を悪くしたのならごめんなさい」

彼女の謝り方は率直で好感がもてた。

「いえ、そんな……」と野島は言葉を濁した。

それきり二人は美濃部邸に戻るまで口をきかなかった。

帰ったら繁美の遺品を整理しよう、と野島は思った。

今夜は繁美と過ごすのだ。

家に帰るとまた留守電が入っていた。

21：41、22：53、23：39、00：22。

また四件とも無言である。

野島は険しい顔でシャワーを浴び、コーヒーを淹れてからいよいよ繁美の遺品整理に取りかかった。テレビをつけてＢＧＭ代わりとする。

浮気の証拠を見つけてやろうなどと考えてはいけない、と野島は思った。そんな気持ちで遺品を整理するのは故人に対してすごく失礼な行為に思えたのだ。

一緒に暮らし始めてから半年も経っていなかったし、繁美は不必要な物を溜《た》め込む人間ではなかったのでそれほど大変ではないだろう。ただ、服は多いので後回しにする。

会社の製品を入れるのに使う大きなダンボール箱に繁美の持ち物をひとつずつ、ゆっくりと入れていく。

まずは繁美がテレビの脚本を書く際に参考にしたさまざまな資料から手をつける。法律関係、警察機構の本、いろいろな業界のネタ本（『契約する前に読め・これが詐欺の手口だ！』、『誰にも言えない医療のウラ話』、『プロスポーツここまでバラしちゃやばい？』、『ホントは病んでるレースクイーン』など）、『月刊マーダーウォッチャー』がとびとびで数冊、社会心理学の本数冊、身体障害者が書いたエッセイ『気楽なもんさ障害者』、高齢者のための恋愛マニュアル、ストーカー撃退マニュアル、さまざまな女が書いた性のリポート（『あたしがイカせた一万人の男』、『女はこんなに演技している！』、『もっとセックスについて話そうよ』など）。

『もっとセックスについて話そうよ』をついつい読みふけってしまい、気づいたら夜中の一時近くになっていた。あわてて遺品整理を再開する。

資料はすべて片づけ、それ以外の物に手をつける。

知り合いの若手タレントから譲ってもらったオレンジ色の豚のぬいぐるみ、連続ドラマの撮影打ち上げパーティーのビンゴゲームで獲得した変装七つ道具セット、繁美が脚本を書いた二時間サスペンスの中で主役の女優が使用したオリンパスペンFというカメラ（壊れている）、テレビ局でプロデューサーから紹介された高齢の時代劇俳優が頼んでもいないのに送ってきたサイン入り色紙、脚本を書く際に取材した女性陶芸家からもらった壺、同じく取材した厄払い師からもらった三ツ矢サイダーの瓶に入った〝お清め水〟、初めての海外ロケ（タイ）で主演女優が土産物屋から買わされたもののなんだか気味が悪いからと言って繁美に譲った不細工な魔除け人形、『渡る世間は屍の山』シリーズで知られるドラマ界の重鎮である女性脚本家から光栄にも譲られた視聴率アップ祈願小僧人形などなど。

さまざまな物には、繁美のさまざまな人との出会いの記憶がこもっていた。

野島はそれらの物をひとつずつ手にとって眺めながら、サラリーマンの自分にはとても体験できないたくさんの出会いに満ちた繁美の人生を羨ましく思った。繁美は野島よりもずっと広くて深い世界で生きていたのだ。そのたくさんの出会いの中で繁美は自分と出会い、俺を選び、愛してくれたのだ。そのことをもっと誇りに思ってもいい。

午前二時を過ぎてようやく野島は繁美の衣服の整理を始めた。一着ずつ丁寧に畳み、ダンボール箱に入れていく。服を畳むことに慣れていない野島にとっては結構疲れる作業であった。

これは日光江戸村《にっこうえどむら》へ出かけた時に着ていった服だ、これは初めて二人で焼肉を食った時に着ていた服だ、これは銀座八丁目のフランス料理屋で着ていた服だ……服にもさまざまな思い出があった。

半分ほど終えた頃、テレビの深夜映画が始まった。70年代のアクション映画、ウォルター・マッソー主演『サブウェイ・パニック』である。懐かしさからついつい余所見《よそみ》しながら見てしまい、ますます手の動きが鈍ってしまう。これではいかんと思い、後ろ髪引かれる思いでチャンネルを2のテレビショッピングに変える。

——厚労省が唯一認可した有酸素運動機『うれっこ』です。『うれっこ』でものぐさなあなたもご自宅で簡単楽ちんダイエット！

——『うれっこ』、『うれっこ』、『うれっこ』は厚労省が唯一認可した有酸素運動機！

テレビがあまりにも、うれっこ、うれっこ、と連発するので野島はなんだかおかしくなり、一人で笑った。服の畳み方が次第に雑になってくる。

——『うれっこ』は仰向けになり、足首を載せるだけ、これだけでいいんです！

野島は『うれっこ』を試しているレオタード姿の女が気になり出してしまった。野島はドラマに出ている女優などよりもこういうどうでもいい番組に出ているちょっと美人な女の方にいやらしさを覚える。俺はマイナー嗜好《しこう》なのだろうか、などと考えているとますます手がのろく、かつぞんざいになる。

深夜三時半を過ぎてさすがにくたびれてきた。残りは明日にしようかとも思うが、明日の夜は湾岸へ走りにいくし、日曜の夜は早めに休みたい。となるともう少しやっておいた方がいい。

コーヒーをもう一杯淹れて、一息いれる。テレビでは超強力撥水《はっすい》カーワックスの宣伝を垂れ流している。

飲み終えると今度は繁美の遺した下着類に取りかかる。

覚えのない派手なパンティーなどが見つかったらどうしようと少し不安になるが、そんなものを家に置くほどあいつは馬鹿じゃない、と浮気をしていることを前提にした考えで打ち消したりする。

買い置きしてあった未開封のパンティーストッキングの袋に違和感を覚えたのは下着の整理を始めて五分ほど経った時であった。

まったく同じ三つの袋の内、ひとつだけがカサッという妙な音を立てたのだ。

ひっくり返して見ると裏はちゃんとセロファンで留まっている。しかしこれは何度でも貼ったりはがしたりできるものだから開封していないとは言い切れない。ちょっとした物を隠すには良いカモフラージュといえる。

野島はためらった。おかしなものを発見してしまったらどうしよう、と正直言って恐かった。

　もう一度振ってみる。

　またカサ、と音がした。

　野島は心臓が苦しくなった。すっかりぬるくなったコーヒーを飲み干し、ストッキングの袋を睨みつける。

　やめておけ、と頭の隅で声がした。何であろうともう終わったことだ。

　さらに振ってみる。かさ、かさ。

　野島は頭を抱え込んだ。

　どうするんだ、どうするんだどうするんだどうするんだ。

　目を閉じて歯を食いしばり、額を拳でとんとん、と神経質に叩く。

　そんなもの捨てちまえ！　なかったことにしろ！　自衛本能が必死に訴える。

　右手で袋のセロファンをベリ、と剝がす。

　後頭部がずしりと重くなり、こめかみの血管がぷっくりと膨《ふく》れてとくとくと脈打つ。

　頼むぞ繁美、俺はお前を信じていたんだぞ。今だって信じているんだぞ。

　ヤケクソな気持ちで袋を逆さにして振る。

　ぽろっ、と何か黒くて小さな物が野島の足下に落ちた。拾い上げて見ると、２ＧのＳＤカードであった。

　そういえば繁美が取材用にデジタルカメラを持っていたっけ。あれで見られるはずだ。

デジタルカメラを探す。すぐに見つかった。カードスロットにメディアを差し込む。

心臓が破裂しそうに脈打つ。血液が逆流でも始めたのかと思うほどだ。

今ならまだやめられるぞ。

やめられるか！

カメラの電源をオンにして、再生モードにする。しかし視線は落ち着きなく壁のあちこちをさまよう。モニターを見る勇気がない。でもいつまでもこうしてはいられない。

ええい！

野島は思い切って見た。

裸の男女が体と頬を密着させ、カメラに向かって微笑んでいた。

女は繁美だった。

男は四十くらい。髪の毛が薄く、それほどいい男でもない。

野島の指は意志と関係なく再生ボタンを押す。

次は男のペニスを握って一心にしごいている繁美の映像だった。左手の結婚指輪がストロボの光を反射し、きらりと光っている。

一コマ進むごとに野島の腰からへなへなと力が抜けだし、立っていられなくなった。膝を折ってその場にがくりと崩れた。

やっぱりな。

頭の中のどこか遠いところで声がした。

傷つくだけだとわかっていても指は機械的に再生ボタンを押し続ける。

同じ中年男が満足げな顔でカメラに向かって微笑んでいた。繁美が写したものだろう。

互いの舌を絡めた濃厚なキスのアップ写真。

繁美の太股の内側に舌を這わせている男の写真。ストロボの光で男の脂ぎったハゲ頭が光っている。

頭の中が、天辺《てっぺん》から漂白剤を注入されたかのように真っ白になっていく。

これが結婚二十年にもなる倦怠《けんたい》夫婦で、野島も浮気をしまくっていたのであればまた話が違ったであろう。だが現実はまだ結婚半年足らずなのだ。そして写真に写った繁美の指には結婚指輪が光っているのだ。

こんなにも簡単に、俺は裏切られていたのだ。

この写真に対してあの世の繁美は一体どう言い訳するつもりなのだろう。それとも言い訳なんかせずに「あぁあ、バレちゃった」と軽く舌でも出しているのだろうか。

俺は何なんだ？

馬鹿か？　道化師か？　お人好しか？　そのすべてか？

「おまえ……」

野島の喉から掠れた声が漏れた。

「おま……」

顔を両手で覆い、がくりと頭を垂れた。

ラリーが惨敗に終わり、失意の中でナビゲーターから「実は俺、ホンダの篠田から組まないかって言われちゃってさ」と追い討ちをかけられた時でさえ、ここまで情けない気持ちにはならなかった。

「なんでだよぉ……」

野島は自分一人しかいない部屋で寒々しい空気に向かって問いかけた。

俺は繁美が本当はどんな女なのか全然わかっていなかったのだ。

「こんな奴の……どこがいいんだよぉ」

情けなくて、悔しくて、悲しくて、寂しくて、涙が滲んできた。

「俺とのこと、全部嘘だったのかよぉ」

充血した目を吊り上げ、立ち上がると小さな仏壇の前にいく。白々しい顔で微笑んでいる繁美の遺影に向かって、デジタルカメラを投げつけようと振りかぶった。

この野郎！

しかしすんでのところで抑え、かわりに壁に向かって投げつけた。電池蓋が開いて電池がバラバラとこぼれた。

それから意味もなく狭い部屋をうろうろと歩き回り、突如遺品を納めたダンボール箱に駆け寄ると右足で思い切り蹴飛ばした。

「ちくしょーっ！」

腹の底から怒鳴った。夜中の三時過ぎであろうがそんなことは関係なかった。

箱が横倒しになり、せっかく整理した遺品がどっとこぼれる。野島はさらに箱を蹴飛ばし、踏みつけ、潰した。こぼれた遺品を壁や窓に向かって蹴飛ばし、手で拾って投げつける。本を引きちぎって床に叩きつける。それでも怒りは納まらず、窓を全開にして豚のぬいぐるみやタイの魔除け人形や小僧人形などを次々と外に向かって投げ捨てた。車に当たるかもしれないとか、通行人が怪我するかもしれないとか、そういったことは考える余裕がなかった。

「馬鹿にしやがって！」

床にこぼれたパンティーを拾って両手で引き裂こうとするが思いのほか丈夫でちぎれない。それが猛烈に頭にくる。歯で噛みつき、食いちぎろうとするがそれもできない。脳味噌が噴火しそうになり、キッチンに駆け込むと戸棚から包丁を引き抜き、パンティーの腰の部分をざっくりと切り落とした。それでも気が済まず、床に散らばった本を目についたものから手当り次第に包丁で突き刺す。

もう自分で何をやっているのかよくわからなくなってきた。

「俺をずっと騙し続けるつもりだったんだろ！　そうなんだろ！」

包丁を握った手が滑稽なほど震えた。

一冊の薄い本を肉親の仇のように串刺しにし、それを窓の外に向かって思い切り投げつけた。

「なめんじゃねーっ！」

勢い余って包丁ごと手からすっぽ抜け、飛び去っていった。

やばい！

包丁を投げちゃまずいだろ。

自分のしでかしたことに背筋が寒くなった。野島はあわててベランダに飛びだし、外へ身を乗り出した。落下していく包丁と、串刺しにされた本が一瞬だけ見えた。続いてカツーン、という硬い音が下から響いてきた。

誰かの悲鳴がしやしないかと全身を耳にして聞く。だが、それきり何も聞こえない。幸い誰も傷つけずに済んだらしい。

野島は大きな安堵のため息をつき、その場に尻餅をついた。立ち上がれないほど疲れはてた。

這って部屋に戻り、両手で顔を覆うと異様な呻き声を発しながら身悶《みもだ》えする。

「くそう……馬鹿女ぁ……」

〝世界一好きな女〟から〝馬鹿女〟への転落は速やかであった。

あの男はなんなんだ。どこで知り合った。いつからこんな仲だった。そいつは俺より優しいのか？　俺よりも上手《うま》いのか？　俺よりも成功したのか？

床に落ちたデジタルカメラを睨む。

お前だろ、無言電話かけたのは。わかってんだぞ。

心の中で、写真に写っていた男に向かって言う。

繁美は死んだんだよ。知らねえのか、馬鹿。お前も追っかけてくたばったらどうだ。

「やめた」

野島は仰向けになり、天井に向かって呟いた。

「なんで俺がお前なんかのために仇討ちしなきゃならないんだよ。ええ？」

相手は天井だから当然答えは返ってこない。

「仇討ちするほどの女かよ、お前は」

両手を頭のうしろで組み、なおも天井を睨み続ける。涙が目尻からゆっくりとこめかみを伝い落ちた。

「お前が好き勝手やるんなら……俺も好き勝手にやるぞ。文句ないだろう？　あるわけねえよな」

返事はない。文句ないということだ。

野島は起き上がり、窓をしめた。散らばった遺品を足で蹴って部屋の隅にどけ、最近とみに増えはじめた走り屋系車雑誌の一冊を手に取ってめくる。広告のページを開く。

ズバリ！　ここならヤレる！

PCで今すぐデート！

即アポ！　即ヤリ！　即ヌキ！

人妻、OL、フリーター、皆やりたい、皆待ってる。

業界TOPの超ド級Hメール！

有名女性週刊誌・レディースコミックに広告大量掲載！

まったく、女ってのはよお。真面目な面してても陰じゃヤリまくってんだよな。そこのところを承知して付き合うなり結婚するなりすべきだよな、女とは。それがわからないで結婚する男は馬鹿を見るよな。俺みたいにな。

繁美みたいな馬鹿な女がわんさか〝ヤリたいメール〟ってやつをかけまくってんだろうな。なにせ女はタダだからな。

くそっ。

野島はパソコンを起動し、『セックスチャット・ゴールド』というサイトにアクセスした。

21

「でさあ、そいつ本当にバラの花束持って来てたんだよー」

ももえが言った。

灰原は想像し、苦笑した。

「どんな顔だったんだ」

「もー、めっちゃくちゃ気持ち悪い顔でさー。なんでこんなのが生きてんのーって感じの奴なの。ゲロ吐きそうになっちゃったもん、あたし。メールじゃイ・ビョンホンにちょっと似てるんだとか言っちゃってさー、なめんなよコノヤロー！」

男たちは一斉に笑った。

車の中での作戦会議の後、灰原と女とウィルソン反転兄弟は代々木上原《よよぎうえはら》にある狭くて小さなカラオケボックスに飛び込み、飲み始めた。

女の名はももえ。

馬面はテルオ、きつねはマサト。テルオとマサトはやはり本物の兄弟であった。この兄弟と女の関係はわからないが、灰原は別にどうでもいいことなので訊かなかった。

酔ったももえは幼く見えた。灰原は仄《ほの》かに顔を赤らめたももえに欲望を覚えた。

「ねー灰原ちゃんも出会い系やるの？」

十歳近くも年上の灰原をももえはちゃんづけした。

灰原は首を振った。「金がかかるからできない」

「彼女いるのお？」

「いるけどヤりたくねえ」吐き捨てる。

「かわいそー、彼女」

「いいんだ、あんなの」

ももえは灰原の方へ擦り寄ってきた。

「じゃあ、最近全然してないのお？」

「こないだ群馬の峠で一人さらってヤッた」

灰原が群馬の峠で男に置いていかれた女の話を聞かせると三人とも「ひでー！」と大声を上げて笑った。

「あんたいい味出してるよー」

馬面テルオがうなるような声で灰原を誉めた。隣できつねマサトがせわしなく何度もうなずく。

「握手しようぜ」

テルオが右手を差し出したので、灰原はその手を軽く握って振りながら言う。

「つまらないことを訊くようだが、飲み代は足りるのか？」

「俺が持ってってばさあ、まかせてよう」テルオが、どんとこい、という顔で宣言した。

「ついでにデュエットもしようぜぃ」

　マサトがまたせわしなく頷く。

「俺はいい」灰原は率直に断った。

　テルオがカラオケでブームやゆずや山崎まさよしや氷室京介やイエローモンキーを自分で勝手にアレンジした音程で歌い出すと、マサトはひたすら聞き役に徹した。テルオの歌がうるさいので結果的に灰原とももえは互いの顔を寄せ、睫がくっつきそうなほどの距離で話をした。

「あの二人とどこでどうやって知り合ったんだ」

　灰原はももえの耳たぶの小さな耳に唇を寄せて言い、それから二人をちらりと見た。

　ももえが灰原の耳に唇を近づける。唇の突起部分の〇・数ミリが灰原の耳たぶの産毛に触れ、息が耳の穴に吹きかかる。

「セックスチャット・ゴールド」

　灰原はよくわかったというふうに頷いた。

「二人で来たんだよ、あいつら。あたしにどうしろっての？」

　ももえの言葉に灰原は苦笑した。顔を見るとももえも笑っていた。

「で、３Ｐやるかわりに手伝わせることにしたの。そしたらテルオが灰原ちゃんの噂を聞いて、それで……」

まるで新しいバンドでも組もうとしているような話し方だ。実際、大差ないのかもしれない。一回限りのライブのためのバンドだ。

結局、灰原たちは実に六時間以上もカラオケボックスに居座り続けた。俗に言う〝まったり〟とした時間が流れていった。一度清子から電話がかかってきたが、灰原は無視し、電源を切った。

いつのまにか灰原とももえは互いの手を握り合っていた。ももえは灰原の右肩に頭を載せ、灰原はその頭に頰を押しつけて沈黙の中で互いの重みを感じ合っていた。

数えていないのでよくわからないが、テルオは途中休憩を入れながら三十二、三曲は歌ったと思う。マサトは自分がこの世でテルオのたった一人の理解者であるかのように首を傾けて一生懸命に歌を聞き、体を揺すった。

ももえが灰原の太股に手を置いた。灰原はその手の上に自分の手を重ねた。

十分後、灰原は靴を脱いで両足をテーブルに載せ、ももえはソファに足を伸ばして横たわり、灰原の腹に頭を載せて目を閉じていた。

灰原はニットキャップからはみ出ているももえの髪を指で弄《もてあそ》び、目蓋や頰や顎を指の腹でそっと撫でた。ニキビの跡のでこぼこも触っているうちに不思議と愛着がわいてくる。

♪江の島が～むせび泣いて～る～八月の～酔わせるストーリー
紡ぎ出す～

テルオの歌は最新ヒットチューンから次第にナツメロへと移行していた。しかも一部歌詞変えの裏技まで駆使している。

唇の右下にある小さなほくろを人差指の先で触ると、ももえが目を閉じたまま唇の両端を上げ、くすぐったそうな顔をした。

灰原は指先をほくろから唇の端へと移動させた。そして上唇をゆっくりと指でなぞる。指で絵を描いているようだった。何度も指先をいったりきたりさせているうちに次第に滑らかになる。続いて下唇にも同じことをする。

ももえはみじろぎひとつもしなかった。

一メートルも離れていないテルオ・マサト兄弟が、灰原の意識の上ではもうはるか彼方に遠ざかっていた。

灰原は人差指の先でももえの唇をそっとこじ開けてみた。唇の下には唾に濡れた歯があった。指先に唾液の温かさを感じた。

ももえが目を開ける。その目を細め、笑う。

灰原も笑いかけた。

ももえは口を開け、灰原の人差指を軽く噛んだ。

灰原は人差指に力を入れた。しかし歯に阻《はば》まれる。たわいない攻防の末、ふいにももえが噛むのをやめて灰原を受け入れた。

柔らかくて、弾力があって、無数の微小なひだを持つ濡れたももえの舌が人差指を迎えた。その舌がごくゆっくりと小さな円を描く。

灰原はまるで舌のひだが指紋の隙間に入り込んだかのような錯覚を覚えた。唾液にくるまれた指先から手首へと温かさがゆっくり這い上っていく。ももえの鼻から漏れた温かい息が二本の指の股をふわりとくすぐった。

♪抱きしめた時は～死んでもいいとさえ～思ったら～ホントにしんじゃあった～ウォウウォウ～

マサトが世界一笑えるギャグだというふうにけたたましく笑った。

灰原の股間の物がみるみる硬度を持ち始めた。人差指は次第に大胆になる。第二関節を曲げていったん指を抜きかけ、再びすっと差し込む。ざらつきが指紋を擦る。

指と舌がゆっくりと、粘り気をもって絡み始めた。決して相手を離すまいとの意志を持っているかのように。

灰原とももえは互いの目を吸い込まれるように見つめ合った。

「あれぇ？」

ふいにももえが声を漏らした。

「なんか頭の後ろに当たってる」

♪さよなら～湘南エリー～あのメロディ～　誰かのパクリ～

「硬いよ」ももえはいたずらっぽく笑った。

灰原もぎこちなく笑った。

ももえが左手を伸ばして灰原のシャツの襟をつかむと、引っ張った。灰原の顔がぐっとももえに近づく。

ももえは何か言いたそうな目をしている。灰原は首を傾け、耳を近づけた。

ももえは言った。

「もう出よう。そしたらあの二人帰しちゃお」

「最初に言っとくが、俺は金持ってないぞ」

灰原の言葉にももえは、大丈夫、とでもいうふうに頷いてみせた。

22

――そうなの……それはショックよねえ。

ウェブカメラの向こうで見知らぬ女が野島に言った。三十後半から四十前半というところだろう。

「別に。女って皆そういうもんなんだろう？」

野島はふてくされたガキのように言った。

気がついたらセックスチャットで繋がった年上の知らない女に洗いざらい話している自分がいた。女が妙に聞き上手なのでついべらべらしゃべってしまったのだ。

口説いて誘いだし、あわよくば食うつもりが、すっかり身の上相談になっていた。

「ミワさんは結婚してから何回他の男と寝たの？」

――そうねえ、ちょっと待ってね、ええと……。

女は四、五秒考えた。

――四人ね。もしもシュン君を入れたら五人になるわね、うふふ。でもね、女を代表して言うわけじゃないけど一番好きな男が旦那だってことは確かなのよ。少なくとも私はね。

野島には何の慰めにもならない言葉だった。

「こんなに惨めな気持ちは生まれて初めてだよ」

野島は見知らぬ女に告白した。見知らぬ人間だからこそ包み隠さずに言えるのだ。

「こんなひどい裏切りってないよ。だったら俺だって他の女と寝る権利があるはずだろ？」

――まあ……そうよねえ。

「ねえミワさん、これから会おうよ」

テレクラに面倒な口説きのプロセスは必要ないというのが野島の持論であった。男も女も、やりたいから電話しているのだ。

――それは無理よ。となりの部屋で旦那が寝てるんだから。でもあたしのやらしいお口を見ながらしてもいいわよう。

「そんなんじゃ駄目なんだよ。今すぐプロじゃない生身の女とセックスしたいんだ。ミワさんみたいな優しい人がいいんだ」

今や野島の全身の皮膚が、女の皮膚の滑らかさと弾力と体温を切実に求め、じくじくとうずいていた。勿論、愛美という女の存在を忘れてはいない。しかし今必要なのはすぐにセックスできるお手軽で好き者のつまらない女であった。やや年上で、経験豊富ならなお良い。

――まあ、困ったわねえ。

楽しむような口ぶりで女が言う。

「ねえ、車で迎えにいくよ。ミワさんの家の前に車をとめるからその中でやろうよ。三、四分で済ませるからさ。それなら旦那にバレないだろう?」

――いやぁん、三、四分なんて。カラスの行水みたい。どうせするなら一晩中狂ったようにしたいわぁ。

〝カラスの行水〟という言い回しに女の歳を感じた。

「じゃあそうしようよ。一晩かけて全部の体位でイカせてあげるからさ」

野島は自分の言葉に自分で興奮してきた。股間の物はさっさと穴を用意しろといきりたっている。

「頼むよ。どうしても会って欲しいんだ」

――でも旦那がねぇ……チャットじゃ駄目ぇ？

チャットなんかで満足できるか！

この女は安全圏内でのお手軽な刺激を求めているのだ。どうもお互いの希望が一致しない。ふいに馬鹿馬鹿しくなり、野島は（チャットをやめる）をクリックした。これでこの女との接続が切れた。見知らぬ人間に対して失礼もなにもない。

まだ一人目だ、どんどんいこう。

違う女と繫がるのを待つ。

主婦は駄目だ。独身のＯＬとかフリーターがいい。彼氏と喧嘩したか別れたばかりでむしゃくしゃしている女ならなおいい。

繫がった。

「もしもし？」緊張しながら呼びかける。

――もしもし？

声から察すると二十代後半か、同い年くらいだろうか。あまり明るさが感じられない声である。

「こんばんは」野島は明るい声で挨拶した。今度こそうまくやれよ、と自分に言い聞かせながら。

——こんばんは。いくつですか？

大体の女が、まず歳を訊く。訊いたって相手が正直に答えるとは限らないのにそれでも訊く。まあ、会話のとっかかりなのだろう。

「三十三歳だよ。あなたは？」

——あたし？　いくつだと思う？

こういう会話もかなりくだらないが、とりあえず女に調子を合わせなくてはならない。

女は二十八歳で、豊島区に住んでいて、会社員で、勤続七年で、特に趣味もなく、つまらない毎日を送っているということだった。どこにも人間としての個性が芽生える余地はなさそうであったが、性欲のはけ口にそんなものは要らない。むしろそこら辺の普通の女がいいのだ。

——ねえ、芸能人に似てるとか言われたことない？

女が訊いてきた。

くだらねえ会話だと思いながらも野島はつきあう。何事もやるためだ。

「そうだなぁ。ほら、『真剣師　菊池明』って映画に出てる俳優……なんていったっけ？」

――**滋野秀樹？**

「ああ、そうそう思い出した」

――**そうなんだ。あたしはそうは思わないけどなぁ〜。**

「ねえ、もし良かったら、これからちょっと会わない？」

――**ええ？**

馬鹿野郎。何ためらってんだ。やりてえから電話してきたんだろうが。

――**いきなり会うのはちょっと。**

なんなんだ、もうちょっと互いのことを知ってから決めたいというのか？　チャットなんかで何がわかるってんだ？　切ろうか、どうしようか。やっぱりもう少し粘《ねば》ろう。

「ああ、ごめん。じゃ。もうちょっと話そうか。ねえ、君は芸能人誰が好き？」

くだらない会話が二十分以上続いた。チャットの常連ならさっさと見切りをつけて切るだろうか、などと思いながらもついつい粘ってしまう野島であった。

「ねえ、どうだろう。だいぶ話が弾んだことだし、直接会って話さない？」

頃合を見計らって野島は提案した。

――**んん……。**

「君ってすごくいい人だし、会ってみたいな」

野島は心にもないことを言った。いい人であろうがなかろうが、よほどのブスとかデブか病気持ちでない限り誰だっていいのだ。

——……それはいいよ。

女のつまらなそうな声に野島の神経回路が数本切れそうになった。

「ねえ頼むよ、ちょっとの時間でいいからさ。俺、絶対危ない奴じゃ……」

（チャットが中断されました）という表示が出た。頭の毛穴から湯気が噴き出しそうなほどの怒りを感じ、野島はマウスを潰さんばかりに握り締めた。

くだらねえ女の分際で俺を拒否しやがって。

何がなんでも女とやらなければ絶対に気が済まなかった。野島はそれから三人の女と繋がった。一人目は歳を言った途端に切られ、二人目は脳味噌の一部に損傷でもあるのかと思うくらいにしゃべるのがのろく、かつ語彙《ごい》が乏《とぼ》しすぎるためにじれったくなって野島から切った。三人目は丸の内に勤める二十六歳のOLで、いきなり泣いていた。二時間前に彼氏と喧嘩別れしたそうで、野島はうまく慰められればモノにできると期待し、辛抱強く優しい言葉をかけつづけたが四十分後、突如問題の彼氏からメールが入ったと言い出し、「ごめんなさい、切るね」と言って切られた。バカヤローと怒鳴る暇もなかった。

四人目の女は繋がった時、すでに一人でオナニーを始めていた。

——お願い、もう我慢できないの。見て！　あたしのいやらしいアソコ見て！

野島は女の勢いにのまれてついつい自分の物を引っ張り出してしごきだしてしまった。

——ねえ、あたしの名前を呼んで! ミナコって呼んで!

野島はご希望に応えて名前を連呼しながら自分のものを激しくしごいた。

「いいよミナコ、ああミナコッ!」

——あっ、あっ、いきそう、いっちゃいそう! ねえいっしょにイッて!

野島もたちまちイキそうになった。

「い、いいよ。いっしょにいこう。お、俺も……ああっ……」

——なにやってんだコノ!

いきなり太い男の声が割り込んできた。

——きゃっ!

女の悲鳴が上がった。

野島はもう止めることができなかった。

——コラあああ!

女子柔道のメダリストが髭をたくわえたような顔の中年男がカメラの前にぬっと顔を出して吠えた。

非常に悲しいことに意志とかかわりなく野島はその瞬間に射精してしまった。男の顔を見ながらイッたのは生まれて初めてだった。

総計二時間半。かかった料金二万円強。それでも野島は何ひとつ得られなかった。

あまりの虚しさに、死にたいとさえ思った。

23

野島が死にたい気分を味わっている頃、灰原はももえの膣に挿入したまま絶頂の余韻を味わっていた。

ここは新宿区にあるももえの女友達のアパートである。テルオ・マサト兄弟を帰した後で、ももえはケータイで女友達を呼び、これから彼氏と一緒に行ってもいいかと訊いた。

電話を切ると灰原に言った。

「いいってさ。いこ」

「なんでわざわざ友達んチでやるんだよ」

「いいじゃん。場所代要《い》らないし、あたしんチは相模大野《さがみおおの》で遠いからさぁ。そうだ、先に言っとくけどシャワーはないからね」

二階建てで屋根や壁に凄まじい量の鳩の糞がこびりついているアパートに着き、ももえが一階のある部屋のブザーを鳴らすと「開いてるよー」と中から女の声がした。

「挨拶なんかしなくていいから。どうせそれどころじゃないし」

ももえは笑って灰原に言った。ドアを開けると煙草と香水とラーメンの汁と精液の臭いがぷんと鼻をついた。

2ルームの内の寝室で、ももえの女友達とその男が既にセックスをしていた。アコーディオンカーテンで仕切ってあるので声とベッドがきしる音だけが聞こえる。

「しよ」

ももえは灰原に抱きつき、唇に吸い付いた。互いの服を脱がせあい、キッチンの椅子に灰原が座り、ももえがその上に乗ってすんなり合体した。

隣の部屋でもしていると思うと灰原の欲情もいつもより高ぶった。

ももえは清子なんかよりずっといい体をしていた。

終わってもしばらくももえの腰をしっかりと抱きしめていた。セックスした後にいつもやってくるあの胸の奥が冷たくなるような感覚も、どういうわけかいつもよりおとなしい。

「すいませーん、ちょっといいですかぁ」

アコーディオンカーテンの向こうから若い男の声が聞こえた。

「いいよー、もう終わったから」

ももえが灰原の肩に預けた頭を上げ、声をかけた。

カーテンが開き、薄く色のついた眼鏡をかけた茶髪でちょっと太った男が出てきた。スレイヤーというヘビメタバンドの黒いTシャツにところどころ破れたジーンズという格好で、黒い布袋を肩からさげている。身なりは攻撃的だが顔はみるからにおとなしい。灰原より十は若そうだ。

「すいません、ちょっとバイトに行かなきゃならないんで……」

男はいかにも恐縮ですというふうに右手を刀のように上下に振りながら素っ裸のももえと灰原の前を通った。そしてキッチンの流しからコップを取り、水道水を一杯飲むとおじゃましましたというふうに二人に頭をさげて出ていった。

「いってらっしゃーい」ももえが男の背中に声をかける。

若い男が原付きバイクに乗って出ていった後、カーテンの向こうでカチリというライターで煙草に火をつける音がして、それから全裸の女がぬっとキッチンに現われた。背は灰原より頭ひとつ低く、ひょろ長い体型であった。胸も平らでお世辞にもそそる体とは言えない。右脚のふくらはぎにはずっと昔に煙草を押しつけられたらしい火傷の跡がふたつあった。肩までの長さの黒髪は汗に濡れて鳥の巣のようであった。しゃくれた顎をこころもち前方に突き出し、唇の端からは煙草がぶら下がっていた。

女は灰原に挨拶もせず、右手に持った熊が刺繍《ししゅう》された赤いタオルを蛇口の下へ持っていくとそれを水で濡《ぬ》らした。ぎゅっと絞り、両足を開いて腰を落とすと実に無造作に股間をごしごしと拭い始めた。それから腋の下、首筋と順に拭いていく。まるで灰原たちなど目の前に存在していないかのような態度である。

どうせなら股間を拭くのは最後にした方がいいのではないかと灰原は思ったが黙っていた。

「ねえ」再びタオルを濡らしながら女が灰原たちの方は見ずに平坦な声を発した。「こないだの二千円返してよ」

煙草の灰が落ちる。

「あー、ごめん。来週絶対返すからもうちょっとだけ待って」

ももえが悪びれもしない口調で応えた。そして灰原の股の上でもぞもぞと動く。

女が手を後ろに回して背中を拭きながらふいに灰原たちの方を向いた。女の目のやや吊り上がった目は細く小さく、普段から感情を読み取るのは困難そうであった。

女は煙草を口から離して煙を吹いた。それから「今返してよ」と言う。

「えー」ももえが露骨に嫌そうな声を出す。「じゃ千円で勘弁して。もう千円は来週払うから」

もうすぐパチンコ店を襲撃する人間にしてはいささか情けない発言であった。

女はタオルを握り潰すと流しにぞんざいに投げ込んだ。そして「んだよー」と低い声で吐き捨てた。馬面テルオとそっくりな抑揚である。

「ごめーん。来週ホントに払うから」

ももえは言い、灰原に向かって「ね」と言った。灰原は答えようがないので黙ってい
た。ももえはそれから右手を股間に持っていき、おとなしくなった灰原の物を自分で引き
抜いた。そして静かに灰原の上からおりる。
女がぶらぶらとかったるそうに寝室に戻りながら「おめえ、来週ボランティアに来いよ
ぉ」と言った。
ももえは女が投げ捨てたタオルを濡らして自分の首筋から腋の下、尻、股間と順番に拭
いていく。
寝室の方からテレビの音が聞こえ出した。女は耳が悪いのか少々音が大き過ぎる。
「使う?」
ももえがタオルを灰原に見せて訊いた。
灰原は頷き、ももえが放ったタオルをキャッチした。
「何のボランティアなんだ」腋の下を拭きながら訊く。
ももえはコップにくんだ水を飲み、「歩けないじじいとかばばあの代わりに買い物して
やるの」と答えた。
灰原は苦笑し、「真面目なんだな」と言った。
「年寄んなかには結構小金持ってる奴いるんだよ。しかもさ、歩けないもんだから自宅に
まとまった金を置いてたりすんのよ」ももえは冷めた顔で言う。「だからボランティアで

あたりつけといて、しばらくしたら覆面して金ぶん取りにいくの」

ももえは寝室の方に向かって「そうだよねー」と声をかけた。

「なにがー?」

「聞こえなかったんならいい」ももえは言った。

灰原は粘ついた竿と睾丸をタオルで拭ってから、キッチンテーブルの上に置いておいた腕時計を見た。

「もう電車ないな」

「朝まで寝ようよ」ももえは言って服を着始めた。

灰原は大きなくしゃみをした。急に寒くなったのでももえに倣《なら》い服を着る。

ズボンのポケットに入れておいたケータイが鳴った。抜き出してみるとやはり清子からであった。無視して電源を切る。パチンコ店の襲撃がうまくいけば来週末あたりに別れることになるかもしれない、と漠然と思う。しかし何の感慨も湧かない。

ももえに手を引っ張られて寝室へ行くと、煙草の焦げ跡や飲物のしみが多い畳の上で横になった。

女は灰原たちのことなどお構いなしで、テレビの音を小さくしようともしない。

ももえがコアラの赤ん坊のように灰原に抱きついて目を閉じると眠りの態勢に入った。

灰原はとても眠れそうになかったがとりあえずももえを抱きかかえて目を閉じた。

24

明け方になり、野島はいつものコンビニでゴミ袋とビールと弁当を買った。ビールを飲みながら自室に戻ると繁美の遺品を次々とゴミ袋に放りこんでいった。もう見たくもないし、この部屋に置いておくことにも我慢ならなかった。激情は去ったが静かで冷たい怒りは持続していた。

いっぱいになったゴミ袋が増えるにつれ、引っ越しをしようかとも考え始めた。この部屋はもともと繁美と二人の収入で生活していくために借りたものなので、一人になった今、会社の収入だけでこの部屋に住み続けるのはちょっと厳しい。

両手に二つずつ、合計四つのゴミ袋を持って、引き摺りながらエレベーターに乗り込み、一階のゴミ捨て場に向かう。ゴミを捨てて部屋に戻るエレベーターの中ですみっこにしゃがみこみ、俺にはもう復讐をする理由がなくなってしまった、と思った。

結婚して半年足らずで簡単に他の男と寝て、思い出の猥褻《わいせつ》写真まで保管していた妻のために復讐などして何になる？

美濃部にこのことを打ち明けたら一体なんというだろう。

〝それは結構ですが、車は返してもらいますよ〟なんて言うかもしれない。

「それは困る」

野島は声に出していった。金はすべて出してもらったが登録は俺の名前でした。だから俺の車だ。走り屋への復讐はやる気をなくしたが、走ることそのものはやめるつもりはない、というかやめられない。

あんなに手間暇かけて改造した最高マシーンを、復讐をやめたからもう乗らないなんて、そんな馬鹿な話があるか！　野島はエレベーターの箱を拳でぶっ叩いた。

エレベーターが四階に着いた。背中を丸めて廊下を歩く。

言うまい、と決めた。

美濃部にも高梨にも、繁美が浮気していたことはしばらく言わずにおこう。そうすれば車にかかる費用はすべて持ってもらえる。そしてもう改造はいいということになったら手を引かせてもらおう。

なんて野郎なんだ、俺は。

いいさ、どうせ俺はろくでもない男だ。これから俺は次から次へと女に手を出しまくって好き放題やるぞ。牛乳屋の絶倫おやじを超えてやる。

女と車。男が一番好きなのはそれじゃないか。

今夜はまたイベントだ。弁当を食ってひたすら眠ろう。睡眠不足じゃ運転のキレも悪くなる。

眠って、起きたのは午前十一時近くだった。気分が悪く、偏頭痛がした。おまけに胃袋は空っぽだった。シャワーを浴びて着替え、弁当は飽きたのでファミレスにでも行こうと思い、髭面のままインプレッサのキーを持って一階へ降りた。

マンション前の路上に白いセルシオが止まっていた。それがどうしたと言われても困るが車好きの人間には他人の車が常に気になるものなのだ。

ファミレスはマンションから車で五分ほどのところにある。

時間がまだ早いのでファミレスの駐車場は空いていた。インプレッサを止め、エンジンを切った時、白いセルシオも駐車場に滑りこんできた。

野島は胸騒ぎを覚えた。車から降り、わざとゆっくりとした足取りでファミレスの方へ向かいながらセルシオの方をちらちらと見る。

セルシオは駐車場の一番奥に止まった。

野島は立ち止まり、ポケットの中を探るふりをした。セルシオから降りてくるドライバーの顔を見てやろうと思ったのだ。

ところがセルシオはエンジンを切ったというのにドライバーは出てこない。

野島はいかにも車の中に財布を置いてきたとでもいうふうに、わざわざ舌うちまでしてインプレッサに戻る。時間を稼ぐためだ。

ところがそこまでしたというのにセルシオのドライバーはいっこうに出てこない。

俺を見ている。野島は確信した。心拍数がぐんと上がる。

セルシオのドライバーはまだ出てこない。よほど俺に顔を見られたくないのか。

このまま我慢くらべをしてもしかたないので野島は車から出て、ファミレスに向かうことにした。

店内に入り、一人用のカウンター席へ案内されると窓から駐車場を見る。

まだ出てこない。何なんだよ、お前は。

すると、セルシオがバックし始めた。そしてそのまま静かに駐車場から出ていった。

野島に存在を気づかれたから尾行をあきらめた。そんな感じであった。

「あっ」

ナンバーを見るのを忘れた。あれだけ眠ったのに頭はまだボケているらしい。舌打ちしてももう遅い。

繁美の男か？　あのハゲの。無言電話をかけてきたのも奴だ。そうに決まっている。しかし追いかけようにももう遅い。

まあいい、そのうちまたどこかで会うだろう。その時は顔面をパンチでへこませて、あの車もバットでぼこぼこにへこませてやる。

Ⅲ　何処へ行く？

1

空が曇っている。

朝までもってくれるといいが。

今週の走り屋イベントの開催地は、埼玉県のとあるさびれた町のはずれである。

約三か月前、そこに住んでいたあるペットブリーダーの男をめぐって事件が起きた。この事件は数日間ニュースのトップを飾った。

この男は広い敷地の庭に柵を作り、二百匹以上の子犬を劣悪な環境で飼っていた。昼夜を問わず獣臭、死臭、鳴き声を周囲の民家に撒き散らし、なおかつ本人も粗暴な言動で近隣住民に恐怖を与えていた。

いつ暴力沙汰に発展してもおかしくないのに地元の警察は何ら対策を取っていなかっ

た。

近隣住民の中に、この鬼畜ペットブリーダーを最も憎んでいる十九歳の無職の少年がいた。

少年はある日の深夜、ナタとサバイバルナイフと、やすりで刃を研いで実用品に改造した模造刀で武装し、ペットブリーダーの家に単身殴りこみをかけて惨殺し、庭で寝ていた十四匹ばかりの犬も殺し、庭の柵を破壊して残りの犬を全て町中に放った。

のちに少年は警察の取り調べに対して「殺した犬はほとんど死にかけていたので、天国に送ってあげた。殺意からではない」と供述した。

警察はあわてて犬を回収にかかったが、わずか二十四匹ほどしか回収できなかった。保健所への通報が遅れたことが事態の収束をさらに難しくした。

この衝撃的な事件の後で、今なお回収されておらず野良と化した犬と空気中に今なお残る鬼畜ペットブリーダーの狂った電波を嫌った多くの住民が出て行ってしまい、町にぽっかりと空白地帯ができた。そこに目をつけた走り屋どもが「野良犬ワンダーランドでスリリングな走りをエンジョイ!」と湧いて出てきた。

住民がほとんどいなくなったことで警察の心配もあまり要らない、まさにスリリングなストリートランにぴったりだ。

灰原も今夜のイベントは楽しみにしていた。もしかしたら犬を跳ね飛ばしてしまうかもしれないが、そこがゲームだ。

アンダースポイラーが破損することが心配で、そのために今夜だけストックしてある安いスポイラーに交換して臨んだ。

灰原は今日の昼頃までももえと眠りこけていた。起きたら自分の体が猛烈に臭かった。シャワーを浴びて着替えたいのでとりあえず帰ることにした。ももえに帰ることを告げると、ももえは「あたしまだ寝たい」と言って目を閉じたまま「じゃあねぇ」と灰原にひらひらと手を振った。ももえの女友達は灰原が帰る二十分前からトイレにこもりきりであった。

家に帰ると清子は仕事に出かけて、いなかった。キッチンテーブルの上に便せんに書いた手紙が置いてあった。

景介へ

私はもう気が狂いそうです。

私は景介には何も期待できないのね。私が何か不満を言ったりすれば景介はあっさり私を捨てて他の人のところへ行ってしまうのよね。

私は景介にとって本当に、何の意味もない存在なのよね。わかっています。たとえ私が死んでも景介はきっと一日で私のことなんて忘れるよね。

景介のことをあきらめられればどんなに自分が楽になれるかと思います。でも、どうしてもそれができないの。こんなにつらくて悲しいことばかりなのに、それでも私は景介と一緒にいたいの。一緒にいられるだけでいいの。

だからこれからはもう何も文句言わないし、責めたりもしません。でも、今夜だけは走りに行かないで私と一緒に過ごして。

私からの一生のお願いです。

清子

というわけで灰原は今夜も走りに来た。

車からおりて、長らく商品が補充されていないのか半分近くが売り切れとなっている自動販売機の方へと歩く。数日後には横倒しになっているかもしれない。土曜の夜のリズムが体に滲み込んでくるのを全身で感じた。

いつものようにバニング野郎どものそれぞれのスピーカーからてんで勝手に垂れ流される音楽がPAの空間を隅々まで埋め尽くしていた。いくつものガキどものグループが地べたに座り込んで輪を作っていた。その間を縫うように歩く。

煙草を買って取り出そうとかがんだところで声をかけられた。

「灰原ちゃーん!」

デブの今井であった。大声で挨拶するのも面倒なので軽く手を挙げて応える。

「来てるぜ!」

今井は両手でメガホンを作ると灰原に怒鳴った。今夜はまた一段と体臭がきつかった。

「誰!」

「白うさぎ!」

ああ、あいつか。

「どこにー!」

今井が来い、と手招きする。灰原は後をついていった。

ふいに今井が立ち止まり灰原の方を振り返ると遠くを指さした。灰原は今井の体臭を我慢して傍に立つと、今井の指し示した方を睨む。

確かにあのぴかぴかのインプレッサが止まっていて、痩せた男がなんともわざとらしい感じでドアに寄りかかって立っていた。

友達が欲しいが中に入っていけないというわびしい状況があまりにもみえみえであった。

「むふ、むふ」

今井がいやらしく笑い、怒鳴った。

「おい白うさぎ! お前浮いてんだよー!」

灰原も大して面白くはないものの、口元を緩めて白うさぎを眺めた。独特の排気音が聞こえたので目をやると、室内電飾に凝りまくった（スペースマンの）ハチロクレビンがやってきた。

いつもの役者が揃いつつあった。

もう少ししたらいよいよ今夜最初にしてこの場所初めてのレースが始まるため、参加者はコースのテストランを行っていた。灰原は第二レース以降から参加するつもりだった。まずは様子見だ。

もう仕事はクビになったのだから、その気になれば毎日でもここに走りに来られるのだ。事件が世間に忘れられてここで何があったのかも知らない人間どもがまた住むようになるまで目いっぱい楽しんだ方が得だ。

しかし、楽しいのはやはり走り屋が集う週末だ。それぞれの苛立ちや鬱屈《うっくつ》を抱えた貧乏な連中が、何もかも忘れられる数時間を求めて集まってくる土曜の夜にこそあるのだ。

抜群の視力を誇る灰原の眼は、それと意識しなくともセンスの良い改造車と、顔とスタイルの良いミニスカートの女だけを的確に選別していた。

ある女が目に留まった。

灰原は舌打ちをした。

先週、峠でファックして捨ててきた女だ。顔はすっかり忘れていたが見た瞬間に思い出した。

　なぜあんな目に遭いながらまたのこのこと来るんだ？

　女は男を連れていた。灰原と今井を足して二で割ったような体格だ。髭面で目つきは暗い。男とヨリを戻したのか新しい男を見つけたのか、いずれにせよ女と顔はあわせない方がいいだろう。

　二人は顔を近づけて話しながら周囲を見回している。

「脱げーっ！　そこの女脱げーっ！」

　今井がよりによってその女を指さして怒鳴った。

「やめとけ」

　灰原は言ったが、音楽に掻《か》き消されて今井の耳にまで届かなかった。

「マンコ見せろーっ！　マンコ開けーっ！」

　灰原はなおもしつこく喚《わめ》く今井から離れて他人のフリをした。煙草をふかしながらぶらぶらとした足取りで車及び女観察を始める。

　緑色のタクシーがやってくるのが目に入った。タクシーのドアが開いて、客が金を払う。

　こんなところにタクシーで来るなよ、と思う。

　グレイの地味なワンピースを着て小さなショルダーバッグを肩にさげた女がタクシーか

ら降り立った。

灰原は反射的に顔をそらせた。

女は、清子だったのだ。置き手紙を無視したらついにここまで来てしまったのだ。しかもタクシーは帰してしまった。

どうも今夜はうまくない。しかしどうやってここを突き止めたのか？　ネットで一生懸命情報を漁ったのか？　それだけの熱心さがあるならそれをもっと別な事に使え。

灰原のシルビアは清子のいる位置から十五メートルほど離れたところに駐車してある。一回りすれば簡単に見つけられてしまうだろう。

顔を合わせたくはなかった。せっかくの土曜の夜をつまらない女のヒステリーにつきあわされるのはまっぴらだった。

「俺の肉棒喉に突っ込んで窒息させてやるーっ！」

今井は拳を振り上げてまだ喚いている。

灰原は今井に近づくと太い腕を軽く拳骨でこづいて怒鳴った。

「先に行く、じゃあな！」

「俺も小便したら行く！」と今井は答えた。

大股で愛車の方へと向かう。

なぜよりによって二つのトラブルの種がいっぺんにやってくるのか。いい事の後には必ず悪いことがあるという人間の世の摂理《せつり》なのか？

愛車のシルビアにたどり着くと、手早くシートベルトを装着してエンジンをスタートさせた。テストランに出るとしよう。

左右に目を走らせるが清子の姿は見えない。

冷静に考えると尻尾を巻いて清子から逃げようとしている自分は結構安い奴だとも思う。しかし灰原は何よりも面倒なことが大嫌いなのだ。他人と衝突すること、なかんずく別れの修羅場はその最たるものだ。

ルームミラーに目を向けた瞬間、灰原は凍りついた。

清子が、短距離走者のごとく両腕を振り上げてシルビアの方へと走ってくる。

見つかった。もう少し待った方が良かった。清子の執念が、灰原にははっきりいって恐かった。アクセルを踏み込む。

「……けえええええ！」

清子が発した金切り声の語尾が、溢れるノイズを縫ってかろうじて灰原の耳にまで届いた。清子にしてみればそれこそ月にまで届かせるつもりで絶叫したに違いない。

だからなんだ。車を止めるつもりはない。

これで別れられる。ここまでひどいことをされればさすがにあきらめるだろう。

驚いたことに清子はまだ走っている。追いつけるとでも思っているのか。口裂け女に追いかけられたらきっと今みたいな気分になるのだろうと思った。

コーナーを回ると清子の姿は視界から消えた。

これで住む場所も、ガレージも失った。

つまり、〝くるまびと〟だ。

パチンコ店の襲撃は成功させなければならない。

2

野島は今一つここの空気になじめない自分を感じていた。

やはり仲間がいないからだろうか。

建物に向かって歩き始め、見覚えのある車を見つけ、立ち止まる。川崎ナンバーの青いマークⅡ。なんだ、こないだの臭いデブの車じゃねえか。

川崎　な　877×。一応覚えておくか。

野島は再び歩き出す。

思わず目を吸い寄せられるような真っ白い脚の娘十人ほどが、ワンボックスカーに搭載された巨大スピーカーから垂れ流される音楽、というか轟音《ごうおん》に合わせて皆おなじふうに体を動かしていた。女たちはよく見ると微妙に年を食っている。もしかしたら二十代は一人もいないかもしれない。一番楽しかった頃が忘れられない三十路軍団か。

ちくしょう、やりてえ。

野島は頭の中で身も蓋もない言葉を呟いた。

明日は愛美と会う。もしかすると、もしかするかもしれない。

だが野島は今すぐに、切実に、性欲を吐き出したかった。

性犯罪を起こす野郎の気持ちがよくわかる。

走り屋どもに接触して繁美を殺した奴を探し出すだと？

「へっ」

お笑いだ、そんなの。

今夜、俺はインプレッサをぶっ飛ばして、性欲を吐き出せる女を見つけるためにここへ来たのだ。

美濃部には悪いが、復讐はやめだ。

俺のセックス相手はどこだ……俺のセックス相手は……。頭の中で呪文のように唱えながら自動販売機の方へ向かう。

「♪黄色いさくらんぼ～、うっふ～ん」

裏ＤＶＤ蛾次郎おやじとすれ違う。

背中にフェロモンと精液のハーモニーを感じながら哀愁たっぷりの面でイベント会場の

全景を見渡す。

目に飛び込んでくるのはやはりレイヴに合わせて踊るミニスカートの女たちである。ちょっとロボットっぽい動きで男どもにメッセージを発している。

〝見て見て、あたしの体、真っ白くて細くてすごくセクシーでしょ、まだまだイケてるでしょ？ あたしの体欲しくない？ 欲しいんでしょ？ 欲しいに決まってるわよね、ふふ、ダーメ、あげないよーだ。でも見るだけならいくらでも見ていいわよ。しっかり目に焼き付けて家に帰ったらあたしのこと考えて独りでオナニーしなさいね〟

「なめんじゃねえぞ」

野島は女どもに吐きかける気持ちで足下に唾をぺっと吐いた。

顔を上げた時、異様な光景が目に飛び込んできた。

グレーのワンピース姿の女が、走り屋仕様のグレーのシルビアを追って走っていたのだ。それも並みの走りではない。両腕と膝を高く挙げて陸上選手のような懸命さで走っているのだ。

野島は眉をひそめ、手摺に乗り出してみた。

あのまま走ったら道路に出る。危ないじゃないか。

「何やってんだ」

イチヨンはあっけなく女を引き離し、コーナーを回って野島の視界から消えた。

女がぶざまにすっ転んだ。なんとも滑稽で、かつ哀切も感じる転び方であった。

「あっ」

女は転んで三秒ほどそのままでいた。

馬鹿、轢《ひ》かれるぞ。

案の定、後ろからきた車が激しくクラクションを鳴らす。女はのろのろと起き上がり、路肩へと移動する。

野島は女に興味を抱いた。

女の肩はがっくりと落ち、どうも泣いているようだ。全身から絶望感が放出されている。

さっきのシルビアに置いていかれたのだろうか。

女は壁ぎわにしゃがみ込むと、壁と同化したようにうずくまった。

行け。

野島の脳味噌の一部分が命令を発した。

行って女に声をかけてみろ。顔を見て、良さそうなら親切にしてやるんだ。早くしないと他の野郎にさらっていかれるぞ。

野島は行動を起こした。

「大丈夫ですか」

野島は女の傍らに膝をつき、声をかけた。

だが女は反応しない。

「怪我《けが》はないですか」

野島は女に近寄り、思い切って肩に手を触れた。その腕の柔らかい感触が野島のスケベ心をかき立てる。

女が顔を伏せたまま小さく横に振った。

野島は女の顔が見たかった。

「あの、さっき屋上にいたら、あなたが転ぶのが見えたもんだから……それで……大丈夫ですか?」

女がゆっくりと顔を上げた。暗いので細部はわからないが泣き腫《は》らして目が赤く、腫れぼったい。なんとか明るい所に連れ出してちゃんと顔を見たかった。

「……平気です」女が答えた。それから「すみません」と謝った。

素直だった。ショックのあまり呆然としているようでもある。

「手の傷、洗った方がいいですよ」野島は言った。下心なんかこれっぽっちもない、純粋に君のことが心配なんだというふうに言う。

女はいいとも嫌だとも言わない。

「行きましょう、手を貸しますから」

野島にしてはわりと強引であった。とにかく明るいところで女の顔が見たい一心であった。

野島は立って女の二の腕を優しく摑み、軽く引っ張った。女は億劫《おつくう》そうだが、それでもなんとか立った。

女は見るからに打ちのめされていた。下手なことは訊かない方がいいだろうと思った。

光の当たるところに出ると女の顔が見えた。

率直に言えば、百点満点で六十四か五というところであった。残念ながら七十点以上はあげられなかった。地味でパッとしない。しかし欲求不満の時はその分が十五点ほど加算されるので、野島は充分にそそられた。

しかも女は男に捨てられて呆然としている、時間が経つにつれ、自暴自棄になるかもしれない。男に仕返ししてやろうと思うかもしれない。そうなった時、一番近くにいる男が当然仕返しのためのパートナーに選ばれる。それが世の摂理だ。

トイレにまでたどり着くと、野島は女に言った。

「うるさいところですよね！」

野島はあたりさわりのない話題から始めた。

「わた……て……した」

周囲がうるさくて聞こえない。

「ええ?」

野島は女に顔を寄せた。いやでも顔を近づけないとコミュニケーションが成り立たない状況というのもまた楽しい。

「私、初めて来ました、こういう所!」

女は野島の耳元で言った。

「人間の来る所じゃないですよね!」

野島は女の耳元で言った。女が頷く。

目が合った。やっぱり五十四点だ。

まあ、いいじゃないか。野島は女に微笑んだ。

女は惨めそうな顔のままだった。

「デパートで物流の仕事をしてるんです!」

野島に訊かれて女は自分のことを喋り始めた。

「すごく地味な仕事なんです! 場所も薄暗くて! 女の子もあたししかいないんです!」

そんなとこやめちまえよ、とは言えなかった。

野島はたっぷり女の愚痴を聞いてやった。つまらない仕事をして、特に趣味もなくて、走り屋の恋人にさんざんひどい扱いをされた挙げ句にイベント会場に置いていかれれば愚痴くらい言いたくなる。

話を聞けば聞くほどこの女の恋人は重度の車狂い、スピード狂であった。生活費は彼女に負担させて、自分の稼ぎはすべて車に費やしていた。そんなひどい男なのに別れられないのがこの女の弱さであった。

うじうじとした女の愚痴が一段落したところで野島は言った。

「これからどうするんです？」

「タクシーを呼んで帰ります！」女は答えた。

そうはさせるか。

「なんだったら僕が送りますよ！」

女は激しく首を振った。

「タクシーなんか嫌がって来てくれませんよ！　それに道が混んでるから来るまでにすごく時間がかかる！」

野島は適当に嘘をついた。

数分後、なんとか女を説得して車に乗せることに同意させた。

女は野島の走り屋仕様のインプレッサを見ると顔を強ばらせ、ついでひどく落胆したような表情になった。

「すみません、実は……僕もあなたの彼氏と同類なんです」

野島はすかさず言い訳し、女の気が変わる前に助手席のドアを開けて、強引に押し込んだ。

よし、もうこっちのもんだ。運転席に乗り込んでシートベルトを装着しながらなおも言い訳をする。

「でも、僕は本当にたまにしかこの手のイベントには来ないし、そんなにひどくのめりこんでるわけじゃないんですよ。ただの車好きっていうだけなんです」

車を出し、「あの……僕、野島って言います」と名乗った。

女はどこか上の空という感じで頷いた。男に置いていかれた屈辱を今また思い出しているのかもしれない。

「お名前を訊いてもいいですか?」

「ああ……小池っていいます」

女は元気のない声で答えた。

女を家まで送ってもいいが、その前にこちらの欲求を満たす必要があるのだ。

女はぼんやりとしていたが、車が街灯の倒れて真っ暗な路地に入ると「ここ、どこなんですか？」と不安そうな顔で訊いてきた。

野島はにやついた顔で答える。

「さっきのあの場所がうるさすぎて、ちょっと頭が痛くなっちゃったんです。静かな所で二、三分休んでもいいですか？　事故起こすのも恐いし……」

車を止め、エンジンを切った。

「すみませんね」

野島はわざとらしくこめかみや眉間を揉みながら女に襲いかかる瞬間を窺った。もはや野島の行動を支配しているのは脳味噌ではなく下半身であった。

女は強ばったまま前方の暗がりを凝視していた。

ここまで来ておいて拒否はしないだろう。

野島は女の肩に左手を伸ばした。女がぎくりとして野島の顔を見る。

野島は腰を浮かせ、女の体に覆い被さった。

「ちょっと！」女が恐怖にひきつった声を上げた。

野島は右手で女の顎を摑んで強引に唇を塞ごうとしたが、女はかたくなに顎を引き抵抗する。

抵抗され、野島はさらに欲情した。

唇が一瞬触れたが女は顔を捩《ねじ》って逃げる。そして両手で野島の体をおしのけようとする。

そうはさせるか。野島は両手で女の顔をはさみこんだ。女の顔が滑稽なほどに歪む。

「やめてくださぁい！」

女が目を固く閉じて抗議した。

うるせえ、やらせろ！

女の左手が野島の頰を捕え、ものすごい力で押し返す。野島の顔も滑稽に歪む。

「やぁめてえぇ」

ふざけんな、ここまで来てマジにやらせないつもりか！

「待ってよ、恐がらなくても……」

野島は口ではなだめながらも女の手首を摑んで、首筋に唇を吸いつかせる。

「やだあああ！」

女がわめいた。そして右手で野島の左耳を摑むと、力いっぱい引っ張り、捻った。

いてっ！

欲情が怒りに変わった。

「さわぐなコノヤロ！」

野島もわめいた。

だが次の瞬間また顔を掌で押され、ボクシング漫画の殴られた瞬間のコマのような顔になる。

ふざけんじゃねえぞ。

顔面ぼこぼこにしてやろうかと本気で思った。この女の安さと馬鹿さは並大抵ではない。

それでも顔が可愛ければまだいい。だがこの女はそれもない。

互いに必死の攻防がさらに十数秒間続いたが、均衡《きんこう》はまったく崩れなかった。

ふいに馬鹿馬鹿しくなった。

やめた。

野島の欲情の炎が突如掻き消えた。そして胸には冷たい怒りだけが残った。

野島は女から離れ、運転席に戻った。そして野島の唾がついた部分をさも汚らわしそうに掌で拭っている女に向かって吐き捨てた。

「降りろよ」

女はショックで呆然としているのか野島の言葉に反応しなかった。

野島は爆発した。

「降りろって言ってんだ激安女あああ！」

腕を伸ばして助手席のロックを外し、女の肩を思い切りどついた。女は野島から顔をそむけたまま弾かれたようにシートベルトを解除する。

「早くしろ！　早く！」怒鳴りつけて急《せ》かす。

この役立たず女が！　もっと不幸になって死ね！

女がドアを開けると野島はもう一度女の肩をどついて外へ押し出した。

「野垂れ死にしろ！　馬鹿女！」

ドアを閉めてロックし、シートベルトを締めるとキーを捻った。

こんな程度の女にさえ拒否されるとは。怒りと馬鹿馬鹿しさと惨めさで涙が出そうだった。

走ろう。

走って憂さを晴らそう。

野島は乱暴にUターンさせ、女を置き去りにしてイベント会場へと戻っていった。

まったく無駄な時間を費やしてしまった。

3

灰原はノってきた。心のもやもやがすうっと退いていき、クリアになり、集中力が高まってくる。車と本当の一体感が味わえる、というか自分がパーツのひとつになったかのような無機的な快感がじわじわと全身の隅々にまで行き渡ってくるのだ。

ついさっきまで清子に自分の聖域を侵されたような不快な気持ちだったが、今はもう清子などどうでも良かった。〝スペースマン〟も〝ぴくぴく〟も調子良く飛ばしていた。〝出目金〟は相変わらずムラがある。

対向車線から今井の青いマークⅡがロケットのように飛んできた。すれ違う少し手前で、互いにパッシングする。

脳味噌にへばりついたつまらない余計なものが剝がれ落ちていく。今週はとくに余計なものがへばりついた。今夜中にしっかりと落としておく必要がある。

新たな爆音が後ろから急速に迫ってきた。

灰原はちら、とルームミラーを覗《のぞ》き込んだ。

HIDランプのひときわ明るいライトが近づいてくる。

プラズマブルーの「白うさぎ」のインプレッサだった。

一瞬で灰原を左から抜き去った。

灰原は苦笑した。かなりきてる。面白いのでついていってみることにした。

白うさぎの走りは攻撃的だが安定していた。頭はカッカしていても体はクールにマシンと調和を保っているようだ。

下手な工事で中央部分がいびつに盛り上がっていて路面のひび割れや割れたガラスや犬

の骨などの小さな障害物も多々あるこのコースを、読んで判断するのが異常に早い。こいつの後ろにくっついていればコースでつまずく心配がない気さえする。

もしかしてこいつ、ラリーでもやっていたのか？

どうも自分と似て非なる感じがする。

久しぶりに興味を引く人間があらわれた。

ちょっかい出してみるか。

と、その前にまず音楽だ。前方から目をそらさずに左手で選曲キーを四回素早く押してからプレイボタンを押す。

心臓の鼓動よりこころもち速いＢＰＭがキックし始める。続いてハンドクラップが左右のスピーカーをせわしなく飛び回り、それから四小節後ライト級ボクサーのジャブのような硬質で鋭いスネアが攻撃開始を告げ、いよいよ曲が走り出す。

ヘボな人間が奏でる音楽のようなブレや曖昧さを許さないどこまでも正確で安定したコンピュータのシークエンスがうねりを作り出していく。

灰原は何も考える必要はなかった。走るのに必要な脳の部分は冴え渡り、体との連携は最高のコンディションである。後は安心してただ自分を委《ゆだ》ねればいいのだ。

遊ぼうぜ。

灰原はインプレッサに向かって突っ込んでいった。

4

さっき抜いた白のイチヨンシルビアが、野島の真後ろにぴたりと吸いついてきた。こないだ、魔法のようなコーナーリングを見せたあいつだった。

俺が気に入らないのか、俺を気に入ったのか。

野島はさらに加速して限界からさらにもう一歩踏み出した。

インプレッサは歓喜に震えていた。トップエンドで走ってこそのマシーンなのだ。その喜びが野島の全身にじわりとしみてくる。

それでも回転計にはまだまだ余裕がある。

お前はどうなんだ？

野島は真後ろのイチヨンに問いかけた。

言っておくが、俺はお前のようなストリート上がりの直線大将とは根本から違うんだぞ。ちょっとばかりコーナーリングに長《た》けていたって総合力で勝るのはこの俺だ。

どこまでついてこられるか試すか？

5

くしゃくしゃに丸めた紙をまた引き伸ばしたようなひどい路面状態の私道に突っ込み、白うさぎが減速するどころか加速した。

だだだだだだ、と冗談みたいに車体が上下に小刻みにシェイクする。いつアンダースポイラーがやられてもおかしくない。

刺激的だが、危険度マックスである。

後ろにくっついていた出目金もぴくぴくも車が大事らしく減速するか止めたりしてレースから離脱した。

だが灰原はとまらなかった。

白うさぎは危険などまるで頓着していないらしい。

愛車が大事ではないのか。それとも奴に取って車は靴と同じくらいに取り換えがきく消耗品でしかないのか？

てめえは億万長者か？　広尾か白金にでも住んでやがるのか？

路面を瞬時に読み、ダメージを最小限に食い止める走りで突き進む。灰原も大胆に攻めていく。

ここで奴に離されたら、イチヨンデビルというこっぱずかしい名前にすら値しない走り屋になりさがるのだ。それを自分に許すわけにはいかなかった。

逆転したいならここは辛抱し、次のステージに差しかかった時だ。

6

なんだ、もうついてこれないのか？

野島はちょっと拍子抜けした。

まぁ、くそ貧乏なあいつらには高くつく路面状態だからな。俺だって美濃部という後ろ盾がなけりゃこんなぐしゃぐしゃの道は走らない。自分の金で買った車では走りたくない。

しかしこのストリート、まさにラリー・イン・北関東だ。

ぼろぼろに砕けたせんべいみたいな悪路が終わり、普通の路面になった。

これで俺の神業的スキルがあのイチヨン野郎の口コミで徐々に走り屋どもに認知されて……。

吠えるようなスキール音が背後で上がり野島はぎくりとした。

次の瞬間、左から奴があらわれた。

やけに長く感じる一瞬であった。

シルビアとインプレッサがぴったりと並んだ。

野島は心臓を鷲摑みにされたような恐怖と笑い出しそうな歓喜を同時に味わった。

二匹の鉄の獣が最高速度で寄り添って走る瞬間は官能的ですらあった。

「あ！」

前方に厄介な障害物があらわれた。

赤いトラフィックコーンと車両通行止めの看板だ。その向こうは幅四メートルほどの用水路で、走り屋イベントプロデューサー・カイのスタッフたちによって、建設現場から盗んだ棚足場四本が橋として雑な感じに渡されていた。

勿論、一台ずつしか通れない。用水路に落ちたら終わりだ。

イチヨンは減速することなく野島の横にぴたりとついている。野島が加速する瞬間を待ちかまえているようだ。

野島の脳が警告を発する。

死ぬかも知れない
イチヨンが寄せてきた。

車体が接触した。

一緒に死ぬか、おい！

野島は心の中で叫んだ。

視野はいまや両目の幅にまで狭まり、世界のすべてが頭の後ろに飛び去っていく。

奇妙な感覚を覚えた。眉間に針で突いたような小さな黒い穴が生まれ、自分の肉体がその穴の中に吸い込まれていくような感覚だった。

7

(あ、死ぬかな)と灰原は思った。

死ぬということに関して灰原はいつも冷めている。

なぜだかふと、昔のことを思い出した。生まれて初めて目の前で人間が死ぬ瞬間を見た時のことだ。

灰原が高校一年の夏休み、よくつるんでいた緒川《おがわ》という奴と、盗んだ原付きバイクで二人乗りしたことがあった。

二人乗りなので大したスピードは出ないが目一杯飛ばして信号も無視した。蛇行運転もした。緒川は灰原以上に命に頓着していず、学校の屋上の金網の外でダンスを踊るようなイカれた奴だったのだ。また発作的に学校の非常階段や自分のアパートの二階のベランダから飛び降りたりもした。通学用自転車でわざと塀に突っ込んだこともある。

なぜそんな奴とつるんでいたかといえば、灰原も緒川もクラスで除《の》け者だったからだ。

詳しくは知らないが、緒川の父親の頭がイカれているらしいということは周囲の噂から知っていた。時々発作的に家出して何日も帰らず、遠く離れた場所で泥酔しているところを保護されたりしたことがあったらしい。だから多分、父親に似たのだろう。父親は緒川に時々暴力を振るうらしく、顔を腫らして学校に来ることがたまにあった。

灰原の父親は頭はイカれていなかったが、自分の稼いだ金はすべて自分の物と思っているような奴で、母親が何か文句を言うと家出して何日も帰らなかったりしたことが何度もあった。

だから二人はなんとなく相通じるものがあったのだろう。

その時、灰原は後ろに乗っていた。

緒川はバイクを蛇行させながら、がなるように妙なメロディーの自作の歌を歌っていた。


♪俺～の世界はなんでもさかさまだ～

　どいつもケツの穴で～もふもふしゃべるんだ～

そして～口からぶりぶりクソを出す～

　マンコの穴に死体がずっぽり入って

チンポの先からメンスの血がぴゅっぴゅっ、

ぴゅー！

学校の傍に国道があり、大型トラックがひっきりなしに通っていた。そこの交差点は市でも有数の事故多発地帯だった。

灰原たちは車と歩道の隙間を走りながら交差点に向かって突っ込んでいった。

「灰原ーっ！　俺ちょっと死ぬわーっ！」

信号の二十メートルほど手前で緒川が唐突に怒鳴った。

灰原は妙に冷静にその言葉を受けとめた。

そうか、死ぬのか。

その時感じたのはそれだけだった。

「ちょっと降りてくんねーかー！」

そう言われ、灰原は走っている原付きバイクから飛び降りた。転んだが掌を擦りむいただけだった。

「♪だらりらりぃ〜ん、ひゅるりらぱ〜ん」

緒川はなおも歌いながら赤信号を無視し、交差点に飛び出していった。

ぱぱーん、というクラクションの音がして、次の瞬間ダンプカーが緒川もろとも原付きバイクを跳ね飛ばした。

緒川の頭から白っぽい脳味噌がびしゃっと飛び出すのが見えたが、一瞬にして車体の下に巻き込まれ見えなくなった。と思ったら前輪に巻き込まれた緒川の右腕がタイヤと一緒に回転するのが見えた。

交差点は騒然となった。

灰原は奇妙な無感動の中にいた。

俺ちょっと死ぬわーっ。

実に簡単で軽やかな男だった。


俺も死ぬか。

インプレッサが接触すれすれに寄せてきた。だが灰原は決してアクセルを緩めない。その粗末な鉄板の橋がその先の人生へのゲートであった。だが、そんなことはどうでもいい。大切なのは自分が最後までいつもの自分のまま無感動に走り抜けるということなのだ。

長い長い一瞬だった。

8

まるで百人の妖精が力を合わせて野島の足を動かしたようだった。

インプレッサはあわや用水路に落ちる寸前で急停車した。

先に渡ったのはイチヨンであった。

できなかったのだ。

命を捨て去ることができなかった。

あいつはそれができた。だから擦り抜けられたのだ。

数秒間はただ呆然としていたが、十秒ほど経ってから地震の後の津波のように恐怖が襲いかかってきた。

全身の毛穴が開き、腹の中に氷のように冷たい大きな異物感が生まれた。

忘れていた現実感が戻ってきた。

俺は死にかけたんだ！

やっとそのことに気づく。

全身ががたがたと震え始めた。

あのイチヨン野郎、何考えてやがるんだ。下手すりゃ二人とも死んでたんだぞ！　俺が止まらなかったら……。

喉の筋肉がひくひくと痙攣《けいれん》を始めた。腋の下に気持ちの悪い汗が滲む。膝から下に力が入らない。

お前、頭おかしいぞ!

とっくに走り去っていったイチヨンのドライバーに向かって心の中で叫ぶ。

生きてる。俺は生きてるぞ。

でも気分が悪い。目が回り出しそうだ。

9

灰原はスタート地点に戻り、走り屋とギャラリーから歓声を浴びた。

こないだの湾岸事故以来のスリリングな瞬間だった。

白うさぎはまだこない。

奴が窪みに落ちなかったのは見届けた。やる気を失って帰ったのだろうか。もしあいつがゴールしたら出迎えてやるつもりだった。奴がどんな反応するか興味があった。

「イチヨンデビル最高ーっ!」

誰かが叫んだ。別に嬉しくない。女だったらちょっとは嬉しいかもしれないが。

スペースマンがレースから離脱したことなど忘れたかのようにギャラリーの女を口説いていたが、女の顔を見る限り見込みはなさそうだ。

ギャラリーから離れて傾いた電柱の陰で立ち小便し、モノをしまって振り向くと今井が糖分過剰ＭＡＸコーヒー片手にいつもの気色悪い顔で近寄ってきた。

「さっきなぁ……」

灰原は珍しく自分の方から話しかけた。

「何い？」

「さっき、あの白うさ……」

話そうとした時、右手に人の気配を感じた。

そちらを振り向くと男が拳骨を固めて灰原を狙っていた。

体が反応する前に拳骨が灰原の頰にめりこんだ。灰原はすっ飛び、左肩を地面にしたたか打ちつけた。

知らない男だった。

いや、知ってる。さっき見た髭面の男。先週灰原がファックして捨ててきた女と一緒にいた男だ。

首を捻ると当の女もいた。腕組みをし、汚い物を見るような目で灰原を睨んでいる。

「これでいいか？」

髭面の男は女に訊いた。

「もう一発」

女が言う。

灰原の脳味噌は頭蓋骨の中でぶるぶると震えていた。口の中にどっと血が溢れ、火がついたように熱かった。

今井はきょとんとした目でなりゆきを呆然と見守っている。

ギャラリーの視線が灰原に注がれていた。

髭の男が数本重ねた赤いトラフィックコーンを両手で頭上高く掲げて戻ってきた。

「うらぁっ！」

男はトラフィックコーンを灰原にたたきつけ、それから灰原の腰をサッカーボールのように蹴り上げた。

息が詰まった。

口からぶっ、と血を吐く。

視界が回り始めた。

「これでいいか？」

髭男がまた女に訊く。

女は今度は頷いた。

髭男は灰原に唾を吐きかけると女に近寄り、女の腰を抱いて歩き去っていった。

灰原はうつ伏せのまましばらく静かに息をし続けた。

見物人たちも興味を失い、次第に散っていった。

今井がゆっくりと近寄ってきて、膝をつくと灰原の顔を覗き込んだ。

灰原は血だらけの口を歪め、情けない笑いを浮かべた。

「灰原ちゃんて、喧嘩弱かったんだね」

今井が言った。

10

日曜日になった。

愛美との待ち合わせ場所に、野島は走り屋仕様のインプレッサに乗って駆けつけた。

昨夜の無謀なレースのせいでアンダースポイラーが破損したのでデートに備えてすべて交換し、バッチリ洗車もして最高級つや出しワックスも塗ってぴかぴかにした。美濃部の金は本当にありがたい。

雑踏の中に立っている愛美を見つける。愛美はこれまでで最も短い、見る角度をちょっと変えただけでショーツが見えそうなミニスカートを穿いていた。

一目見て野島の眠気は吹っ飛んでいった。

愛美も気合いが入っている。それが嬉しかった。

繁美に対する罪悪感などこれっぽっちもなかった。繁美は結婚中に浮気したが自分は繁美が死んでから愛美と付き合うのだ。何も後ろめたいことなどない。

ウインドウを下げる。

愛美はまた見当違いの方を見ていた。

「愛美っ！」

野島は思い切って名前で呼んだ。

愛美が振り返る。

その顔に笑いがぱっと弾けた。

「うっそーっ！」

「早く早く」野島はにやけ顔で呼んだ。

愛美が笑いながら走ってきた。野島は助手席のドアを開けてやった。

乗り込むなり愛美が言う。

「すごーい！　カッコいいーっ！」

「そうか？」

野島は実にいい気分だった。

ほのかに甘い香水の匂いが野島の鼻孔をくすぐり、早くも脳味噌の一部分は溶け出しそうであった。

愛美がシートベルトを装着すると、野島は車を出した。するとまた愛美が騒ぐ。

「すごーい！　お腹に響くーっ！」

愛美がはしゃげばはしゃぐほど野島は有頂天になった。それこそ高笑いしそうな気分だ。

「気に入った？」

「うん」愛美は素直に可愛く答えた。「駿さんのキャラクターに合ってる。ぴったり」

そうか。合ってるのか。うん、うん。

今日は俺のスリリングなドライブテクニックで死ぬほど痺《しび》れさせてやるぞ。

「ねえ、ドライブはどっち方面に行くの？」

野島は眩《まぶ》しいほど白い愛美の脚をちらちらと見ながら答えた。

「峠に行こう」

「峠？」

「ああ、初めに言っとくが結構恐いぞ」

「あたし恐いの平気だもん」

「よぉし」野島は笑い出しそうになるのを堪えて言った。「その言葉を忘れないようにな」

ばした。

野島たちは都心から遠く離れ、奥多摩《おくたま》の方へと足を伸ばした。

攻略コースは明け方に道路地図で決めてあった。

山道の入り口にある小さな駐車場に一旦車を止める。

ここから先はあまりにやけてもいられなかった。数分間、助手席の愛美は忘れなければ。

首を数回グルグルと回し、両手の指をぐきぐきと鳴らした。

それから顔を引き締め、愛美に向かって言う。

「俺の運転を見せるよ」

愛美は期待に満ちた顔で頷いた。

「見せて」

彼女は言った。

野島はもてるテクニックをすべて動員し、先の見えぬ峠道を平均時速70km／h以上で攻めた。

助手席に愛美が乗っている分、加速とブレーキの効きが悪いが、愛車はまるで野島の手足の延長のごとく正確に路面をグリップする。

途中、ひやっとする場面もいくつかあった。カーブで対向車線にはみ出してしまったり、予想に反して後輪が流れてガードレールに接触しそうになったり、道路に落ちている腐った木の枝を踏みつけて、大きく跳ねたりした。

それでも野島はゴールである山頂付近まであくまで強気で飛ばし続けた。隣の愛美を見る余裕はなかったが、生まれて初めての命を掛けた経験に圧倒されているのが空気を通して伝わってきた。

今この瞬間、愛美の命は野島の手の中にあった。つまり、愛美のすべてが自分のものなのだ。その事実が野島をさらに大胆かつ攻撃的にさせた。

最後のダメ押しともいえる恐怖のブラインドカーブ十一連発を乗りきり、ゴールである山頂付近の長い直線道路に出た。

野島はブレーキを踏み込んだ。

インプレッサは路面にタイヤ痕を描きながらストップした。

野島も愛美もぐぐっと前のめりになり、ついでガクンとシートバックにぶつかった。

野島は自らに緊張を解くことを許した。

「終点」

ぽつりと言い、助手席の愛美を見た。

愛美は前方を見つめたまま呆然としていた。

「大丈夫？」野島は訊いた。

愛美が野島の方を向いた。

目がたっぷりと潤んでいた。

ちょっとやり過ぎたか、と野島は思った。

「大丈夫？」もう一度訊く。

愛美は両手でぱっと顔を覆った。

泣き出すのかと思って野島はどきりとしたが、そうではなかった。

愛美は静かにくすくすと笑い出したのである。

そのくすくす笑いは次第に大きくなり、顔を覆った両手を取ると、極度の緊張の後に訪れる脱力した笑いを漏らした。

野島も安堵し、笑いたくなってきた。

愛美が笑いながら野島の肩をひっぱたいた。何度もひっぱたく。

叩かれながら野島も笑った。

「もうっ！」

なにが〝もうっ！〟なのかわからないが愛美はかなり興奮していた。スピードとスリルが脳からなんとかいう物質を大量に分泌させたのだろう。野島も同じ状態であった。

シートベルトを解除して、外に出た。

澄んだ冷たい空気が肺の中いっぱいに入ってきて、最高に爽快だった。

　愛美もドアを開け、ボンネットを回り込むと野島の方へ走ってきた。

　二人して大声で笑った。

　4WDに乗った家族連れが二人に不審の目を向けながらゆっくりと走りすぎる。

「死ぬかと思った！」

　愛美は野島の左手を両手で摑んで上下に勢い良くシェイクしながら大声を上げた。「でも最高っ！」

「もう一回行くか？」野島は冗談半分で言った。「下りはこの倍恐いぞ」

「行こう！」

　愛美は言うが早いか助手席に走って戻った。

　野島はちょっと呆気に取られた。

「よし」

　野島も乗り込み、インプレッサを急発進させた。Uターンさせ、来た道を逆に攻める。

　同じ山路でも上りと下りではまったく違う顔を見せる。

　今度は最初から興奮物質が大量分泌されていたので車を操りながらも野島の口元は終始緩んでいた。愛美に至っては遊園地の絶叫マシーンに乗っているかのようにきゃあきゃあと大騒ぎした。

　今の野島にはラリーの時のようなプレッシャーも不安も焦りもなかった。ただ純粋に走ることを楽しんでいる。それが嬉しかった。

下りの途中、ブラインドコーナーから現れた対向車と危うく衝突しそうな瞬間が一度だけあった他は難なくコースを走破した。

「ゴール！」

山道の入り口にまで戻ってくると、野島は最後のダメ押しとばかりに傍若無人なスピンターンをやってのけた。これが予想以上に見事に決まり、インプレッサはアスファルトに黒い半円を描いてピタリと停車した。

「駿さん、最高！」

愛美の顔は上気し、髪の毛は乱れていた。目はさっきにも増して潤んでいる。最高！　と言われ、野島も最高の気分だった。

エンジンを切る。

訪れた静寂にはきーんという金属的な響きがかすかに混じっていた。

シートベルトを解除して愛美に言う。

「来なよ」

車から降りると首の骨を鳴らし、手足を伸ばした。愛美も降りてきた。

「ちょい歩こう」

野島が言うと、愛美は素直に「うん」と答えた。

リモコンでドアをロックすると道路脇の林の中へとずんずんと踏み入っていく。第三者から見ると明らかに怪しい行動であるが、野島は何も言わなかったし、愛美も何も訊かなかった。

「森林浴だ」

野島は咄嗟《とっさ》に思いついた言葉を言って、ややぎこちなく笑った。周囲は杉の人工植林で森林浴と呼ぶにはかなり味気ないが、そんなことはどうでもいい。

「車、イタズラされないかな」

「心配ないよ。足下、気をつけな。ここ、入っちゃいけないところだからさ」

「ははは」と愛美は笑った。

野島も笑った。

右手を伸ばすと、愛美がその手を握る。微かに汗ばんでいた。野島は運転していた時とは別の意味で興奮してきた。

「静かでいいね」

「うん」と返事しながら野島はもう充分道路から見えない所に来たことを確認していた。

頭上では烏《からす》が鳴いている。

「ふう」

わざとらしい声を出して野島は一本の杉の木によりかかった。愛美の手はしっかりと握ったままである。

腕に力を入れ、愛美を軽く引き寄せる。

「あっ」愛美はよろけて野島の方へ倒れかかった。これも冷静な第三者から見るとややわざとらしい動きではあるが、野島にも愛美にもそんなことはどうでもいい。

「おっと」野島はやはりわざとらしく驚き、愛美の二の腕を空いている方の手で摑んだ。

頭上の烏がガルル、と変な声を出した。

野島は勝手に暴走を始めた。

右腕を愛美の腰に回してぐっと引き寄せる。愛美の胸と腹部の柔らかくて弾力のある感触は、野島の理性を容易にそれこそダルマ落としの段のように勢い良く弾き飛ばしてしまった。

「愛美ちゃん」

額をぴたりと合わせる。愛美も抵抗しない。

「なぁにぃ、いきなり……」

愛美の方がなんだか落ち着いていた。

二人の腹部と太股は密着していたが、野島の股間の物はまだ半分ほどの硬度であった。緊張していたのだ。

額を離し、左手で顔にかかった愛美の髪を分け、頰に触れる。

「駿さん」

濡れたように艶のある愛美の唇が動き、野島の名を呼んだ。自分の名前が耳の奥で甘美に響き、脳味噌を優しく揺らした。

野島の意識はその唇に吸い込まれていった。首を前に突き出し、愛美の唇に自分の唇を触れさせた。最初はほんの軽く、そしてもう一度、今度はぴったりと吸い付かせる。

何度も夢想した瞬間が現実のものになった。

野島は目を閉じ、愛美の唇の襞《ひだ》のひとつひとつまでも感じ取ろうと全神経を集中させた。

欲情の炎がわずかにおとなしくなった。この瞬間がなんだか神聖なものにさえ思えたのだ。

しかしひとたび愛美の唇が動いて自分の唇とゆっくり擦れた途端、神聖な瞬間は唐突にどこまでも官能的な瞬間へと変わった。

野島の後頭部の上辺りに火がついた。

二つの唇の間にできたわずかな隙間を互いの唾液がゆっくり、完全に埋めると野島の頭の中の炎はいよいよ燃え盛った。

抱きしめた腕と指先に力をこめ、舌で愛美の唇をこじ開けた。

薄目を開けると、愛美の閉じた目蓋がそこにあった。軽くカールした睫の一本一本がとてつもなく綺麗に見えた。

再び目を閉じ、舌を伸ばして愛美の中へと入っていく。舌の先で愛美の舌を探す。すぐに見つかり、ふたつの舌の先端が互いを押し合い、擦り合う。

野島の大脳から快楽物質がダムの放流のようにどっと流れだし、血液が全身の血管をまるで濾過《ろか》されたようにさらさらと軽快に巡り始めた。だが、頭の血管はどくどくと大きく脈打つ。

酸欠になりそうなので鼻から息を吸い込むと香水の匂いが入り込んでむせそうになった。さらに勢いをつけて愛美の唇と舌をあさましいほどに貪《むさぼ》る。

愛美もそれに応えた。

待っていたのだ、愛美も。野島は確信した。

右手を少し下げ、お尻の丸みに触れる。ぎゅっと摑む。

頭上の鳥がバサバサと音を立てて飛び立ち、完全に二人だけになった。

愛美の唾液は甘い味がした。それがますます野島を狂わせる。

愛美の唇から自分の唇を離す。唾液の名残りが糸を引く。その唾液が乾かぬうちに今度は耳の下に吸い付き、徐々に顎の下へと移動してゆく。

愛美の鼻から苦しげな息が漏れる。

〝これでもう共犯だ〟

野島の頭の中で自分の声がした。繁美に対する裏切りの共犯。構うもんか、俺はもう繁美など思い出さない。自分を裏切った女など、誰が思い出してやるもんか！

愛美は俺のものだ、俺の女だ、この柔らかい体も俺のものだ。

顎の下に強く吸い付き、舌先で首筋を舐め上げると、愛美が「あっ」と声を上げた。

その声で野島の頭の中に白い光がパン、と閃《ひらめ》く。

愛美の両腕が上がり、野島の頭を抱え込んだ。

野島は愛美の皮膚を吸い込みながら唇をどんどん下へと這わせていき、小粒のダイヤが光るネックレスを鼻先でどけ、鎖骨の先端を舐め、いよいよ白くて眩しい二つの胸の谷間へと潜り込んでいった。

そして谷間の奥の方にごく小さなほくろがあることを発見した。喜ばしい発見であった。

「くすぐったい……」愛美が呟く。

だが野島に言葉を返す心の余裕などない。

頭の中の炎は今や脳味噌をすっぽりと覆い、中心部まで焼き尽くそうとしていた。

愛美の指が野島の髪をやさしく梳《す》く。

どこか近くの頭上で涼しげな鳥の声が聞こえた。

どこまでも静かだった。

野島はいまや痛いほどに硬くなった自分の物を愛美の下腹部に押しつけ、左手を尻の方から短すぎるスカートの下へ潜り込ませた。

それから四分後。野島はひざまずいて顔を愛美のミニスカートの下に潜り込ませ、頭を一生懸命動かしていた。愛美のストッキングとパンティーはくるぶしのところまでずり落ちていた。

それからさらに六分後、今度は愛美がひざまずいて野島の物を口いっぱいに含んで頭を動かしていた。

そしてそれからさらに六十七分後、二人は休憩三時間六千九百円のホテルの小さな部屋の小さなベッドで互いに相手の名前を絶叫しながらすべてが弾ける瞬間に向かって腰をぶつけ合っていた。

11

「警備員とかやってる奴ってさあ」後部席のももえが誰にともなく言った。「もてなさそうだよね」

「女にもてる警備員なんて聞いたことないな」

灰原が答えた。それから助手席の馬面テルオを見る。テルオの鼻の下には汗の粒が浮いていた。数分前からリボルバーの撃鉄を親指で起こしては、それを押さえながら引き金を引いて撃鉄を倒すという危なっかしい動作を執拗に繰り返していた。

撃鉄が起きるとガチリという音がし、戻すとチャキンという音がする。

ガチリ……チャキン……ガチリ……チャキン……ガチリ……チャキン……。

後ろの席ではももえの隣に座ったマサトが、それと同じ間隔で唇をすぼめて前方に突き出してはまた引っ込めるという動作をおとなしく静かに繰り返していた。

今朝会うと、テルオとマサトはウィルソンジャージを取っ替えて着ていたので灰原は思わず笑いそうになった。

余裕を持って十一時頃から車を物色し始め、十二時少し前にややくたびれた旧型の白いクラウンをイモビカッターを使って盗むことに成功した。

今、クラウンは目的のパチンコ店の駐車場に止まっていた。

灰原の時計では後七分で午後二時になる。

「アニおたが多いんだってさ」ももえが言う。「ガンダムとかエヴァンゲリヲンとか……」

「俺……昨日からずっと考えてたんだけどよ……」

神経質な拳銃いじりをやめて突如テルオが口を開いた。

全員の視線がテルオに注がれる。

灰原は、ここまできてテルオがやっぱりやめると言い出すのかと思った。

だが違った。

「みんなで外国人のマネをしねえか」

三人は無言でテルオに先を促した。

「外国人のマネをすれば、警察は外国人を探すだろう？　日本人じゃなくて。だから……捜査を混乱させられる」

妙な沈黙が流れた。

「なに人かわかんなけりゃ……そうだろ？」

テルオが自分のアイデアに惚れ込んでいるらしいことが喋り方から窺えた。

「どうやってマネすんのよ」

ももえが怒ったように訊く。

「でたらめな外国語をしゃべるんだ」

「でたらめな外国語をしゃべるって……結構難しくないか」

灰原が意見を述べた。

テルオはサングラスを指で顔に押しつけ、灰原の方を向いた。

「昨日の夜、一生懸命考えたんだ。考えてマサトと練習したんだ」

灰原は黙ってその先を待った。

「チョエミンガホエチェン！」

灰原ももえも唖然とした顔でテルオを見た。

「チョエミンガホエチェン！」

テルオはもう一度言った。

〝チョエ〟に最初のアクセントがあり、〝ミンガ〟は低く、〝ホ〟でまた上がり〝エ〟は鋭く、〝チェン〟の〝ン〟でまた語尾が少し上がる感じである。

「チョエミンガホエチェン！」

今度は後ろのマサトが言った。兄とまったく同じ発音であった。

テルオは満足げににやりとし、「これは〝大人しくしろ〟とか〝抵抗すんな〟って意味だ」

「何語の？」と灰原。

「俺たち語だ」

テルオは自信ありげに言った。

「これを聞けば奴らは俺らのことを中国か台湾か香港か韓国辺りの人間と思い込む」

灰原は何も言う気にならなかった。なんにしろ自分はドライバーなのでしゃべる必要はない。

「ももえ」テルオが言う。「やってみろよ」

「やだよ」

ももえは即座に拒否した。

「ぜってえ効き目あるって。三人で連発すれば警備員どももぜってえ信じるって」

テルオはももえの説得に取りかかった。

「やってみたらどうだ？」灰原は無責任に言った。「アイデアとしちゃ悪くない」

ももえはむっとした表情になる。

「あと四分で二時だ」灰原は言った。

「んだよー」ももえは吐き捨てた。「言やいいんだろ」

テルオとマサトは同じタイミングでせわしなく頷いた。

「チョエミンガホエチェン」

ふてくされた顔でももえは言った。

イントネーションが全然違う。テルオに指摘されるとももえはもう一度繰り返す。

「チョエミンガホエチェン！」

投げやりに発音する。

「違う。〝ミンガ〟は〝ミン、グァ〟だ」

テルオはやけに熱心だった。

「ミングァ」

「そう。じゃ、ホエチェン、て言ってみ」

「ホエチェン」いかにも嫌そうに発音する。

「ホエチェンの〝ホ〟はもっと口をすぼめて〝ホッ！〟だ。〝チェン〟はうんとゆっくり発音すると〝チィイエン〟だ。やってみい」

「チィイエン」

「早く言ってみ」

「チェン」

「おし！　最初から言ってみ」

「チョエミンガホエチェン！」

ももえは飲み込みが早かった。

テルオが拍手し、マサトもそれに倣《なら》って拍手した。

灰原は苦笑いするしかなかった。

警備会社のバンが現われた。予定より早い。

「おい」

灰原は三人に注意を促した。

テルオがリボルバーの撃鉄を起こし、引き金に指をかけた。その銃口が灰原の左脚に向いていたので灰原は嫌な気分になる。

「まだだよ」

ドアノブに同時に手をかけたテルオとマサトを、ももえが抑える。「金が出てきてからだよ」

二人はやはり同時に浮かした尻をシートに戻す。

「チョエミンガホエチェン！」

テルオがぼそりと呟く。まるで本番前に舞台の袖でセリフを確認する素人劇団員である。どうでもいいが灰原はテルオに、引き金にかけた指を外して欲しかった。

「エンジンかけなくていいの？」

ももえが灰原に訊く。

「あわてるな」灰原は平然と答えた。

バンの後部扉が開き、中から体格の良い警備員が三人出てきた。ヘルメットを被り、警棒を手にしている。その内二人は扉の両脇に立って周囲を警戒し始めた。残る一人が建物の側面の従業員用出入り口へ回る。ひょろ長い体格の運転手はアイドリングさせたままやはり警棒を手に車から降り、車の前方を警戒する。

「あんなふうにマッチョな体育会系でも、ロリアニメのＤＶＤとか集めたりしてんだよねえ、きっと」

ももえが吐き捨てるように言う。警備員に何か恨みでもあるのだろうか。

「いくら気張ったって弾丸は止められねえんだよ、てめえら」

テルオが言い、唇をなめた。

マサトは落ち着かなげに首を前後させ、本人だけのリズムを取る。

従業員用出入り口が開き、大きな布の袋を載せた台車が出てきた。台車はパチンコ屋の制服を着た若い男が押している。

「サングラスかけるよ」

ももえが言うと、兄弟は同時に大きなサングラスをかけた。ももえもかける。灰原も百円ショップで買った安物サングラスをかけて目を隠す。

なんだか学芸会の本番のような、どこか間の抜けた雰囲気である。この時点でやめればまだ冗談で済むのだ、という思いが一瞬頭をよぎる。

「せーのでいくよ」

ももえが兄弟に向かって言う。

「なるべくなら撃つなよ」灰原はテルオに言った。

しかしテルオは聞いていないようだ。「♪てちゅてちゅてちゅー、ててってすてー」と何かのテーマ曲らしきものを口ずさみ、自分の気分を盛り上げている。

「いってくる」ももえが灰原に言った。

灰原は「ああ」とだけ答えた。

「せーの！」

ももえが号令をかけ、外へ飛び出した。

「どっせい！」

テルオも今いちよくわからないかけ声とともに飛び出した。マサトも伸ばした特殊警棒を手に飛び出した。

灰原はキーを捻り、エンジンをかけた。

テルオがまずバンの後ろ側に向かい、三人の警備員と一人の店員に銃を向けて怒鳴った。

「チョエミンガホエチェン！」

警備員たちは唖然とした顔で硬直した。

続いてマサトが運転手をしていた警備員に駆け寄り、問答無用でいきなり特殊警棒を振り下ろした。警備員は咄嗟に顔をかばおうとして腕を強打され「でっ！」と呻いた。マサトは執拗に警棒で殴り続ける。

「チョエミンガホエチェン！」

ももえが鋭い声で一喝し、警棒で台車を押していた店員の顔を突く。店員はのけぞり、尻餅をついた。

「ホエチョ！」

テルオは銃口で四人を威嚇《いかく》した。四人とも揃って両手を上げる。

「ホエチョ、ホエチョ、ホエチョ」

後ろにさがれ、とゼスチャーで示すと、四人は大人しく後退りする。ももえが台車のグリップを掴む。

マサトはまだ運転手を殴り続けていた。運転手は両手で頭を抱え、アルマジロのように丸くなっている。

いつまでやってんだと灰原が思った時、異変が起きた。

「おいやーっ！」

丸まっていた運転手がいきなりカンフー映画風のかけ声とともに、警棒を振り上げたマサトの股間を狙って右足で刺すような蹴りを入れたのだ。

マサトの体がくの字になる。

「はいっ！」

運転手は人間離れした体のバネで敏捷《びんしょう》に立ち上がり、警棒を落として両手で股間を押さえているマサトの鼻を右の掌底で鋭く突いた。マサトの頭ががくんと後ろにのけぞる。

あまりの早業に灰原は唖然《あぜん》とした。

テルオが持ち場から離れ、車の前側に回る。

パチンコ店の自動ドアが開いて客が一人、ズボンに両手を突っ込んでぷらぷらと出てきたが、ぎょっとして店内へ駆け戻った。

「といやっ！」

運転手は只者ではなかった。続いて左腕をフックのようにしてマサトの首に回し、ぐっと自分の胸に引き寄せた。

テルオがリボルバーを向けた時、運転手は見事にマサトを盾《たて》にしていた。

「チョエミンガホエチエン！」

テルオが喚く。

「うるせえニッポンジン！」

運転手も喚いた。強いアジア系の訛《なま》りがあった。

マサトのサングラスは斜めにずれ、口から舌の先端が突き出されていた。

テルオが威嚇で一発撃った。

銃声に灰原は思わず首をすくめた。

発射された38スペシャル弾はマサトの頭を掠め、パチンコ店の壁に食い込んでパッ、と弾けた。

しかし謎のアジア系運転手は動じず、マサトの首にかけた腕を一層強く締めつける。

「銃を捨てろニッポンジン！」

運転手は鬼気迫る顔で怒鳴った。

テルオは撃つに撃てず動揺している。

ももえを含めた後ろの連中はただ呆然となりゆきを見ている。

ふと、灰原とももえの目が合った。

次の瞬間、灰原はアクセルを踏み込んで、駐車スペースから飛び出した。右にハンドルを切り、運転手とマサトに向かって突っ込む。こちらに背を向けている運転手の尻に軽く当ててやるつもりだった。うまくやる自信はある。

運転手が振り返り、目を剝いた。

「たあっ！」

かけ声とともに運転手はマサトの首をぐいっと右側に捻った。そしてマサトの体を車の方へ突き飛ばすと自分は左側に向かって飛んだ。灰原は咄嗟にハンドルを左に切ったが、ノーズの右側でマサトを跳ね飛ばしてしまった。ドン、と重たい衝撃が襲いかかり、マサトが視界から消えた。

ブレーキを踏み込み、急停車する。

「やああ！」

カンフー運転手は往年のジャッキー・チェンのような身軽さでクラウンのボンネットに飛び乗り、信じられないような跳躍力でルーフを飛び越して灰原の視界から消えた。車ががくん、と揺れる。

テルオが灰原の真正面に立ち、リボルバーを向けた。灰原は頭を下げた。テルオがもう一発撃った。しかし当たらなかったらしい。後ろを見ると、カンフー警備員は走って建物の側面に回りこみ、姿を消した。

「待てこらあああ！」

外国人のフリをかなぐり捨てたテルオは喚きながら運転手を追いかけ、やはり灰原の視界から消えた。銃声がもう二発轟《とどろ》く。

ももえが呪縛から解かれ、金の乗った台車を押して灰原の方へ駆け出した。

他の警備員と店員はまったくの役立たずであった。

灰原は一旦バックして、倒れたマサトをよけてももえの方へ向かった。車を止めると外に飛び出し、金の袋を持ち上げようとしているももえを手伝って袋を後部席に投げ入れた。

さらに銃声が一発。

倒れたマサトを見ると、首が百八十度とは言わないまでもそれに近いくらい後ろにねじれていた。

「乗れ」

灰原はももえに言った。

ももえは駆け出し、助手席に乗り込んだ。灰原も乗り込み、急発進した。

さっきのカンフー運転手が建物を一周し終えてもう出てきた。素晴らしい駿足《しゅんそく》である。灰原たちのクラウンの前を走り抜け、道路に飛び出すと、あっという間に見えなくなった。

テルオはまだ出てこない。あと三秒くらいなら待ってやっても良かった。

「早く！」シートベルトを装着しながらももえが怒鳴る。

テルオは出てこない。

悪いな、と心の中でテルオに謝り、灰原はアクセルを踏み込んだ。

車道に飛び出し、最初の計画通りに西へ向かう。

だが十秒も走らない内にもう向こうからパトカーが一台やってきた。灰原たちと同じクラウンである。店内にいた人間が騒ぎを見て通報したに違いない。

一台だけなら切り抜けられる。灰原はスピードを上げ、あっという間にパトカーと擦れ違った。ミラー越しにパトカーが急停車し、サイレンを鳴らしながら方向転換するのが見えた。

後方でまた銃声が轟いた。やけくそになって乱射を始めたとしか思えないほど続けざまに鳴り響く。

――おい、そこの車止まれ！

パトカーが拡声器でがなった。

——止まれえ、こらあ！

同じ車種だけにパトカーの追い上げもなかなかのものであった。振り切るには誰かに犠牲になってもらうしかない。

灰原はためらわず対向車線に飛び出した。

ももえは頭を抱えて丸くなる。

パステルイエローのニュー・ビートルが、突っ込んでくる灰原に恐れをなして自らもまた対向車線に飛び出す。二台がすれ違う。ビートルの前方には当然パトカーがいる。

灰原はもとの車線に戻りながら二台が衝突したのを耳で聞き届けた。

だがこれで終わりではなかった。前方からさらに、今度は数台のパトカーが押し寄せてきた。どうやらさっきのはたまたま巡回中で傍を通っただけで、こちらが本隊らしい。塞がれればそれでおしまいである。だから灰原は右折して脇道へ突っ込んだ。逃走ルートはひとつだけではない。なんとかなる。

住宅街の中の狭い道路を縫うように走る。犬を連れた老人や赤ん坊を抱いた若い母親やコインランドリーから出てきた若い男を危うく轢きかけたが幸い相手がよけてくれたので無事に済んだ。

その間にももえは布袋から札だけを抜き出して持参したリュックに詰め込んでいる。

——アルミ製の物干し竿が二本で千円！　二本で千円！　二十年前のお値段です！

しばらく鳴りをひそめていたが最近また湧いてきた竿屋の軽トラックが灰原たちの前に立ちはだかった。擦れ違うことはできないし、一方通行を無視しているのは灰原たちであった。

灰原は急停車し、クラクションを鳴らしっぱなしにした。

竿屋が運転席から顔と手を出し、灰原たちに向かって右手中指を突き立てた。

クラクションから手を離し、灰原はももえに訊いた。

「金は詰めたか？」

「大体ね」

ももえが答える。口は笑っているが、目は笑っていない。

灰原が言うと、ももえは床に落ちた特殊警棒を拾い上げ、灰原に放ってよこした。

「警棒貸せ」

灰原はそれを持ち、「車替えるぞ」と言って外へ飛び出した。ももえもリュックを担ぎ、灰原に一拍遅れて車から降りた。

警棒を持った臨戦態勢の灰原を見ると、竿屋も車から降りた。竿屋はこれまでの人生で我慢の限度を超えた多くの屈辱と蔑《さげす》みを受け、鬱憤のたまりにたまったような顔をしていた。

今日はどうも好戦的な一般人にでくわしてしまう日らしかった。

「なんじゃおりゃあ！　ヤル気かこのくそボケが」

竿屋はトラックの荷台から長さ三メートルほどの水色の物干し竿を一本引き抜くと、それを腰の辺りで構え、灰原の顔面を狙って突き出した。

灰原は警棒で竿の先を払う。

しかし竿屋はだてに竿屋ではなかった。払いのけた物干し竿はすぐにくるっと円を描いてまた襲いかかってきた。

黒いゴムキャップをはめた竿の先端が灰原の眉間に迫る。灰原は後ろにとんでよけようとしたが、下唇に当たり、口の中が切れた。

この野郎。

灰原は特殊警棒を捨て、竿の端を両手で掴んだ。そして力任せにぐいっと引っ張った。

竿屋は引っ張られてつんのめり、物干し竿を離した。荷台からもう一本竿を引き抜こうとするが、思わぬ逆襲にあった。

二人が争っている間にももえが荷台から勝手に物干し竿を一本引き抜き、竿屋の額にほぼ真横から物干し竿を叩きつけたのだ。竿屋はよろめいた。

それから灰原とももえは二本の物干し竿で一斉に竿屋をめった打ちにし、かつ頭や腹を狙って突きまくった。

「いてえ！　いていいて、いてええええ！」

パトカーのサイレンが近づいてくる。

灰原ももえも物干し竿を離し、各々が竿屋の背中に蹴りを一発ずつぶち込むとトラックに乗り込み、逃走を再開した。〝二十年前のお値段です〟というテープは流したままである。

パトカーは住宅地に入ってから散開したらしく、四方からサイレンが聞こえ、しかも段々包囲の輪が狭まってきているようだ。

どうにもまずい状況である。

角を曲がったところで一台のパトカーと鉢合わせした。バックして別のさらに狭い道へ逃げ込む。

「何よもお！　駄目じゃん！」

ももえがヒステリックな声を上げた。

──二本で千円！、二本で千円！

その道の先は既に別のパトカーで塞がれていた。

灰原はトラックを斜めに止めて完全に道を塞ぐと、ももえに怒鳴った。「こっちから降りろ！　そっちのドアはロックしとけ」

言うが早いか運転席から飛び降りる。ももえは何か言いかけたが、灰原の言う通りに助手席のドアをロックしてから運転席の方から外へ転がり出た。

「待てえ！　そこの二人いい！」

パトカーから降りた制服警官が二人、こっちへ駆けてくる。若いのと年寄りのコンビだ。道を塞いだトラックで稼げる時間はほんの数秒に過ぎないが、その数秒が今は大事だった。

——二十年前のお値段です！　アルミ製の物干し竿が……

灰原は荷台から物干し竿をもう一本引き抜いて右手に持つと「こっちだ」と言って駆け出した。ももえも走る。七メートルばかり走って後戻りし、とある二軒の家を仕切っているブロック塀のところで立ち止まった。

二軒の家の側面の壁と塀は極端に近接していて、それぞれの家の壁と塀との間は一メートルにも満たなかった。

「お前先に行け」

「え？」

「上るんだ！　塀の上を歩け！　早く！」

ももえの背中を引っぱたく。

ももえは老衰死間近の猫のようなぶざまさでブロック塀によじ上った。そして幅二十センチほどしかない塀の上を危なっかしく歩き始めた。バランスを崩すと民家の壁に手をついて体を支え、それからまた歩き出す。

続いて物干し竿を持った灰原が後に続く。

「遅い！　早く歩け！」と後からももえを追い立てる。

「無茶言わないでよ！」ももえが怒鳴る。

後方でガラガラガラ、と大きな音がした。さっきの警官がトラックの荷台によじ上って物干し竿の束を崩したようだ。

「待てえ！」

若い警官が目を吊り上げて塀によじ上り、二人を追ってきた。よほど手柄をたてて昇進したいらしい。

灰原は家の壁に左手をついて塀の上で体を反転させると、右手で物干し竿の一方の端を持って、警官の顔面狙って突き出した。

警官もまたバランスを取るために片方の手を家の壁についているので物干し竿の攻撃を躱《かわ》すのは残りの手一本だけであった。

警官が竿を手で払いのけてもすぐに次の突きを放つ。執拗に目を狙う。

こんなところでいったい俺は何をやってんだ、と灰原の頭の冷めた部分がまた呟きを漏らす。

「やめろてめぇ、コノヤロ！」

警官が地を出して怒鳴った。そして物干し竿の先端を左手で掴み、ぐいっと引っ張った。

灰原は竿から手を離した。

警官は「あっ!」と声を上げ、後ろに倒れそうになった。咄嗟に右足を後に引いて体を支えようとしたがそこには塀はなかった。

警官は塀と家の壁の隙間に頭から落ち、すっぽりとはまって動けなくなった。

「てめえっ、覚えてろおお!」警官は吠え、もがいた。

灰原は逃走を再開した。

ブロック塀の分岐点に来た。まっすぐ行けばさっきの道と並行しているもう一本の路地に出るがどうせお巡りが待ち構えている。左へ行けばまた民家同士の隙間だ。

「左へ行け」

灰原は前を歩くももえに指示した。日頃使わない筋肉が痛くなってきた。おまけに全身に不快な汗がまとわりついている。

「囲まれちゃうよ」

ももえはすっかり弱気になっている。

「いいから行け!」

灰原は言い、サングラスを投げ捨てた。あまりにもうっとうしいのだ。それを見たももえもずり下がっているサングラスを外し、投げ捨てた。

そこら中で鳴り響いているサイレンの中で冷静さを保つにはかなりの気力を必要とした。比較的リアリストの灰原でさえ、突如上空にヘリコプターが出現してするすると縄梯子《なわばしご》が降りてくる場面を夢想した。ヘリには多分、今井とか出目金とかスペースマンが乗っていて、縄梯子を引き揚げながら「ご苦労さん」と言ってくれるのだ。『ワイルドライド』の坂上二郎似の店長でもいい。誰でもいい、救ってくれるなら。

そのまま十二、三メートル進むと二階建てアパートの裏庭が現れた。

「よし、飛び降りろ」

ももえは言う通りに雑草が伸び放題になっている裏庭に飛び降り、続いて灰原も飛び降りた。アパートのほとんどの部屋にはカーテンが引かれていた。

アパートの前の道路をパトカーが通過する。

二人はアパートの表側へ回った。ももえが二階へ通じる階段の下に身をひそめ、顔だけ出して外を窺う。

「お巡りいないか？」灰原は訊いた。

「大丈夫、いない。ねえ、自転車のばばあが二人で立ち話してるよ」

灰原も見た。中年の女が二人、それぞれの自転車のハンドルを手で支えて立ち話している。片方の自転車の籠《かご》にはスーパーのビニール袋が入っている。帰り路でばったり知り合いと会って、話し込んでいるうちに周囲が騒がしくなって一体何があったのかしらと立ち話を延長したという感じである。

「自転車をもらおう。俺はブタまん顔の方をやるからお前は眼鏡出っ歯の方だ。せーのでいくぞ」

ももえは頷いた。

灰原はふと思い止まり、ももえを見て言った。

「待て、行く前に俺の取り分をもらっときたい」

ももえは「んだよー」と吐き捨て、それでも肩からリュックを外して中に手を突っ込むと、一摑みの札を抜き出して灰原の方へ突き出した。汗まみれの顔は怒っていた。

「あんた、ちゃんと逃がしてくれてないよ」

もっともな指摘に灰原は頷くしかなかった。受け取った札をシャツのポケットに無理矢理ねじこんでボタンをかけながら「これからちゃんと逃がす」と言った。

「嘘ばっか」

言い争っている暇はなかった。

「せーの！」

二人は飛び出した。

襲いかかってきた男女を見て二人の中年女はその場に硬直した。

灰原はブタまんが悲鳴を上げる前に豊か過ぎる尻に飛び蹴りを食らわせて倒し、ももえは右手に持ったリュックで眼鏡出っ歯の顔面を思い切り殴りつけて倒した。

二人が自転車にまたがった時、角を曲がってパトカーが現われた。

灰原ももえも股の筋肉も千切《ちぎ》れよとばかりに猛ダッシュした。

パトカーは倒れて呻いている二人の主婦に道を阻まれてすぐには二人を追えなかった。

灰原はさきほどの国道へ向け、パトカーの入ってこられない狭い道を選んで自転車を漕いだ。あの道を渡って向こう側へ抜ければ多少希望が持てる。体中の筋肉が酷使に耐えかねて泣き叫んでいた。前かごに入っているスーパーの袋を投げ捨てる。軽くなった。

ももえが徐々に遅れ出した。灰原は時々後ろを振り返りながら国道を目指した。

途中、灰原が若い女を出会い頭に前輪で跳ね飛ばした以外は至って順調だった。

ついに国道沿いの歩道に出た。

ももえは喉をひいひい鳴らして肩を上下させている。マスカラは剝げ落ち、髪の毛が頰にべったりと張り付いていた。

灰原はももえがちょっとうっとうしくなってきた。

「ここを突っ切るぞ、車の流れをよく見て、タイミングを図れ。ヘマすると……」

死ぬぞ、と言いかけたとき、二十メートルほど先の横道からパトカーのノーズが飛び出してきた。

――そこの自転車の二人、止まれ！

タイミングを図る余裕が失われた。

灰原は前輪を斜めに向けて車道に飛び出した。

後ろから来るワゴン車がクラクションを鳴らし、ふらついた。

「せーの！」

センターライン上に到達し、自転車の車体を真横にして対向車線を突っ切る瞬間を待つ。今この瞬間死んでもちっともおかしくない。全身の毛穴が縮こまった。

――止まれ！　コラー！

キキーッという物凄いスキール音がして、灰原は反射的に首をすくめた。

続いてどしん、という重たい音がした。何の音かは想像はつく。

灰原はももえの方を見られなかった。見る勇気などなかった。

――パトカー通ります！　一般車寄ってください！

灰原は対向車線に飛び出した。うまく渡り終え、歩道に飛び込むと再び全力疾走を始めた。

金は得たが、灰原は自分以外誰も逃がせなかった。

12

夜七時二十分。

野島はくだらない仕事を途中でほっぽり出して帰宅した。マンションの下に着くとケータイで愛美のケータイに電話する。

「今下着いた」

――**お帰りー。**

愛美の声が野島の耳をくすぐる。

「もう駄目だ。我慢できない」

野島の口の中はカラカラに渇いていた。

エレベーターホールへと小走りに向かいながら、ネクタイを引き千切るように外してポケットに突っ込む。

――**あたしも我慢できない。**

野島のズボンの前はテントを張ったようになっていた。

「じゃあ脱ぎなよ」野島は人目をはばからぬ声で言いながら、エレベーターに乗り込んだ。中には塾帰りとおぼしき小学生の男の子がいたが知ったことではない。4のボタンを押してドアを閉める。

――今脱いでるよ、ふふ。

衣服の摩《す》れる音が電話から聞こえる。耳に心地よい音であった。

「玄関で立ってやろう」

野島は言って小学生をちら、と見た。男の子は首を深くうなだれている。

――立ってやっちゃうの？

「そうだ、すぐに立ってやるんだ！」

――なら駿さんも脱いで。

「よし」

野島は上着を片手で脱ぎ捨て、ワイシャツのボタンをもどかしく外し始めた。

――今、ブラ外したよ。

「もうすぐだ、もうすぐだからな。あっ、そうだコンドーム！」

――ちゃんとあるよ、ふふ。

「それ、靴箱の上に置いといてくれ」

ぽーん、と音がしてエレベーターが三階に着いた。ドアが開くと男の子はエレベーターから飛び出して廊下をダッシュした。

野島はクローズボタンを拳でぶっ叩いてドアを閉めた。ワイシャツを脱ぎ捨てて床に叩きつけた。そしてついにTシャツも脱いで上半身裸になる。

――もう待てない、早く来て！

エレベーターが四階に着き、野島は床に脱ぎ捨てた衣服を掻《か》き集めて脇に抱えた。

「いくぞ！　ドアを開けといてくれ」

エレベーターのドアが開くと、野島はさっきの小学生と同じように飛び出して廊下をダッシュした。

本人にはまったく自覚がないが、走る野島の顔つきは数日前に会った絶倫牛乳屋おやじに似てきていた。

扉を引き開けると、そこに一糸まとわぬ姿の愛美が立っていた。左肘を壁についてよりかかり、体できれいなS字ラインを描いていた。絵になる立ち方であった。

「お帰り」

「愛美っ！」

野島は服と鞄を部屋の奥へ捨てるように放り、両腕を愛美のくびれた腰に回して力一杯しめつけた。

互いの舌を吸ったり、先端を擦り合わせたりしながら愛美が野島のズボンをずりおろし、既にどうにもトランクスに納まりきらなくなって先端が顔を出している野島の物を右手でぎゅっと強く握り締め、上下にしごき始めた。

「会いたかった……会いたかった……」

野島はうわ言のように繰り返しながら唇を愛美の顎、首、鎖骨、乳房へと這わせていく。

「あたしも……もう他のことが考えられないの……あっ」

「ううっ！　は、はやくコンドーム……あっ！」

「あたしたちって、磁石みたいだよね」汗をかいた野島の胸に頭を載せた愛美が言った。

「ぬるぬるの磁石」

一瞬の間があり、二人は同時に噴き出した。

「あたし変なこと言ったね」愛美は言って笑った。

野島は「いや、その通りだ」と言って、愛美の髪を撫でた。

ようやく腹が減ったな、と感じるくらいの心の余裕ができていた。

「シャワーを浴びて何か食いに行こう」

「うん」

行為を行なった玄関先の床から立った時、ハンドバッグの中の愛美の携帯電話が鳴った。

「たぶん母さんだ」愛美は言い、バッグから電話を取り出した。「やっぱり。駿さん、先にシャワー浴びてて」

野島は言われた通りに先にシャワーを浴び始めた。素晴らしい充実感であった。あまりにも素晴らしくてめまいがしてきた。

良かったな、お前。

野島はしおれた自分の物を見下ろし、心の中で呟いた。

頭にシャンプーをつけて泡立てたところで愛美が入ってきた。野島からシャワーヘッドを受け取り、体を流し始める。

「お母さん、怪しんでないか？」野島は言った。

当然のことだが、愛美は野島の家に泊まることを両親には話していない。ただ単に友達の家に泊まるとだけ言ってある。

「平気平気」

愛美は明るく言って野島の唇に軽くキスした。それからボディーソープを手に取り体に塗りつける。

「このウチからだとホント通勤が楽なんだ。毎日千葉から通うなんて馬鹿みたい」

「じゃここに住めば？」

野島は頭皮をマッサージしながらさらっと言った。

「ううん……」

飛び上がって喜ぶかと思ったが意外にも愛美は難しい顔をした。

「でもここに住んじゃうと今みたいなギラギラした興奮はなくなっちゃうよね」

可愛い顔で言われると余計にどきりとする。

「……それもそうか」

野島は片手で頭皮マッサージを続けながらもう片方の手を愛美の腰に回して引き寄せた。

「だから明日は帰るね」

愛美は両手で野島の尻をなで回しながら言った。

本心では明日もこうしたかったが野島は「それがいいよ」と言った。

焦る必要はない。いっしょに住むようになる前にもう少し今のこういう状況を楽しめばいいのだ。

野島の心の中にかつて繁美が占めていた場所は今は愛美に取って替わられ、その場所はなによりも大事なものになっていた。その次に大事なのがインプレッサ・ターボだ。それ以外のものは今のところ順番がつけられない。

「好きだ」

野島は両腕でしっかりと愛美を抱きしめた。

「好きよ、あたしも」

愛美は野島の尻をぎゅっと摑んだ。

夕飯を食って少し休めば寝る前にもう一回できるな、と野島は考えた。

13

白昼パチンコ店襲撃　銃乱射

客ら六人死亡三人重傷

犯人は四人組男女で三人死亡、

一人は依然逃走中。

「銃を向けられた。もう駄目だと思った」

平和な郊外のパチンコ店が一瞬にして地獄と変わった。毎日午後に行なわれる売り上げ金の集金を狙った男女四人組のうち、一人は警備員ともみ合いになり、誤って仲間の車に轢かれて死亡。銃を持った犯人の一人が逆上して警備員を追いかけたが逃げられてさらに逆上、店の中に入って客や店員を無差別に撃つという最悪の事態となった。

これにより店内でパチンコをしていた近所に住む無職・大河内悟さん（60）、無職・大庭知二さん（48）、無職・寺田さなえさん（55）、無職・長井直治さん（33）、隣の××町の無職・浜部さきさん（59）、ハードボイルド作家・鬼道出刃郎さん（56）が胸や頭などを撃たれて死亡。パチンコ店店員の白井未知也さん（24）、大道芸人・チリパッパ牧田さん（44）、振り付け師・美星崎華道さん（31）らが腹や胸を撃たれて重傷。

当時店内にいた『仁義なんてねえよ！』などの著作で知られる漫画家・千葉やすじさん（34）は「弾が顔の横を掠めた。男の人の頭がスイカのように破裂した。私の漫画より恐ろしい」と青白い顔で話した。また、無職・池谷かおりさん（22）は「ビッグボーナスがスタートして喜んでいたら、いきなりバンバンと凄い音がしてあちこちで悲鳴が上がった」と興奮気味に話した。

男は弾が尽きると一旦は警官に取り押さえられたが、それを振り切って再び逃走。しかし店の出入り口付近で床に落ちたパチンコ玉で足を滑らせ転倒、頭をパチンコ台の角で強く打ち、まもなく死亡した。

犯人の一人と戦った警備員のハン・イムジさん（32）は、警察の事情聴取に対して「犯人たちは偽の外国語を操り、外国人に見せかけようとしていた。大人しくしていたら絶対に殺されていた。来週妻が出産の予定なのでここで死ぬわけにいかないと思った」と話している。なおハンさんは日韓マーシャルアーツ交友会という非営利団体の副会長を務めていて、都内で護身術の指導なども行なっている。アクション俳優のジャンクロード・ヴァンダム氏とも交流があるという。

犯人の内、男女二人は現金約一千万を持って車で逃走。しかし住宅街で車を放棄。竿竹販売業の宮川達也さん（28）を物干し竿で殴打して怪我を負わせたうえ、トラックを奪って逃走。宮川さんは打撲や内出血などで全治二カ月の重傷。二人はさらに主婦二人から自転車を奪って逃走したが、国道を横切ろうとして女が車に跳ねられ全身を強く打って死亡。男はそのまま逃走した。警察は死亡した三人の犯人の身元の特定を急ぐとともに逃げた男の行方を追っている。逃げた男は身長170センチから180センチ、痩せ形で黒っぽい上着にジーパンという格好だという。

逃走に使われた車は犯行の三時間ほど前に隣の××町で盗まれた盗難車であり、警備員らの話では盗難車は逃げた男が運転していたという。

灰原はその記事を五十回以上も繰り返し繰り返し読んだ。それで何が変わるというわけではないが読んだ。

逃げ切れたのはいくつもの幸運な偶然が積み重なった末の奇跡といってもよかった。

手元にはももえからもらった三十三万七千円の現金が残った。

新聞を畳んで部屋の隅に放り、カーペットの上で仰向けになって天井を見つめる。

感傷に浸るつもりはないが、ももえには可哀想なことをした。

清子が部屋のドアの鍵を取り替えたかもしれないと思いながらここに戻ってきたが、鍵は前のままであった。

とにかく、今はひたすら眠りたかった。脳が溶けてぐずぐずになるくらい眠りたい。目を閉じて、三十三万七千円の予算で最大限効果的なシルビアのチューンナップ・プランを頭で練り始める。時折ももえの肌の感触と、あの無愛想だがどこか可愛げのある声の記憶が蘇る。

まあ、とにかく終わった。

灰原はその一言で片づけることにした。

清子が帰ってきたら「具合が悪い」と言って会話を拒否するつもりだった。「出ていって」と言われたら……多分言わないだろう。

14

営業で外回りをしている最中に、ふと野島は愛美の声が聞きたくなった。我慢できなかった。ケータイで愛美のケータイにかけるが、愛美が仕事中のためでない。ちなみに野島のケータイにはこないだの日曜日に二人で撮ったプリクラシールが貼り付けてある。

朝の通勤電車に乗った瞬間から、体中にちくちくするようないらだちと焦燥感がまとわりついていた。こんなことをしている場合じゃないと心の中でしつこくささやき声がする。

かえすがえすも朝寝坊して愛美とセックスできなかったのが悔やまれる。

「駄目だ」声が漏れた。

どうにも抜きたい欲望を抑えられなくなった。そこで得意先回りを一旦中断して、とある駅の駅前にある漫喫に入ってイカ臭い箱の中でそそくさと自家処理をした。

脳に異変が起きていた。異常な性欲昂進と仕事に対する極度の無気力である。

愛美の肌と膣の感触を思うともうじっとしていられない。はっきりいって他のことが考えられない。

繁美と関係ができた時、こんなに夢中になれる女は世の中にいないと思った。だが今思うとそれはお笑い草だ。姉妹でも繁美と愛美ではくらべものにならない。愛美は熱くて可愛くて奔放な最高の女なのだ。自分と愛美の相性も最高なのだ。お互いが相手に刺激されてロックギターのフィードバック奏法のように心の弦が延々とヒステリックなまでに鳴り続けるのだ。

自分との営みによって開花していく愛美を一瞬たりとも目をそらさずに凝視していたかった。くだらない牛乳販売店回りなんかやっている場合ではないのだ。牛乳なんかコンビニで買えばいい。なくてもいい。愛美が大事なのだ。

夕方、野島は得意先回りを一件放って帰ることにした。愛美と会う約束はないが、馬鹿馬鹿しくてやっていられなくなったのだ。

帰りの電車の中で愛美にメールを送る。

愛美が欲しくて死にそうだ。愛してる。愛美のことしか考えられない。いつもいつも思っている。いつもいつも傍にいたい。ずっと見ていたい。ずっと触れていたい。愛してる、何度でも言うよ。愛してる愛してる愛してる愛してる愛してる！

ボタンを操作しながら野島は涙を滲ませ、正面に立った女に気味悪がられた。

自宅の最寄り駅のホームに降り立った時、愛美から電話がかかってきた。

「愛美！」声が裏返る。

――メール見たよ。ありがと、ふふ。

涙がまた溢れてきた。一体俺はどうしてしまったんだ、と思う。

「愛してるんだ、愛美」

――あたしもよ。愛してる。

「なあ、やっぱり今夜も来てくれよ」

――あたしもそうしたいけど、今日は我慢して。ウチに帰らないと。

「我慢できない！」

愛美は耳をくすぐるような声で笑った。

――こまった人。でも愛してるわ。

「愛美が欲しいんだ。欲しくて頭がおかしくなりそうなんだ」

野島の鼻息は見苦しいほどに荒くなってきた。

――セックスしたいの？

ぞくっとするような声で愛美が訊く。

「したい！　セックスしたい！」

「俺もしてえ」

野島とすれ違ったサラリーマンがぼそりとつぶやいた。

――ねえ、じゃあこうしよ。今夜電話でエッチしよ。

「え、ほんと！」

――それでもいい？　それで我慢できる？

「できるできる、約束だぞ」

――うん、約束。後で、うんとね。

「うん、じゃ、じゃあ後でまた。愛してるよ」

ケータイにぶちゅっとキスをする。

――愛してる。じゃあね。

電話を切ると駅から出て、コンビニで弁当とビールと車雑誌二冊を買って上機嫌でマンションに帰った。

いつもの習慣で一階のメイルボックスをチェックする。

DM、ケータイの利用明細兼領収書、そば屋の出前用メニュー、AV宅配のチラシ、それから……。

いきなり背後から誰かに肩を摑まれ、野島の心臓は飛び上がった。

振り返ると、なんと美濃部が立っていた。

美濃部！

久しぶりだった。

確か仕事でアメリカに行っていたはず。

「あ……あの……」

驚きのあまり言葉が出てこなかった。驚いたのは登場の仕方がかなり唐突だったからというだけでなく、美濃部の外見の変化があまりに著しかったからだ。

一瞬誰だかわからないほどであった。コロンビア辺りの大物ドラッグディーラーを連想させた。より具体的に言えば『スカーフェイス』に出てきた麻薬王フェルナンド・ソーサみたいだ。よく日焼けし、口と顎に豊かな髭を貯えていた。髪は伸びて、大きなウェーブを作っていた。熟年億万長者男のフェロモンをこれでもかといわんばかりにねっとりと放出している。

おまけに3ピース・スーツは上下白、革靴も白と茶色のツートーンカラーであった。シャツはえんじ色のシルクでボタンはダイヤのごとくきらきらと輝いている。両手の指にも合計五つのダイヤモンドがきらめいていた。

これはもうどう見ても尋常ではない。背丈まで少し伸びたような気さえする。

「今晩は」

美濃部はねっとりと濃く、低く張りのある声で言うと、野島に軽く頭を下げた。

「お久しぶりです。美濃部です」

わざわざ〝美濃部です〟と言われ、彼のことをすっかり忘れていた自分が責められているような気がした。

「ど……どうも。あの、アメリカ……」

「二日前に帰っていました」

「はあ……そうですか。随分と……」

「黒い？」

「いえいえ」

「濃い？」

「いえそんな、あの高梨さんが……」

「彼女には、私が帰ってきたことを野島さんには言わないように頼んだのです。あなたをちょっとおどろかせたかったので」

「……はあ」

「お元気そうですね、野島さん」

「どうも……おかげさまで」

野島は一瞬にして心の中をすべて見透かされたような気分であった。

復讐はやめた。新しい女ができた。でも車は返したくない、名義は俺のものだ。そういったことが美濃部には全部見えているに違いない。

「帰ってお食事ですか？」

「ええ、まあ、独りなもんで」

「野島さん、突然で申し訳ないとは一応思っていますが、もしよろしければこれから一緒にお食事をいかがですか」

「え？」

「高梨君は出席できないので少しばかりわびしいですが、どうです？　お話ししたいこともあるので是非お願いできませんでしょうかね」

野島は手に持った弁当を見た。

美濃部が言う。

「コンビニの弁当はあまり体によくありませんよ。増粘多糖類やら亜硝酸ナトリウムやらソルビットなんかがたくさん入っていますから」

「……はあ」

「リムジンが待ってます、どうぞ」


三十分後、野島は美濃部がたまに利用しているというふぐ料理屋の個室で二人きり、向かい合っていた。

野島はまったくリラックスできなかった。

もう復讐などやめたいんですが、と頭の中で何回も美濃部に言ったが、もちろんテレパシーはないので伝わるわけもない。

「向こうにはろくな食べ物がないんで痩せてしまいましたよ」

美濃部は笑いながら、ふぐの刺身をすいと口に運ぶ。

「私がいない間も熱心に車の改造に取り組んでくれていたようですね。高梨君が話してくれましたよ」

「……ああ……はい」

それから数秒間の沈黙が流れた。

野島が刺身を遠慮がちに口に入れた時、ふいに美濃部が言った。

「どうです、〝走り屋〟のお友達はできましたか？」

さりげない訊き方だが、尋問を受けているような威圧感があった。

「ああ……ええと……まあ」

非常に歯切れ悪く答える。

「ちょっと、ですが」

「あの事故に関係していそうですか？」

美濃部は一瞬だけだが、異常に鋭い目で野島を見た。野島はその目を直視できなかった。心を探られているような気がした。

「いや……ちょっとまだそこまでは。でもそいつを通じて少しずつ他の走り屋たちのこともわかるんじゃないかと……」

ちょっと待て、俺はなにをデタラメ喋ってるんだ。

「そいつ、というとお友達はまだ一人なわけですね。刺身食べませんか？」

「ええ、まあ、すいません。あ、どうぞ食べちゃってください」

復讐はやめたって、そう言うんじゃないのか、おい。

言えるわけないだろ、この状況で。

それにしてもなんでこんなにワイルドになってしまったのだ、美濃部は。ますます何も言えないではないか。

「まあ、なにごとも初めの一歩、初めの一人といいますからね。で、どんな奴です？」

美濃部は訊きながらふぐのから揚げを箸でつまんで醤油《しょうゆ》に浸す。

「ええ、と」

野島の脳がフル回転する。

どいつだ？　群馬や埼玉やパーツショップで見かけた連中の顔や車が頭にめまぐるしく浮かんでは消える。まったく架空の人物を頭の中で造り出して嘘をつくのは野島は苦手であった。

「まだ名前も知らないんですが……」

美濃部がまた鋭い眼で野島を見る。

「あ、でもそれなりに話したこともあって……」

どうする、どうする、とりあえず誰か一人教えないと……。

あ、そうだあいつ！

あの体臭のきついデブ！

『ワイルドライド』で見たあのデブ。何に乗ってたっけ……そうだ、川崎ナンバーの青いマークⅡに乗ってたあいつ。

あいつでいいや。どうせろくでもない奴だろうから。

「そいつ、『走るっぺ飛ばすっちゃ』の常連なんです。知り合ったのはカスタム・パーツショップで……」多分常連なんだろうなと思いながら嘘を喋り続ける。「デブで、臭いんです」これは本当だ。

美濃部はから揚げを飲み下して訊く。

「そのデブとやらの車のナンバーは覚えてますか」

言って大丈夫なのだろうか。言わないわけにいかないだろ。ナンバーも覚えてないなどと言ったら美濃部が態度を豹変させそうで恐かった。

「ええと、はい。川崎なの８７７×です」

「ほお」

美濃部は関心あるのかないのかよくわからぬ相槌《あいづち》を打ち、ふぐ鍋に白菜を投入する。

「では陸運局で私が調べてみましょう。ま、どうせゴミみたいな人間でしょうが」

「ええ、その通りです」

野島は適当に調子を合わせた。

早く家に帰って愛美と電話セックスをしたかった。

美濃部は「では今後も私と高梨君をどうかよろしく」と非常に気の重たい言葉を残して去っていった。

さあ、早く愛美に電話しなきゃ。

待てよ、どうせならお気に入りのCDをかけながらの方がより互いの気分が盛り上がる。シャーデーの復活アルバムは確かインプレッサの中だ。

駐車場のインプレッサからCDを取ってマンションに戻りかけた時、あの車を見つけた。

白のセルシオだ。こちらに後ろを見せて路上駐車している。

野島はマンションの前の道路の真ん中で思わず固まった。

今度はナンバーを見るのを忘れない。

「なめんなよてめえ」野島は、セルシオに向かって大股で歩き出した。

セルシオは尻尾を巻いて逃げ出した。

「しつけえんだよ、ぼけ！」野島は走り去る車のテイルランプに向けてどなった。

「繁美なら死んだぞ！　新聞くらい読め！」

その後、愛美との電話セックスがすばらしかったことは言うまでもない。ただ、時折美濃部のあの濃過ぎる顔と声が脳に蘇り、その度に集中が削がれるのは困りものだったが。

15

午前八時。

灰原は24時間営業のマンガ喫茶からアパートに戻ってきた。昨夜、清子が仕事から帰ってくる頃になってやっぱり顔を合わせるのが嫌になり、外で夜を明かすことにしたのだ。幸い小金ならある。

生あくびしながらアパートの階段を半分のぼったところで背後に人の気配を感じた。振り向こうとしたら後ろから上着の裾を摑まれ、凄い力でぐい、と引っ張られてバランスを崩した。

灰原は左足首を挫《くじ》き、背中から後ろへ倒れた。

〝頭打って死ぬかな〟と思った瞬間、どすん、と誰かの胸板に背中からぶつかった。

左の肘を捻り上げられ、鋭い痛みが走った。

右肘で相手を打とうとして振り上げた瞬間、脇腹に硬い金属の物体が押しつけられ、灰原はそのまま硬直した。

「ウゴクナ、ハイバレ」

昨日のカンフー警備員より下手糞な日本語が聞こえた。

「バケナマニスナ、ハイバレ」

にんにくの臭いが灰原の鼻を突いた。

「ウゴクナ、バケナマニスナ、ハイバレ」

男はもう一度言う。

ハイバレ、とは〝灰原〟と言っているつもりなのだろうか。

灰原はゆっくりと右腕をおろした。

「オリレ、ハイバレ」

銃口が脇腹から離れる。

「車乗れ、ハイバレ」

どうしようもなかった。灰原は階段を下りた。後ろから男もついてくる。振り向いて男の顔を見る度胸はなかった。

アパート前の路上に黒のセドリックが止まっていた。

セドリックの後部ドアが開いて、若い男が出てきた。

ももえの女友達のアパートで見たあのバイト君であった。バイト君は灰原の方をいかにもすまなそうな顔で見て、ぺこりと頭を下げると一目散に走り去った。

「乗れ、ハイバレ」

銃口で腰を小突かれ、灰原は車に乗り込んだ。

運転手がひとりいた。

男も後ろに乗り込んでくる。

二人とも顔つきからしてブラジル人だろう。

銃を持った男が外国語で命令し、車が動き出した。男はにやり、と気持ちの悪い笑みを灰原に向けた。

「♪パパラパヤ、パパラパヤ」

男が唐突に歌い出した。

「♪パパラパヤ、パパラパヤ」

歌詞でなく、メロディーを口ずさんでいる。灰原もどこかで聞いた曲だが思い出せない。

「♪パパラパヤ、パパラパヤ」

運転手も一緒になって歌い出した。

「♪パパラパヤ、パパラパヤ、パパララ！」

灰原は思い出した。

『オースティン・パワーズ』のテーマだ。なつかしい。

「♪パパラパヤ」

「♪パッー！」運転手が合の手を入れる。

「イマ、ハイバレ持ってくよ、ちょとマッテ」

そして二人とも弾けたように笑った。拳銃を持った男がケータイで誰かに電話した。

「♪パパラパヤ、パパラパヤ、パパララ！」

「♪ン、パッー！」

「♪パパラパヤ」


約二十分後、セドリックは多摩川沿いにある倉庫の立ち並ぶ人気のない一角に着いた。

そこにダークブルーのぴかぴかのシーマ４５０ＸＬがとまっていた。

「オリレ、ハイバレ」

命令され、灰原はドアを開けて外に出た。拳銃男も続く。

シーマの運転席からサングラスをかけたポニーテイルの日本人の男が出てきた。どういう世界の人間かは一目でわかった。

ポニーテイルはボンネットを回って反対側の後部席のドアをうやうやしく開けた。

ドアが開いた途端、歌声が聞こえた。

「♪アイケン、チェイエイインザワァ～ルド、アイルビ～ザサムウェアなんたらユニバ～ス」

高価なスーツに身を包んだ、ひょろりとした男が降り立った。

「♪ベイビ〜イフアイクウッド、チェイエイン〜ザワァ〜ルド」

男の顔を直視するのには勇気が要った。まるで事故かなにかで一度完全に潰れたかひん曲がったものを、やっとこさ元に戻したかのように全体的に歪んでいたのだ。おまけに唇はねじれ、鼻は曲がり、額の一カ所が一センチほど陥没していた。その顔がいかにも切なそうな顔をしているのだ。

年は四十半ばくらい、スーツの上着に袖を通さず肩にかけていた。

男が灰原に訊いた。

「知ってるか、この歌？」

灰原はぎこちなく頷いた。

男が運転手に声をかける。

「おい」

すると運転手はさっと男に駆け寄って男の上着を取った。

男には両腕がなかった。黒のシルクのシャツの両袖はダランと垂れ下がり、裾を結んである。

灰原は目を逸《そ》らしたいのになぜかじっと見つめてしまった。

腕のない男も灰原を見る。その同じ人間とはとても思えないほどの異様な眼光のせいで、灰原は魔法にかけられたかのように硬直してしまった。

あの兄弟と関わることで絶対に関わってはいけない類《たぐい》の人間に関わってしまったのだ。

致命的にまずいことになった。

「お前が運転手だったんだろ？」

男が感情の起伏のない声で訊く。

灰原はこくりと頷いた。

部下が灰原の後ろに立つ。

恐怖によって硬直した灰原の首や肩の筋肉がきりきりと痛み出した。万力で締め付けられているようだった。

腕のない男が突っ立っている二人のブラジル人たちを顎で示し、部下に言った。

「遊ばせとけ」

すると部下の運転手がブラジル人に向かって言った。

「遊んでろ」

「イエーッ！」

「イエーッ！」

二人のブラジル人は歓声を上げ、走り出した。灰原たちから少し離れると片方の男がブルゾンのポケットからピンク色のゴムボールを取り出し、二人で嬉々《きき》としてキャッチボールを始めた。

腕のない男が灰原に向き直っていった。

「お前だけ生き延びたってわけだ」

「……」何も言えなかった。

「何か言ったらどうだ」

灰原の思考は完全に停止し、喉の筋肉は石みたいに固まってしまった。それでも何か言わなくてはと思った瞬間、腕なし男の右足がうなりをあげて襲いかかってきた。

信じられないような関節の柔らかさとしなやかさで、腕なし男の右足の甲が灰原の左顎を捉えた。小型爆弾が炸裂したようだった。灰原は後ろに吹っ飛び、部下に抱き止められた。脳味噌がゼリーみたいに震え、口の中が歯でざっくりと切れ、血が溢れた。首は捻じれたまま元に戻らなくなった。

崩れ落ちる灰原を部下は無情にも羽交《はが》い締めにして立たせ、腕なし男に差し出した。

灰原の脳味噌はまだぶるぶると震えていた。霞《かす》み、ブレる視界に腕なし男が映る。

腕なし男はまるでフラミンゴのように優雅に一本脚で立っていた。右膝は胸にぴたりとくっつき、右足は今まさに獲物に飛びかからんとするコブラの頭のように足首を中心にくるくると小さく円を描いていた。

「頭下げろや」

腕なし男が静かな声で言った。

灰原が呆然としていると、部下が灰原の頭の後ろをぐっと押して無理矢理頭を下げさせた。

その下げた灰原の頭に腕なし男の踵《かかと》がこつん、と載せられた。

灰原の全身に気持ちの悪い脂汗が滲んできた。

真上から垂直に振り下ろされた踵が、自分の頭蓋骨を叩き割って脳味噌にまでめりこむ場面が頭に浮かんだ。ものすごくリアルな想像であった。この男なら絶対にそれができるはずだ。もし本当にそうなったら、今見ているこのアスファルトの三十センチ四方が自分の見る人生最期の映像ということになる。

「いくらもらったんだ、お前」

灰原は口の中の血をごくりと飲み下し、正直に答えた。

「さ……三十万ちょっとです」

頭に載った踵が徐々に重くなってくる。

「その金、どこにある」

「持ってます」灰原は掠れた声で答えた。

部下が灰原の体をまさぐる。ズボンの前ポケットに二つに折って無造作に入れていた札束を取り上げ、数え始めた。その間も灰原は三十センチ四方のアスファルトを凝視し続ける。蟻が一匹隅っこの方をちょろちょろと横切る。

気分が悪い。吐きそうだ。

「♪アイケン、チェイエイエ～インザワールド　ユールビ～ザへりへなユ～ニバ～ス」

数えている間に腕なし男は歌う。男の踵がゆっくりゆっくり、灰原の頭蓋骨の上で小さな円を描く。

「三十二万四千円」部下が腕なし男に報告する。

「二万四千円返してやれ」腕なし男が言うと、わずかな札が灰原のポケットに戻された。

それからふいに頭が軽くなった。

「頭上げろや」

男に言われ、灰原は頭を上げた。踵の感触が後頭部にはっきりと残っている。

「俺はあの兄弟に四百万貸していた」腕なし男は言った。「お前がきちんと逃がしていりゃ今朝手に入れられるはずだった」

犯罪に予期せぬトラブルはつきものだと男に向かって言うことは、勿論できなかった。

「借金てのはな、死んだからチャラになるってもんじゃねえんだ。それくらいわかってるよな」

「……はい」

「お前には二つの選択がある。後三百七十万円を現金で払うか、俺の世話する仕事で三百七十万円分働くことだ」

むちゃくちゃである。責任をすべて生き残りの自分におっ被せて金を取り戻そうというのだ。

三百七十万円。

車を売ってもあんなバリバリの改造車ではほとんど金にならない。清子の銀行口座にはいくらあるだろうか。内緒で俺との結婚資金を貯めているとかそういうことはないだろうか。

そんな大金絶対に作れるわけがないのに真剣に考えてしまうのが滑稽だが、灰原は大まじめだった。

やっぱり目玉や肝臓や腎臓を売らなくてはならないのか。それともホモの店で働かされて三百七十万円分、男に尻の穴を貸して延々とザーメンを注入され続けるのか。そしてエイズに感染して……と想像は膨らむ。

腕なしの足下にゴムボールがころころと転がってきた。

「スマセン、ゴメナセイ！」

ブラジル人があわてて謝る。腕なし男は右足のつま先でボールをひょいとすくい上げ、宙に浮かせると軽く、しかし鋭く蹴った。ボールは二人の方へまっすぐ正確に飛んでいった。

「アリガトゴザメス！」

それから腕なし男はさらにすごい芸当をやってのけた。右の靴を脱ぎ、脚を後ろに曲げてなにやらごそごそやったかと思ったら、足が前に戻った時には親指と人差指の間に煙草がはさまっていた。よく見ると黒い靴下は手袋のように指が一本ずつ割れている。足首を軽く振ると煙草がくるくる回りながら真上に飛んだ。そして男は口を開けて煙草をぱくっとくわえた。部下がすかさず火を差し出す。

何服か吸ってから、男は灰原の顔に煙をふきかけて訊いた。

「どっちにする。ちなみに現金で払うなら十二時間待ってやるぞ」

これまたむちゃくちゃである。結局この腕なし男は灰原に三百七十万円分働かせたいのだ。

「あ、あの……仕事って……なんです」

自分の声とは思えないほど怯《おび》え切った惨めな声で灰原は訊いた。

「なに簡単だ。車で荷物を運ぶ仕事だ。一回こっきりで終わる」

灰原は腕なし男を見た。一回で終わる仕事?

「走り屋のお前にぴったりの仕事だ。やるか?」

ブツはヤクか? 違うな。ヤクを一回運ぶだけで三百七十万円分もの働きになるわけがない。どんなとんでもないものを運ばせるつもりだろう。考えていると、腕なし男は吸殻《すいがら》を落とし、ぽんぽん、と踏み消した。

灰原が意を決して顔を上げると、腕なし男は人間とは思えぬほど長い舌を伸ばして舌先で目脂を擦り取っていた。

灰原と目が合うと男はにゅるっ、と舌を口の中に格納した。

「その仕事、やらせてください」

「そうだ。それが利口ってもんだ。だが条件がある」

「……」

「お前ひとりじゃ駄目だ。保険としてもう一人ドライバーがいる。二人で仕事するんだ。勿論、もう一人の方にはちゃんと報酬を払ってやる。それも百万円だ」

妙な展開になってきた。保険だと？　もう一人いれば片方が捕まるか死ぬかしても仕事をやり遂げられるということか。やはり相当やばい仕事なのだ。

「走り屋のダチに頼め。相棒が決まったら俺に連絡を寄越すんだ。おい、カードやれ」

腕なし男が部下に命令する。部下は財布からカードを一枚抜いて灰原に手渡した。

ラメをちりばめたパープルピンクのカードの真ん中にでっかくチャーリーという名前とケータイ番号だけ記されていた。

「日曜日までに相棒を見つけて連絡しろ。連絡しないとウジ虫あんかけ丼を食わせるぞ」

「ぬはははははは」部下が突然笑い出した。「ぬははは、ぬはははは」

向こうではブラジル人たちがキャッチボールに熱くなっている。

「ショーブです、ヤキュー十兵衛！」

「こい、カミヤマ！」

「以上だ。しっかりやれ」

腕なし男チャーリーは灰原に言い、それから部下に「いくぞ」と言った。部下はすっと笑いを引っ込め、ブラジル人に向かって鋭く口笛を吹いた。二人はキャッチボールを止め、車までかけ戻って乗り込んだ。

部下が車のドアを開け、チャーリーは歌いながら乗り込んだ。

「♪チェイエイエイエイエイイン、ザワ〜ルド」

二台の車が灰原を置き去りにして走り去ると、灰原はへなへなとその場に崩れ落ち、そのまま半時間以上も放心状態に陥った。

16

「野島君、野島君野島君野島君」

木曜日、いつも通りに外回りに出ようとしたところで上司の上村に声をかけられた。上村は険しい顔でこいこいと手招きしている。

なにか文句でもあるのか、と思いながら野島は彼のデスクにまで行った。

「なんでしょう」野島は表情に乏しい顔で訊いた。

「野島君、君、昨日得意先回りを一軒省かなかったか?」

「あれ？」

野島は非常にわざとらしくとぼけた。いかにもついうっかり忘れてしまったとでもいうように。

「そこの販売店から電話がかかってきたぞ、ウチをなめてるのかってカンカンだったぞ」

「すみません、本当にうっかりしていました」

上村はたっぷり二秒間野島を睨んでから言った。

「今日は直帰しないで戻ってきてくれ」

「なんで？」

野島は自分の言葉遣いがおかしくなっていることすらもうわからなくなっていた。

「今日こそ君と話し合う必要がある」

上村の顔には絶対にノーとは言わせないぞと書いてあるが、野島は平気でこう言った。

「話なら今ここですればいいじゃないですか」

「よくない！」

上村が大声を上げた。

「君は一体どうなってしまったんだ。この頃本当におかしいぞ。なにか妙な薬でもやっているのかね」

なんだてめえ、その言い草は。野島のこめかみの血管がぴくんと脈打った。

野島が爆発しそうになっていることに気づいた上村は危険を感じたのか急に改まった口調に戻って言った。

「とにかく、後でちゃんと社に帰ってきたまえ。直帰は許さん。以上だ」

しっしっと追い払うように手を振る。

「どうも」

野島は憮然《ぶぜん》とした声で言い、部屋から出ていった。

勿論、今日も直帰するつもりだった。

どうも自分は仕事に対してどこまでもやる気をなくしてしまったようだ。あれほど上司にきつく言われたにもかかわらず牛乳販売店回りをたったの二軒で切り上げ、その上そのことに対して何の良心の呵責《かしやく》も危機感も覚えなかった。クビになったらその時はその時、愛美と二人でインプレッサに乗って長旅に出かけるのもいい。

こんな仕事、まじめにやってられるかよ。

商店街のとある雑貨店の店頭に置かれたおんぼろラジカセから流れてくるピアノの音色に耳を引きつけられ、野島はふと立ち止まった。

歌が流れ出した。

♪ふと見上げた空の重たさに
私の心がうつっている
ゆらゆらとただよい出しそうな根のない日々　せめて君だけでも守りたいと願う

だが、誰の、なんという歌なのかもわからない。だしぬけに涙腺からどっと涙が溢れてどうにも止まらなくなった。

俺は恋をしている。これまでなかったほど強く。だから目に見えるものや耳に聞こえるすべてのものが、こんなにも心を揺さぶるのだ。その場にいると声を上げて泣いてしまいそうなので、ハンカチで顔を押さえながら足早に駅へ向かった。


一時間後、新宿のラーメン屋でチャーシューめんをすすっていると、ふいに愛美に下着をプレゼントしようと思い立った。それもうんと扇情的《せんじょう》な、老いてすっかりボケても、あの時のことだけははっきり思い出せる、というくらいド派手なものがいい。素晴らしいアイデアだった。愛美もきっと喜ぶに違いない。野島はつゆを半分以上残して店を飛び出した。

十分後、野島は歌舞伎町《かぶきちょう》の奥の雑居ビルの地下一階にあるいかにもマニア御用達《ごようたし》という雰囲気のランジェリーショップの中にいた。売り場をちょっと見て回っただけでもう頭がくらくらしてきた。充血した目で下着を物色しながら、それを身に着けた愛美を想像しては鼻息を荒くし、そして、〝ああ、こんなに凄い下着をつけて見せてくれる恋人がいる俺はなんて幸せなんだ〟、とひとり優越感に浸る。平日の昼下がりにしては店内には人が多かった。初老の白髪の紳士、中年後期にさしかかったホステス風の女、どう見ても動物園にでもいた方が似合いそうな見るからにおとなしそうな若いカップル、陸上自衛隊の制服を着た若い男もいる。

野島は売り場の自動ドアを入ってすぐのところに置いてある黒いマネキンが着ている赤のブラとパンティー、それにキャミソールのセットが気に入った。〝新作〟と札が貼られている。素材は最高級で、卑猥さと可愛らしさと上品さが実にうまい具合にミックスされている。愛美が着たところをぜひ見てみたかった。プライスタグを見て愕然《がくぜん》する。最低三十回は着てもらわないと元が取れない。見なかったことにして別のもっと手頃な値段のものを探す。

平日の昼下がりにランジェリーショップで恋人に贈る下着を選ぶ。やはり人間こうありたいものだ、と心の中で呟く。

とりあえず自分の好みだけを優先した下着を一組籠に入れ、売り場をもう一回りしようかどうか迷っていると、ふと二体のマネキンの隙間から、自動ドアの向こうの階段を降りてくる細くてきれいな脚が見えた。

あまりにも完璧な美脚だったので思わず目が吸い寄せられた。これでオカマだったら怒るぞと思いながら徐々に全身を現わす女を凝視する。背丈はかなりあるようだ。綺麗なのは脚だけではなかった。全身完璧の塊だった。さりげなくも趣味の良い服装から察するに、かなりの金持ちらしい。

女が一段一段ステップを降りるごとに期待は高まる。

ついに女の顔が見えた。その瞬間、野島は売り場の奥へとダッシュした。

女は高梨だったのだ。

こんなところで鉢合わせするなんて信じられなかった。パニックに陥りそうになる。なぜ彼女が？

ここで顔を合わせるのはまずい気がする。いや絶対にまずい。理由は自分でもよくわからない。入り口に背を向け、マネキンの陰に身を隠す。

自動ドアが開き、彼女が店に入ってきた。

野島は自分がマネキンになってしまいたいとさえ思った。それでも気になってそっと様子を窺ってしまう。

高梨は野島に背を向け、さっき野島が値段が高すぎてあきらめた赤の下着に見入っている。今日は随分とカジュアルな服装だ。それでも全身から高級感というか洗練されたセクシーさが眩しく放出されていた。

当然彼女自身が着るんだよな。美濃部のために。

ワイルドに変身した美濃部がもっと刺激的な下着姿が見たいと要求したのか、それとも彼女の美濃部に対する自主的なサービスなのか。どちらにしても妬《ねた》ましくて羨ましくて歯ぎしりしたくなる。

そうだ、残念ながらあの赤い下着は高梨のような女にこそ相応《ふさわ》しい。

高梨が背後からの視線に気づいていないのをいいことに、野島はこれまで見られなかった彼女の無防備な後ろ姿を食い入るように見つめた。

野島の心の中で、これまでの彼女に対する聡明で自制心の強い女というイメージは脆《もろ》く崩れ、かわりにその仮面の下に淫靡《いんび》で奔放な素顔を持つ、モノにできた男にとっては最高においしい女というイメージが形成された。

そんなに美濃部がいいのか。あいつのためならなんでもするのか。

野島は思いがけない彼女の一面を見られて嬉しいような腹立たしいような、そして情けないような気持ちであった。

高梨は迷わなかった。中年女性の店員に頼んでその赤い最高級品を包んでもらいカードで精算すると、他の下着になど目もくれずにさっさと店を出ていった。プレゼント用の包装を頼まなかったからやはり自分で着るのだ、畜生。

野島は彼女の後を尾行したいという衝動に突き動かされ、レジに突進した。プレゼント用の包装をしてもらう時間はないので省き、大急ぎで金を払って店の袋に入れてもらった。ちなみにこの店の袋はとてもこの類の店とは思えない地味なものである。

店を出て階段を駆け上がり、外の通りへ飛び出した。

高梨はもう消えていた。

野島の頭はかっかと熱くなっていた。このまま美濃部と切れ、高梨とも会わなくなったとしてもそれはそれでいい、俺には愛美がいる。つい昨日までそう思っていた。

しかしあんな彼女を見てしまったら、このまま終わることはできない。

彼女のケータイに電話して言おうか。

〝見たよ、高梨さん〟

〝ええ？　なにをですか？〟

〝とぼけても駄目だよ〟

〝なんなんです？　いきなり……〟

〝高梨さんも隅に置けないなぁ〟

〝あの、一体何の話……〟

〝美濃部さんもきっと気に入りますよ〟

〝……ま、まさか……〟

〝そう、そのまさかですよ。高梨さんもなかなかやりますね〟

〝いいんですよ、いいわけなんかしなくても。魅力にあふれた女性がセックスを思い切り謳歌するのは、いいことじゃありませんか〟

〝……わ、私は、別に……〟

〝……〟

〝高梨さん〟

〝……はい？〟

〝下着屋にいたあなたを陰から見ていて、僕はたまらない気持ちになった〟

〝……〟

〝もし良かったら、今度二人で会ってくれませんか？〟

〝それは……彼に悪いわ〟

〝お互い独身でしょう？　時代は大きく変わってきてるんだし、もっと自由になってもいいと思うけどな〟

〝それは……そうだけど、でも……〟

〝僕は初めて会った時からあなたに魅かれていたんです。あの赤い下着に見入っているあなたを見て、僕の心は猫の爪研《と》ぎ柱みたいにジェラシーでささくれだってしまったんです〟

〝ふふふ〟

〝なんです？　いきなり笑うなんて。僕は真剣なんですよ〟

〝ごめんなさい、たとえがおかしかったものだから……ふふ〟

〝会ってください、高梨さん、お願いです〟

〝そうね……いいわ。でもあなた、秘密守れる？〟

〝それは得意中の得意ですよ〟

〝なら安心ね。実を言うとね、私もあなたのこと前から気になって……〟

ぷぷーっ！

野島は真っ黒い遮光シールを張ったベンツに轢かれそうになり、やっと我に返った。

「こらーっ！　なにボケッとしとんじゃ、このくそリーマンが！」

やくざに怒鳴られ、野島はあわてて逃げた。

17

「オニーさん、ビンボなの？」

左右の眉が完全につながっているウガンダ人は、灰原をからかうようにそう言った。

「チマチマ買うてると割高なのよいのさ。三箱くらい買ったら？」

「うるせえ」灰原は吐き捨てた。「ひと箱でいいんだ」

「何回も買いにくるとリスク高いのよさ」

「さっさと寄越せよ」灰原は手に持った一万円札を苛立たしげにひらひらさせた。

「オーケオーケ、ひと箱でええとね、ねへへ。一箱なんなら今すぐ出せるのよさね」

ウガンダ人は小汚いチノパンの尻ポケットから潰れたショートホープの箱を取り出して灰原に見せた。

「オーケ、これホントすごいクオリテ高いのよんなべ。こんないい品売ってるの日本でボグだけ、も、すごいんだから、しんしつバッチリ保証しちゃうのなんだのよんさもん」

売人の崩れまくった日本語は聞いていていらいらしてくる。

「ほれ、こんないっぱーい。感動すでしょー」

箱の中にはビニール袋に詰まった焦《こ》げ茶色の葉っぱがある。

灰原はそいつの手に一万円札を押しつけ、代わりに煙草の箱をひったくった。

「ううーん！　ばっちり本物一万円シャツなんだれねえん、まいどありのさ」

売人は札を街頭の光に透かして舌なめずりした。

灰原は売人にくるりと背を向け、さっさと歩き出した。

「ありやとやっしゃのねん、バイバーイ！」

久しぶりに家に帰った。清子はまだ帰っていない。奴とは話したくないのでさっさとマリファナ吸って寝ることにする。仕事の相棒は土曜の夜にイベントで見つける。それまで何もしたくないし考えたくない。

キッチンテーブルで葉っぱを、おまけでついてきた紙に巻いて煙草を作る。できるとそれを持ってベッドにごろりと仰向けになり、煙草をくわえて火をつける。息を止め、煙が肺の隅々にまで行き渡るのを待つ。

四服目で効果が現われた。

目の前に五千人の聖歌隊が出現したのだ。大半はすけすけのナイロン服を着た若い女だが、中にはうなぎや蛙や鶏も混じってちゃんと歌っていた。その歌声のあまりの美しさに灰原はむせび泣いた。

やがて聖歌隊の一人一人が風船のようにふわりと空に浮き上がりぐんぐんのぼり始めた。灰原も空に舞い上がり、成層圏をも突き抜けて宇宙空間に飛び出した。黄金色の天の川がネオンのようにキラキラと点滅していた。

宇宙では惑星を玉にしたビリヤード大会が開催されていて、ゲームは白熱していた。キューで突かれた木星が灰原の方に向かって転がってくる。灰原はポケットであるブラックホールへと頭から飛び込んだ。ポケットのトンネルをくぐり抜けるとそこには極彩色の〝裏宇宙〟が広がっていた。そこは音楽に触れることができて、光と色彩を舌で味わうことのできる世界であった。そこでは皆が笑顔で仲良く集い、時間の流れは一定ではなく、ありとあらゆるベクトルに広がり……。

灰原が目覚めると、外はすっかり暗くなっていた。

蛍光灯の不快な明かりに目をしばたく。

「んだよー」

もうひと眠りしようと思ったが、膀胱《ぼうこう》がぱんぱんに張っていた。仕方なくベッドから出ようとして転がり落ちた。

ももえはいるんだかいないんだかわからないが、どっちでもいい。ももえじゃない。清子か。

「ももえっ」と意味もなく名を呼ぶ。

四つん這いになってトイレへいく。久しぶりのマリファナは効果の持続時間も長かったが、その後の疲労も濃い。

ウガンダ人が〝クオリテ高い〟と言ったのは満更嘘《まんざら》ではなかったようだ。

トイレのドアを開けっぱなしにして腰を落とし、前屈みになって勢い良く放尿する。

灰原の黒目が中央に寄る。

水洗タンクに何か張ってある。

明日の朝九時に帰ります。

それまでに荷物を持って出ていって下さい。

もしも私が帰ってきた時に駐車場にまだ車があれば警察を呼びます‼

鍵はどうせ替えるので持っていっても置いていっても構いません。


これですべて終わりです。

清子

勿論さっきはこんなものはなかった。するとももえ、じゃなくて清子が帰ってきて、この張紙をしてからまた出ていったのだ。

文面と字から確固たる決意が窺えた。

ももえ、じゃなかった清子もようやく灰原に愛想をつかしたのである。

灰原はメモ用紙に向けて小便を引っかけた。トイレが小便で黄色く汚れるが知ったことではない。

「激安女が……」

そう吐き捨ててトイレから出ると、うつ伏せにベッドに倒れ込む。枕元の目覚まし時計は夜中の一時五十分を指していた。朝までもうひと眠りしてもいいだろう。ここを出たら次にいつベッドで寝られるのかわからないのだから。

目覚ましをかけていたわけではないが、午前八時少し過ぎに灰原は目覚めた。出てってやるよ、馬鹿。

灰原はシャワーを浴びてから荷造りを始めた。荷物といっても大したものはない。着替えを二組と下着を三組ほど集めて紙袋に詰めたらおしまいである。

次はお別れの記念品として何かもらっていこうと思ったが、金はもとから置いていないし、清子の持ち物なんか反吐が出る。結局、未開封のティッシュペーパーをひと箱だけ持ってアパートを出た。

駐車場までの短い道程の途中、ドアの鍵を民家の塀の向こうへと投げ捨てた。

イチヨンシルビアに乗り込み、少し前に漫才コンビのような強盗二人組を逃がした時に盗難車を乗り捨てた中央線の線路際へと向かう。

驚いたことにその盗難車がまだ残っていた。警察はあまりやる気がないらしい。

夜になったら茨城のイベントに出かける。それまで特にやることはない。

灰原はシートを倒し、ハンドルに両足を載せると、またマリファナ煙草を吸い始めた。

18

金曜日は木曜日以上に仕事にならなかった。野島は自宅から会社に電話をかけ、電話に出た女性社員に今日は直接販売店へ行くと勝手きわまりないことをほざいて一方的に電話を切った。

牛乳販売店回りを始めたものの、たったの一軒で切り上げ、そそくさと渋谷へと向かった。

昨日、電話で愛美が〝軽いSMなら興味がある〟と言ったことで、野島はもういてもたってもいられなかった。

下着に続いて今日はSMグッズである。

SM、SM、SM……と頭の中で呟きながらまず本屋に向かう。そこで『パートナーと楽しむ至福のSM技大全』、『初心者からプロまで・使えるSMテクニック集』という二冊のSM本、それから『今夜から試す悶絶体位７９８』、『恋人たちよ、もっと舌をつかいなさい！』、『女をイカせる99のアクロバティック体位』も一緒に購入する。

なにげなく『レッツ・スカトロ！』も手に取ってパラパラめくったが、写真が凄すぎてあわてて棚に戻した。

本屋を出ると今度は東急ハンズに向かう。アダルトショップでなくともSMグッズというものは手に入るのである。

まず色とりどりの極太のろうそくを三十本買う。愛美の体に垂らしていたぶるためだけではない。ろうそくの明かりの中で愛し合うというドラマチックなことを一度やってみたかったのだ。

鳥の羽根、犬の首輪とチェーン、ゴムチューブ、そして極めつけは野島の部屋の壁半分を占拠しそうなほどの巨大な鏡であった。やはりこれくらい大きくないと自分たちの姿を映した時に興奮しない。タクシーを呼び、後部席に鏡を積んで自宅へ戻った。その途中、助手席で『至福のSM技大全』を貪り読む。

「お客さん、その本なんていうの」

運転手が興味津々《しんしん》という顔で訊いてきた。

野島はにやりと笑い、カバーを外して表紙を見せてやった。

「どうも、覚えときますよ」運転手は言った。

「運転手さん、調教する相手いるの？」野島は意地悪っぽく訊いた。

「ウチにチンパンジーがいるんです」運転手は答えた。

家に帰ると、愛美を迎える準備を始めた。

じゃまな物はすべて和室に放り込み、洋室に巨大な鏡を置く。これだけでもうエロチックな雰囲気が醸《かも》し出された。

準備は整った。最高の夜にしよう。愛してる。シュン

と愛美にメールを送った。

「どうだ、気持ちいいかコラ」

愛美のヒールが野島の背中を踏みつけ、ぐりぐりと捻る。

「ああ……気持ちいいです。ああすごく……」

野島は恍惚の声を漏らした。

「あたしの奴隷になれてうれしいかコラ、オイ」

「うれしいです。あああ」

愛美のサドぶりはとてもSM初心者とは思えないほど堂に入ったものであった。愛美が来るまでは野島は自分がサド役を演じるつもりだったのだが、気がつくと自分がMになっていた。が、結果的にこの方が良かったようだ。

「オラ、蹴られると感じるんだろ、オラ、オラ」

ヒールが肩にめりこむほどに愛美に対する愛しさはより深く、より大きくなっていく。経験したことのない幸福感が全身を包み込む。

「ほら、仰向けになれ、汚い犬が！」

野島がプレゼントしたパンティーを身に着け、ロウソクの炎に照らされた愛美の裸身は戦慄《せんりつ》を覚えるほどに妖しくかつ美しかった。

愛美が野島の胸板を踏みつけて言う。

「あたしに犯されたいか」

その言葉で野島の全身に鳥肌が立った。何度もせわしなくうなずく。

「犯してくださいって言え」

ヒールがぐっと肉に食い込む。

「犯してください、愛美さま」野島は涙ながらに哀願した。

「ようし、望み通り犯してやるよ。野良犬が」

愛美もかなり興奮しているらしく目がぎらぎらと輝いていた。パンティーの紐をほどき、全裸になった。

野島の喉から歓喜とも恐怖とも取れる呻き声が漏れた。

野島の上にまたがり、すっぽりくわえこむと野島の髪の毛を両手で鷲掴みにして前後に腰を使い始めた。

女に犯されるという初めての経験は野島の脳味噌から受容体が受け切れないほどの大量の快楽物質を放出し、目眩を起こさせた。

「おらぁ！　この半端者！　負け犬！　ダメ男！」

すべて愛美の言う通りだった。

ああ、俺は半端者だ。復讐も仕事もできないダメ男だ、もっとけなしてくれ！　罵ってくれ！

二人の陰毛が猛烈な勢いで擦れ、野島の物は愛美の中でこねくり回される。

「この車オタク！　落ちこぼれ！　なんだその変な顔は、なめてんのか、こらあああ！」

夢のような一夜が明け、朝の光が窓から差し込む頃、野島と愛美は一枚の毛布にくるまって肩を並べて座り、一本の煙草を二人で吸っていた。

「ねえ、愛美ちゃん」

「なーに、駿ちゃん」

プレイが終わった後の愛美の声は以前よりもさらに優しくなっていた。その激しい落差が野島に、愛美という人間の奥の深さというか不可思議さを一層強く感じさせる。

「実は今夜さ……ちょっと、一緒にいられないんだ」

言い出すのがちょっとつらかった。

「なんで？」

「いやその……ちょっと、人と会う用事があってさ」

「誰と？」愛美の声が鋭くなる。

「いや、あの、車関係の友達だよ。週末の夜でないと会えないんだ。だから……」

愛美は短くなった煙草を灰皿に押しつけて消した。

「あたしだって駿ちゃんとゆっくりできるの週末だけなんだよ」

「ごめん、ほんとごめん」野島は謝り、愛美を抱きしめた。「前から約束しちゃってたもんだから。明日はずっと一緒にいよう。ねっ」

だが愛美の機嫌は直らなかった。野島の顔をじろりと見て言う。

「どこで会うの？」

「え？　ああ、あの、茨城だよ」

うまい嘘が咄嗟に浮かばず、本当のことを言ってしまう。今週の『走るっぺ飛ばすっちゃ』は茨城開催なのだ。

イベントコーディネーターのカイがまた刺激的なスポットを見つけたのだ。

「じゃああたしも一緒に行く」

「いやそれはちょっとまずいよ」

「なんでよぉ」愛美が口を尖らせる。その顔がまた可愛い。

「いや、愛美ちゃんを連れてくと、そいつらがひがんじゃうんだよ。モテない奴ばっかりだから……」

「そいつらって……じゃあたくさんで集まるの？」

「うん、愛美ちゃんが来るとトラブルになっちゃうかもしれないんだ。走り屋のイベントって結構物騒だからさ。ほら、愛美は可愛いしセクシーだから……」

「なんでそんな危険なとこ行くのよぉ」

「まあ、なんていうか皆で車を見せ合うのにいい場所なんだよ。車好きの社交場みたいな場所なわけ」

「あたしつまんない」

「ごめん、今週だけだから、来週から週末はずっと一緒だよ。誓うよ」

美濃部が日本に帰ってきてまた野島の前に現われたからにはそんな約束はできないはずだった。だが今愛美の機嫌を取るためなら嘘だってなんだって言う。

「愛してるんだ。愛美」涙が出てきた。「愛美がいないと駄目なんだ、俺……俺……」と愛美の頬に鼻をおしつける。

「いいよ、いっといで」愛美は許してくれた。野島の頭を撫でる。「でもあたしのこと、忘れないで」

「愛美っ、愛してる！」

野島は愛美を押し倒し、貪った。

やっぱり電話してはっきり言わなくては。

復讐はもうやめた。続けるのなら他の仲間を探してくれ。自分には新しいパートナーができたのだ。手を引かせてくれ。車の費用は少しずつ返す。他人には絶対に漏らさない。いつまでもこんなことは続けられない。自分には愛美という女がいるのだ。

言わなきゃいけないんだ！

でも、言えない。ケータイに美濃部の番号を表示して通話ボタンを押そうとするが、あのワイルド&デンジャラスに生まれ変わった美濃部を思うと、どうしてもボタンを押せなくなってしまう。

今日こそ言おう言おうと思いながら、いざ会うと別れ話が切り出せなくなる情けない男と同じだ。

ウインドウを少し下げる。土曜恒例の刹那《せつな》の狂乱と熱気がレイヴのリズムに乗って伝わってきた。

一夜のお祭りが始まっている。人を殺したりしない限りなにをしてもいいお祭り。

わずか数秒で野島の体も脳味噌もたちまち〝土曜イベント菌〟に感染し、さっきまで感じていたもろもろの感情さえたちまち曇り、いろいろ考えることが面倒くさくなった。来る度にそうなるまでの時間が短縮されていくのはなぜなのだろう。

せっかく来たのだ。楽しんで何が悪い。ほんの数時間、何もかも忘れて騒ぐことの何がいけないんだ？　皆それぞれ忘れたいことがあるんだ。大目に見ろよ。

それにしてもこの住宅街は暗い。先週の埼玉よりも暗い。

この付近の住民は、ある事故の後わずか半年ほどで次々と他所に移ってしまったのだ。

原因は爆発及び火災を起こした和菓子の製造工場だ。

普段からこの工場が排出する独特の甘ったるい、長時間嗅いでいると頭痛や吐き気のする臭いをめぐって近隣住民と対立が起きて、裁判で争われていた。裁判継続中でも、工場はフル稼働していた。

製造機械のメンテナンスの手抜きと、マニュアルを無視した扱いによって起きた爆発と火災により、この先一、二年は消えないのではないかというほどの甘ったるく吐き気を催させる臭いが半径数百メートルに撒き散らされ、民家の屋根、塀、電柱、道路にべったりとへばりついたのだ。

勿論、工場は閉鎖された。

わずかにおろしたウインドウからもその臭いが侵入してきた。まだしぶとく残っているのだ。

そんなわけで、民家の明かりははるか遠くに点々と見えるだけだ。

どんなに騒いだところで誰にも迷惑はかからない。

どこに車を止めようが勝手なのだが、女の走り屋とおぼしきピンクでラメのちりばめられたクラウン ロイヤルサルーンの隣が空いていた。こういう車に乗ってる娘が案外情に熱くて顔とスタイルもよかったりするかもしれない。是非ともお近づきになりたいのでそこに突っ込んでいく。

「もらいっ!」

通路の反対側からも同じように駐車スペースを探していたスポーツカーが突っ込んでくる。

二台は衝突寸前で鼻面を付き合わせた。そして互いにクラクションを鳴らして相手を威嚇する。

「俺の場所だあぁ!」野島は目を吊り上げて叫んだ。「俺が先に見つけたんだこの野郎!」

結局、相手が野島の異常な気迫に負け、まんまと駐車スペースの確保に成功した。

車から降り、両手をズボンのポケットに突っ込んで音楽に合わせて首をリズミカルに前後させながら建物の方へと向かう。

♪ぺちゃくちゃちゅるちゅば、あっは~ん　黄色いさくらんぼ~
きてる、きてる、きてる。

裏DVDを売る蛾次郎似のおやじがいつもの脱力ソングを歌いながら野島を追い抜いていった。奴もまた土曜日は他の夜よりも張り切るらしい。

植え込みの縁に腰掛けて煙草を吹かしている男にふと目が留まった。見たことある奴だ。そうだ。『ワイルドライド』であの臭いデブと一緒にいた走り屋じゃないか。土曜走り屋ナイトに似合わない思いつめたような暗い顔だ。

19

野島が到着する一時間半も前に灰原は既にイベント会場に来ていて、知り合いの走り屋たちが集まってくるのを待っていた。植え込みの縁に見知らぬカップルと尻をくっつけんばかりにして並んで腰掛け、マリファナ煙草ではない普通の煙草を途切れなく吸い続ける。マリファナ煙草は既に吸い尽くしていた。

七時十分頃、〝出目金〟が現われた。

出目金はそのフリーキーで凶暴な面がまえに似合わないソフトクリームを片手に車を駐め、出てきた。

灰原は奴がソフトクリームのコーンを齧《かじ》り始めた頃を見計らって近づき、話しかけた。音楽がうるさいので二人とも喧嘩しているみたいに喚かないと会話できない。

挨拶もそこそこに仕事の話を切り出す。ただし雇い主が両腕のないブルース・リーみたいな奴であることは隠しておく。でないと誰も引き受けない。

「どうせやくざ絡みなんだろ！　やらねえよ！」

出目金は怒鳴り、コーンを齧る。

「一回こっきりで百万もらえるんだぞ！」灰原も怒鳴る。

「でも失敗したら殺されるんだろ！」

「そんなことはねえ！」灰原は平気で嘘をついた。「ガソリンを損するだけだ」

「俺はおまえと違ってまじめに働いてる人間なんだ！」

出目金はクリームで周りが白くなった口で怒鳴った。

「お前がマジメ野郎とは知らなかったな！」灰原も怒鳴り返す。「だから走りが突き抜けないんだな！」

「なんとでも言え、他の奴を当たんな！」

出目金はコーンの残りを口の中に押し込み、ひとっ走りするために車へ戻っていった。

七時四十分頃、今度は〝スペースマン〟がハチロクレビンに乗って現われた。宇宙的電飾を施した車内から奴のお気に入りのカーティス・メイフィールドの裏声ががんがん聞こえてくる。

車から降りたスペースマンは上下とも真っ白な合成皮革のタイトスーツに身を包み、縁がピンク色のサングラスをかけていた。そのど派手な格好にくわえ、両手を腰に当て、かくんかくんと左右に振りながらファッションショーのモデルのごとく気取って歩く。一歩歩くごとにトレードマークの巨大なアフロヘアも左右にゆさゆさと揺れ、なかなか壮観である。

ガキどもが指さして笑うが奴はまったく頓着しない。

スペースマンは植え込みとほとんど同化した灰原に気づかずに脇を通り過ぎた。灰原は立ち上がって彼に追いつくと、後ろからぽん、と肩を叩いた。

「アウチッ！」スペースマンは大げさに反応して振り返る。灰原を認めると「イエーッ！ハイバラちゃんじゃなーい」と灰原の顔に唾を飛ばしてキンキン声を上げる。

「よお」

「愛しのイチヨン彼女の調子はオーライ？」

スペースマンはしゃべる時もリズムを崩さない。両肩がめまぐるしくシーソーのように上下し、頭部は不二家のペコちゃん人形のようにゆらゆらと揺れる。灰原の胸に左右の人差し指を突きつけて一気にまくしたてる。

「ハイバラちゃんの方から話しかけてくるなんて、ソ〜アンユ〜ジュアル、トゥナイ！ワラハプントゥユー？　はっはー、カモンメーン」

やっぱり駄目だ。こいつは明るすぎる。灰原は話す前からあきらめた。

「なんでもない、ちょっと挨拶しただけだ」

「アハッハッハー！　今夜のハイバラちゃんなんかストレンジねー！　ユーオライト？」

「なんでもない」

「オケーオケー、そいじゃストリートでシーヤレイター！」

スペースマンはくるりと灰原に背を向け、「ホウーッ、ヤッ！」というかけ声とともにまた例のカクカク歩きを始めた。

スペースマンも駄目となると、やはり今井ということになるのだろうか。ベストじゃないかもしれないがまあ、妥当かもしれない。

八時を十分過ぎた頃、もう一人見覚えのある走り屋が現われた。

インプレッサの〝白うさぎ〟だった。

そうだ、こいつもいたな。

灰原は白うさぎの顔を見ておや、と思った。

なんだこいつ、ちょっと見ない内に随分と顔つきが変わったぞ。スケベたらしくなっている。おまけにいい具合に人格が壊れてきたという感じだ。こういう顔つきの奴の方がやばい仕事を頼みやすいといえば頼みやすい。

今井が断ったらこいつに声をかけてみようか。しかしお前、一体何があったんだ。女か？　ヤクか？

とその時、聞き慣れた改造エンジンの音が聞こえた。今井のマークⅡだ。

♪ぺちゃくちゃちゅるちゅば、あっは～ん

黄色いさくらんぼ～

蛾次郎おやじが相変わらず歌いながら缶コーヒー片手に灰原の脇を通る。歌に合わせて上半身をくねくねさせるところが気持ち悪い。

今井は運良く空いたばかりのスペースに滑り込むことができた。ドアを開け、巨体を横にして蟹《かに》歩きしながら車と車の隙間から出ると建物の方に向かって贅肉を揺らしながら歩いてくる。

いつ見てもデブでむさ苦しい。

今井が灰原に気づき、軽く手を挙げた。

灰原は立ち上がり、歩き出そうとした。

今井と蛾次郎おやじがすれ違う。

♪ぴちゃくちゃぺちゃちゅば、むっふ～ん

黄色いさくらん……

どどおおおおおん！

今井のマークⅡが大爆発した。まるで直下型地震のように地面がずしんと揺れ、オレンジ色の玉が弾けた。

炎で目を焼かれる寸前、灰原は吹き飛んだマークⅡのトランクの蓋が、今井の頭蓋骨の上半分をさっくりと切断するのをはっきりと見た。

強烈な爆風に足をすくわれ、勢い良く尻餅をついた。続いて熱波が襲いかかり、灰原の髪と眉毛を焼きそうになる。ガソリンの臭いがツンと鼻を突く。

どすっ、という重々しい音を立てて灰原のすぐ傍に何かが落ちてきた。

薄目を開けて見ると、全身が黒焦げになった蛾次郎おやじだった。全身がぶすぶすと爆《は》ぜ、煙を噴いていた。腹の皮が破れ、引き摺り出されたはらわたが三メートル以上にわたって伸びていた。おまけに右脚が付け根から千切れてなくなっている。

ずどおおおおん！

マークⅡの隣に駐車していたRV車が誘爆を起こした。その爆風によって今度は今井の巨体が火達磨《ひだるま》になって三メートル近くも吹き上げられ、なぜか狙っていたかのようにこれまた灰原の近くにべしゃっ、と落下した。

今井の脳味噌の欠片《かけら》が灰原の服に飛び散ってへばりついた。

灰原はショックのあまり軽い放心状態に陥った。またしても死体をまじまじと見てしまう。

今井の背中の肉と脂肪層を突き破り、折れた背骨が二十センチほど飛び出していた。首は肩に半分ほどめり込んで亀みたいだった。すっぱりと切れた頭蓋骨の中にはまだ脳味噌がたっぷり詰まっている。炎が豊富な脂肪層に引火したのかよく燃える。

「わーっ、脚だあっ！」

「きゃーっ！」

「消防車呼べっ！」

「早く火ぃ消せっ、火を！」

ギャラリーはたちまちパニックに陥った。

だが灰原はそんなことどうでも良かった。問題は仕事を頼もうとしていた今井が吹っ飛んでしまったということだ。人間、ついてない時は徹底的についていないものだ。

今夜中に相棒を見つけないと自分の命がないのだ。あの腕なし男の脳天踵落としの練習台にされるのだ。

畜生、もうこうなったらあいつしかいない。

20

最初の爆発が起きた瞬間、野島は爆風に足をすくわれ、倒れて腰を打った。続いて熱波が襲いかかり、顔や手の皮膚がちりちりと焼けた。

火達磨になった車のドアがくるくると回転しながら野島のすぐ傍に、バカン、という音を立てて落下した。

ぞっとした瞬間、次の爆発が起きた。耳の奥で鼓膜《こまく》がへこみ、何も聞こえなくなった。

野島の頭の上二十センチほどのところを何か大きくて長い物体が掠めて背後にどさりと落ちた。

首を捻って見ると根元から千切れた人間の脚だった。

「わーっ、脚だあっ！」

「きゃーっ！」

「消防車呼べっ！」

「早く火ぃ消せっ、火を！」

皆が恍惚としたトランス状態から醒《さ》め、パニックに陥って騒ぎ出した。

野島はショックのあまり立ち上がることもできなかった。

「爆弾じゃねえの？」

背後で男の声がした。

「ええ？　そりゃねえだろ」

仲間らしき男が応える。

野島は声のした方を見た。金髪の若者二人組だった。

「だって俺、爆発の前に白い火花見たもん。クラッカーみてえなちっちゃい音も聞いたぜ。信管が作動したんだよ、きっと」

「うっそ、マジそれ？」

不穏な会話を聞き、野島の背中にぞわぞわと不快な痒《かゆ》みが広がっていった。

まさか、爆弾？

まさか……まさか美濃部が仕掛けた？

野島は首を振ってその突拍子もない考えを追い払った。いくら俺がこないだ美濃部にあのデブのこととあいつの車のナンバーを教えたからって……それは偶然だ。いくらなんでも爆弾で吹き飛ばすなんて。それにあのデブが問題の事故に関わっているかどうかもわからないのに問答無用に吹っ飛ばすなんてそんな馬鹿なこと……大体、爆弾なんて素人が入手できるもんじゃない。

事故だ。ただの不吉な事故だ。

パトカーと消防車のサイレンが聞こえてきた。

すっかり現実に引き戻された者たちが夜遊びを切り上げ、車に乗り込んで帰り始めた。そこらじゅうで鳴り響いていたレイヴのリズムもいつの間にか止んでいた。

三十分後、火は消し止められ、現場検証が始まっていた。死体は黒いボディーバッグに入れられてどこかへ運ばれていった。

茨城県警が走り屋全員に事情聴取を行っており、もうしばらく待つしかなかった。爆発前の熱狂は火事とともにすっかり消え失せていた。

確かに繁美は浮気をしたし、淫乱な奴だったが、車の中で炎に包まれて死んだのはやはり可哀想だったと改めて思った。

ケータイを取り出すと、愛美を呼び出す。無性に声が聞きたくなったのだ。

「愛美ちゃん、俺だよ」

――どうしたの駿ちゃん、元気ないよ。

「うん……ちょっと」

――何かあったの、今茨城にいるの？

愛美の声を聞いているだけでなんだか切なくなってくる。こんなところなど来ないで愛美と一緒にいれば良かったと今更ながら後悔した。

「うん、今から帰るよ」

――どうしたの、そんな悲しい声で。んん？

「俺、やっぱり愛美ちゃんと一緒にいれば良かった」

――そうでしょう？

と愛美は言ったが責めるようなニュアンスはなかった。

——何があったの？

「爆発事故があって……死体を見ちゃったんだ」

——ええ？

「恐くなった」

声が震えてくる。

——あたしがついてるよ、駿ちゃん。

その声を聞いてじわりと涙が滲んでくる。愛美と付き合い出してからすっかり涙腺《るいせん》が緩くなった。

——元気出して。明日いっぱい慰めてあげるから。

「ほんと？」

心が少し軽くなる。胸の内に暖かさが少しずつ広がっていく。

——ちょっと元気になった？

「うん、なった」

——気をつけて帰ってね。

「うん、家に着いたらまた電話する」

電話を切り、さあ帰るぞ、と自分に向かって言う。警察の事情聴取は形式的なものだから素直に答えれば問題ない。走り屋の中には車の中に見つかるとやばい物を隠してる奴もいるだろうが、俺はクリーンだ。すぐ解放してもらえるだろう。

インプレッサに向かって歩き出した時、予期せぬものが目に飛び込んできた。

リムジンであった。

黒のリムジンが、警察の事情聴取待ちの車の列の脇を静かにすり抜ける。警官も誰一人止めなかった。走り屋でないからだ。

野島の足が幽霊に足首でも掴まれたみたいに重くなり、止まった。

美濃部のリムジンと同じ車種であった。

胃袋がぎゅうっと縮こまり、首や肩の筋肉が痛いほどに硬直する。

あのリムジンはたまたまここに居合わせただけであれは美濃部の車ではない、と脳味噌の一部分がムキになって否定しようとしていた。だが、偶然にしてはできすぎていやしないか。俺があのデブについて教えた週の土曜日に車が吹き飛び、デブが死んで、リムジンが近くにいたなんて。

美濃部に確かめるのが恐かった。

そうです、私が殺《や》りました。これからもっとやりますよ。そんなふうに平然と言われたら……。

美濃部、あんた狂ったのか？

背後から肩をぽん、と叩かれ野島は「わっ」と大げさな反応を示した。

振り向くと、あの男が立っていた。『ワイルドライド』でデブと一緒にいたやせっぽちの走り屋だ。さっき植え込みに座って暗い顔で煙草をふかしていた奴。

「帰るのか」

男が野島に訊いた。

動転していたため「え？」と訊き返してしまった。

「もう帰るのか」

男はデブの友人が目の前で爆死したというのに奇妙に無感動な顔をしていた。

「あんたは……」

誰だ、と言うのを遮って男が言う。

「走り屋だよ、あんたもそうだろ。近頃熱心に通ってるよな」

野島は改めて男の顔を見た。走り屋どもの中ではまあまあましなルックスではある。だが日頃から表情に乏しい人間であることが直感的に窺えた。

「俺に何か用でも……」

「唐突で悪いが、あんたに話があるんだ」

野島は眉をひそめた。

リムジンが気になって首を捻ると、もう見えなくなっていた。

「前々からあんたの走りが気に入っていた」

人が死んだ直後に話すような話題かよと思いながらも、野島もこの男が気になる。この男の雰囲気がそうさせるのだ。

「どうした、爆発事故ですっかり動転したか」

男は野島の顔を見て、蔑むような顔と声で言った。

「あんたはなんともないのかよ」野島は言い返した。

「事故なんか何度もでくわした。いきなり爆発したのは初めてだけどな。それよりあんたにどうしても聞いてもらいたい話なんだ」

男は野島の肘を摑んだ。いったいなにをあわてているのか。

「さっき吹き飛んだデブな。あいつは俺の相棒だった」

「だったらもっと悲しい顔してもいいんじゃないのか」

野島はわけがわからなかった。

「あいつと一緒に仕事するはずだったんだよ。ところがいきなり死んじまった」

「それと俺に何の関係が……」

「唐突なのは百も承知だが、俺と仕事しないか」

「え？」

「俺と車で荷物を運ぶ仕事だ。いい金になるぞ」

「ちょ、ちょっと待てよ。なんだよいきなり……」

「今夜中に仕事の相棒を見つけないとヤバいんだよ」

表情に乏しくても目はかなり必死だった。こいつがあわてている理由はそれだったのか。

「待てよ。俺とあんたは初対面なんだぞ」

「初対面だが、あんたの走りは見ていた。いい走りだ。とにかく、ちゃんと説明するから聞いてくれよ」

「俺は帰るとこなんだ」

「頼む！」

男は野島の両肘をがっしりと摑んで頼んだ。ちょっと気味が悪い。

「俺の命にかかわることなんだ」男は真剣な眼差しで言った。その中に幾分かの恐怖も混じっていた。

野島は今、愛美以外の誰とも、そして何事にも関わりたくなかった。たとえ命にかかわることでも他人は他人だ。

「悪いが俺は力になれない」

「待てよ、待て。あんただって走り屋としてレースで死ぬのは良くても、殺されるのはまっぴらだろ」

「どっちもまっぴらだ！」

野島は声を荒らげた。そして内心はっとなった。

レース。

男の顔を見つめる。男が見つめ返す。

突如、死んだ繁美の気配を右斜め後ろ辺りに感じ、野島は身震いした。霊感ゼロの野島ですらはっきりと感じ取れるほどであった。

「しょうがねえな」野島はわざともったいつけるように言った。「じゃ、聞くだけ聞いてみよう」

ある物資を二人で運べば、百万円。話とは要するにそういうことであった。それ以上詳しいことは男にもわからないらしい。

男ははっきりとは言わないものの、相棒とともにこの仕事をやらないと、自分が殺される立場にあるらしいということが野島にはわかった。

だが野島にはそんなことどうでもいい。それよりもさっき感じたある気配の方がずっと大事なのだ。

男の話が一旦途切れたところで野島は探りを入れた。

「あんた、いつから走り屋やってるんだ」

「十年くらいかな、もう」男は自分のことなどどうでもいいというように答えた。「あんたは走り屋デビューは遅いが、いい走りのセンスしてる。仕事はなにしてんだ？」

男の話し方はぎこちない。多分、友達もほとんどいなくて仕事も黙々とやる肉体労働だろうと野島は見当をつけた。走り屋には多いタイプだ。

「そんなことどうだっていいだろ」野島はそっけなく答えた。「あんたさっき、〝事故なんか何度もでくわした〟って言ったな」

男はそれがどうした、と野島に目で問う。

「そういや最近、湾岸線で派手な事故があったよな」

野島は相手に気取られぬよう用心深く探りを入れようとしたが、それはまったくの無駄であった。

「ああ、あった。俺もその場にいた」

それを聞いて野島は硬直した。

「それがどうした？」男が訊く。

「なんでもない。新聞で見たのをちらっと思い出しただけだ」

動揺を抑えようとする野島に、男は追撃ミサイルをぶちこんだ。

「ひよっこの走り屋が勝手に俺にしかけてきやがってよ。それで勝手に自滅して大勢巻き添えにしやがった」とこともなげに言い放ったのだ。

野島の頭の中が真っ白になった。

繁美の悲鳴を聞いたような気がした。

病院に駆けつけたところから始まってめまぐるしかったここ最近のできごとがまるで映画の予告編のようにハイスピードで頭に再生された。そしてその時々に感じた痛みも鮮明に蘇った。

お前か。

お前なのか。

お前にとってあの事故はそんなふうにあっさり言い捨てるだけのものなのか。

お前、それでも人間か?

野島は大変な努力をして引き攣《つ》った笑いを浮かべ、そして努めて自然にこう言った。

「ここはうるさい、静かな所で話さないか」

「じゃ、引き受けるんだな」男の目が光る。

「待てよ、そうあわてるな。とにかく行こう」

歩きながら、野島の心臓は破裂しそうだった。男は何の警戒もせずについてくる。

「いいよな、こんな真新しい車買えて」男がインプレッサを見て言った。「金持ちの女にでも買ってもらったのか」

「その通りだ」

野島は答え、運転席のドアを開けて乗り込んだ。

「車でついてきてくれ」と男に言う。

殺してやる。

ぶっ殺してやる。

トランクにあるレンチで脳天を叩き割ってやる。何度も何度も、頭蓋骨が原形をとどめないくらいグシャグシャに叩き潰して、それから汚らしい死体に唾吐きかけて、小便ひっかけてやる。そして愛車も燃やしてやる。

貴様のような人間は今すぐ死ななきゃならないんだ。よりによって俺に声をかけてくるなんて貴様もよくよく馬鹿野郎だ。

イチヨンシルビアの男は疑いもせずに野島の後ろをついてくる。

復讐はもうやめだなどと決めた野島だが、あの事故の張本人が現われてすっかり事情が変わった。

あいつをほっとくわけにはいかない。誰かが殺らなきゃならないんだ。

美濃部に報告した方がいいんじゃないか、と頭の中でもう一人の自分が言った。

一人で殺して一人で後始末するのは大変だぞ。警察に捕まりたくはないだろ。そんなことになったら愛美と会えなくなるぞ、よく考えろ。美濃部ならうまくやってくれそうだぞ。金も権力もあるからな。

そんなふうに美濃部を全面的に信頼していいのか？

さらにもう一人の自分が現れ、反論する。

美濃部《あいつ》はたった今、デブの車を爆弾で吹っ飛ばして二人も殺したんだぞ。もう正気じゃないんだぞ。俺が後ろのあいつを殺して捕まる前に美濃部自身が警察に捕まるかもしれないじゃないか。

畜生、いったいどうすれば俺にとって一番いいんだ。

そうだ、奴を美濃部の手に渡して俺は逃げればいいんだ。奴を殴って気絶させ、シルビアのトランクに押し込み、インプレッサを一旦どこかに止めてから俺がシルビアを運転して美濃部の家の近くまで行く。それから美濃部に電話してこう言う〝あんたの敵は俺が捕まえた。車のトランクに閉じ込めてあるから取りに来てくれ。後はあんたが好きなように始末してくれ。俺はここで手を引く。インプレッサはもらうよ〟。

そうだ。それがいい。自分の手を汚さずに繁美の敵討ちができるし、美濃部に対する義理も立つ。

なにであいつを殴ろうか。レンチだと頭蓋骨が陥没して死んでしまう可能性があるからまずい。やはりマグライトがいいか。

21

灰原の脳が注意信号を発した。

妙だ。奴は静かな所で話がしたいからと街灯の消えた路地まできた。それはいい。だがこんな奥にまで来る必要があるのか。

まるで誰にも見られない場所を探しているみたいだ。

これは何を意味する？

あいつ、ホモか？

仕事を引き受けるから俺の尻を貸せとでも言うつもりか？

用心した方がいい。奴の腕は欲しいが、ちんぽこは欲しくない。

前方のインプレッサが止まった。

灰原もシルビアを止め、グローブボックスを開けた。中から長さ三十センチほどのレンチを取り出す。走り屋イベントでは喧嘩もしょっちゅう起こるので万が一トラブルに巻き込まれた時の用心として灰原はいつもここにレンチを一本入れているのだ。

インプレッサから奴が降りて、こちらに歩いてくる。

灰原はシートベルトを外し、レンチをズボンの後ろに差し込んで車から降りた。

「ここなら誰にも聞かれない」

〝白うさぎ〟は言った。

灰原はそいつの顔を見て驚いた。顔にでかでかとネオンサインみたいに書いてあるのだ。〝てめえを殺ってやるぞ〟と。こいつはポーカーフェイスのできない人間らしい。

なぜ〝てめえを殺ってやるぞ〟なのか灰原にはわからないが、自分の身を守る必要はあった。

だから男が右手を後ろに回して太いマグライトを取り出した瞬間、灰原もレンチを抜いた。

そいつの動揺した顔を見た瞬間、灰原は勝てる、と確信した。

「てめえっ！」

白うさぎがマグライトを振りかざし、襲いかかってきた。いかにも喧嘩慣れしていない隙だらけの攻撃だった。

灰原は左斜め上に向けてレンチでなぎ払った。

うまくヒットはできなかった。しかし奴の親指の先を潰した。マグライトがそいつの手から吹っ飛ぶ。

奴が苦痛の呻きを漏らし、右手を押さえて上体をくの字に折った。灰原は冷めた面で白うさぎの左肩を狙い、無造作にレンチを振り下ろした。

「であっ！」

白うさぎは悲鳴を上げ、うつ伏せにぶっ倒れた。

ちょろいものである。

すかさず灰原はブーツでそいつの左肩を踏みつけ、体重をかけた。

「ぎゃあああああ！」

白うさぎがみじめったらしい悲鳴を上げる。

「てめえ、何が目的だ」

灰原はレンチで白うさぎの頭を小突き、低く押し殺した声で訊いた。

「言わねえとこれで脳味噌掻き出すぞ」

「わかった！　言う、言うから足をどけて……」

「まずてめえが話せ」

さらに右足に体重をかける。

「人に頼まれた！」白うさぎは喚いた。

灰原は右足にかけた力を少しだけ緩め、「誰だ」と訊いた。

「ある金持ちに……そいつは交通事故で孫を失って……事故を起こした張本人の走り屋を見つけて復讐しようとしていたんだ。それで……俺を雇った」

「車もそいつから買ってもらったわけか。そいつ、なんて名前だ」

「み……美濃部」

「どこのどういう野郎だ」

白うさぎはあっさり喋った。

ジュエリー・ホシノの社長とは。大した野郎を敵に回したものである。

「で、お前はなんなんだ、名前はなんだ」

「俺は……野島っていうんだ」

「免許証見せろ」灰原は命令した。

見ると確かに野島駿と書いてある。住所は品川だ。それを足下に捨てて訊く。

「よし野島、奴とどういう関係だ」

「俺は……探偵なんだ。あいつに大金で雇われた。潜入捜査してくれと。車が趣味だったし、おいしい仕事だと思って……」

「で、復讐ってのは要するに俺を殺すことか？」

「知らない。とにかく、俺の仕事は事故を起こした張本人を見つけて……彼のところへ連れてくことだ。その後でどうしようがそれは……俺に関係ないことだ」

「お前……俺を差し出したらいくら貰えるんだ」

「さ、三百万円」男は答えた。

それは灰原の命が三百万円というのと同じことである。それが安いのか高いのか自分ではよくわからない。

大金持ちが金に糸目をつけずに私怨《しえん》を晴らすってわけか。

ふと、灰原の頭にあるプランが浮かんだ。自分を今の泥沼的苦境から引っ張り上げるプランだ。

「美濃部は家族と住んでいるのか」灰原は訊いた。

「一人暮らしだ」男が答える。

「嘘じゃないな」

「嘘なんかつかない。俺と会う時は来客がいても追い返すくらいなんだ」

「番犬は？」

「それもいない。他にリムジンの運転手と家政婦がいるが、この時間はいないはずだ」

好都合だ。灰原はズボンのポケットからチャーリーのカードを抜き出して、ケータイから電話をかけた。

――**はい。**

チャーリーではなく奴の部下が出た。

「すみません、灰原ですけどチャーリーさんはいますか」

――**ちょっと待て。**

灰原は待った。耳を澄ますとテレビの音が聞こえる。洋モノコメディの再放送だ。

――ねえスペンサー、昨日プレゼントしてくれたサングラスだけど……

――おお、さっそく試したか！　目立っただろ？

――学校に着いたら溶けて顔にへばりついてたよ。何でできてるの、これ!?

わはははは、という観客の笑い声。

――バイオプラスチック・ネオネオだよ。

――何それ、生物兵器!?

わはははは！

――なんだ。

それはテレビではなくチャーリーの声だった。

「あ、チャーリーさんですか。あの、灰原です。昼間の……」

――おお、仕事の相棒見つかったのか。

その声は昼間よりも幾分柔らかく聞こえた。シットコムで和《なご》んでいたのだろうか。

「いえ……まだなんですが。あの、ちょっとお話があって」

――なんだ。

「あの、もしもですね……もしも今夜中に三百七十万返せるとしたら、仕事の件、チャラにしてもらえるんでしょうか」

少し間が空く。

——よお、吐きだめの悪魔・カーリー
——やめてよサム！

　わははは。

——お前が三百七十万返すだと？

「はい」

——今夜中？

「はい」

——お前、何企んでるんだ。

「聞いてください、チャーリーさん」

　灰原は自分の状況をかいつまんで話した。

「だからこの探偵野郎を利用して美濃部の家に行って、奴から金やらなんやらをふんだくれると思うんです」

——バカかお前、それほどの金持ちなら当然ボディーガードを雇ってるだろうが。

「……大丈夫です。家は頑丈でもボディーガードはいないそうです。孤独で偏屈な金持ち老人なんですよ。この探偵と一緒なら邸内に入れます。中に入ってしまえばこっちのもんです。現金は置いていなかったとしても宝石やら金目の物はたくさんあるそうです。それで、厚かましいお願いなんですが、手伝ってくれる人間がいると助かるんです」

――甘ったれたことぬかすな。てめえの借金だろうが。てめえ一人の力でもぎ取ってこい。

「でも手伝ってくれる人がいたら、もっとたくさんの物が手に入るんですよ。三百七十万以上の価値のものが」

また少し間が空く。

「俺が中に入ったらまずじじいをぶっ倒します。それから警備会社への通報装置を切って、内側から鍵を開けますよ。どうです？」

――……そのじじいの家はどこにあるんだ。

チャーリーが訊いた。やる気になったのだ。

灰原は美濃部の家の住所を教えた。「俺は今から美濃部の家に行きます。二時間後くらいに来てくれますか？」

チャーリーはぴちゃっ、と舌をねちっこく鳴らした。

――よし、いいだろう。

「じゃ、後でまた」

灰原は電話を切り、「立て、ゆっくりとだ」と野島に命令した。

22

事態はもはや野島にはどうしようもない様相を呈していた。

この灰原という男は、自分が捕まったようなフリをして美濃部の家まで行き、美濃部を倒し、その後でチャーリーとかいう変な名前の仲間を手引きして略奪の限りを尽くすつもりだ。

その後俺はどうなる？　美濃部と一緒に殺されるのか？　待てよ、高梨がいたら彼女も殺られる。

美濃部はともかく、彼女を巻き添えにしたくはなかった。

「立て、ゆっくりとだ」

灰原が命令する。

立つしかなかった。潰された親指の先が、左肩が、心臓が脈打つごとに小さな爆発を起こしていた。

「美濃部に電話しろ。電話して、事故を起こした張本人の走り屋を見つけて拉致したと言うんだ。そいつをこれから届けに行くとも言え」

灰原は言い、野島の背中を取り上げたマグライトの先で小突いた。野島は命令されるまま自分のケータイを抜いて美濃部に電話した。

——どうも野島さん。

まるで待ち構えていたかのように美濃部が電話に出た。

「美濃部さん、ついに見つけましたよ」野島は興奮しているような声を装って言った。「あの事故を起こした走り屋です」

——そうですか。ついに見つけてくれましたか。あなたならやってくれると思っていましたよ。

美濃部は感慨深げに言ったが、心の底から本当に感激しているというふうには聞こえなかった。なんとなく、寸分の狂いもなく造られたロボットが喋っているという感じの印象を受けた。

灰原の握ったレンチが野島の頭の天辺に押しつけられ、野島は首をすくめた。それが頭に叩きつけられる瞬間の映像がいやでも頭に浮かんでしまう。

——で、なんという男です?

「灰原という奴です。今、私の車の中で気絶しています。これからお宅まで届けますよ」

——わかりました。今夜は特別な夜になりそうですね。二人にとって。

「……そうですね」

——何時頃にいらっしゃいますか?

「そうですね、二時間ちょいというところです」

「わかりました。では準備して待っているとしましょう。それでは後ほど。

電話が切れた。灰原がケータイを掴み、野島の手から奪い取った。

「キー寄越せ」灰原が命令する。

野島はポケットからインプレッサのキーを引っ張り出すと灰原に差し出した。

灰原はそれをひったくり、「トランクに乗れ」と命令した。

硬直しているとまた背中を小突かれ、仕方なくとぼとぼと愛車に向かって歩き始めた。

脚を折って胎児のような格好でトランクに納まり、蓋が閉じられた。完全な闇が野島を閉じ込めた。

インプレッサが走り出す。

今、野島にとっての希望は美濃部が反撃して灰原を倒してくれることだけだった。しかし、それはすがりつくにはあまりにもちっぽけな希望であった。

これで泣き出さずにいられようか。

23

灰原はインプレッサの運転席に乗り込み、シートの位置を調節すると、シートベルトを装着した。ハンドルに両手を置いて愛車のイチヨンより広い視界に感心する。

いい車に乗りやがって。

計器類も気合いを入れて改造してある。美濃部に雇われた探偵とはいえ、かなり車には精通しているようだ。

灰原の頭の中ではもう計画はできている。

美濃部の家の近くまで来たら、トランクに閉じ込めた野島をまた引っ張り出し、美濃部に〝今着いた〟と電話させる。それから野島に運転させていよいよ美濃部の家に行く。俺は助手席で気絶しているフリだ。奴が少しでも妙な動きをしたらレンチで頭蓋骨をへこませてやる。それから美濃部のじじいをぶっ倒して縛り上げればいい。多分、俺一人でできるだろう。それからチャーリーに電話して、奴らのために玄関を開ける。

侵入に成功したら後はなるようになれ、だ。

野島とじじいの始末はチャーリーが決めることだ。生かそうがバラそうが自分には関係ない。チャーリーのことだからおそらく脳天踵落としの練習台にして殺してしまうんだろう。

チャーリーは金さえ手に入れれば俺を解放してくれるはずだ。そしたら俺はさっさと引き上げてイチヨンを取りに戻り、もう自由の身になる。その時、金も多少持っているはずだ。

灰原はキーを差し込んで捻る。ドルルル、と気持ちの良い音に灰原は少し興奮した。

俺は生き延びるぞ。

灰原は自分に言い聞かせた。

これまで何度も〝別に死んでもいいや〟と思ったが、蛾次郎おやじや今井の死にざまを見て、さすがに考えが変わった。

アクセルを踏み込む。

Ⅳ　いつ帰れる？

1

野島が運転をしている隣で気絶している芝居をしながら、ダイヤモンドのような多面体の豪邸の地下駐車場に潜り込んだところまで灰原の計画は完璧であった。ハンドルを握らせても野島は妙な真似をしなかった。たとえちっぽけなレンチであっても、それで殴られやしないかと怯えている人間に対しては拳銃と同じくらい効果があるのだ。

ガレージのシャッターが自動的に上がり、インプレッサは地下駐車場の奥へと進んだ。シャッターが自動的に下りる。

リムジンがあった。ポルシェ・911GT2RSがあった。他にも高級セダンが二台。

「てめえ、嘘ついたな」灰原は言った。

「な……なにが？」野島は〝お願いだから殴らないで〟という顔で応えた。

「随分車があるぞ。来客がいるんじゃねえのか」

「全部彼の車だ」野島は答えた。

駐車場の一番奥にエレベーターがあった。

インプレッサはその真ん前に止まった。

「キー寄越せ」灰原は野島に命令した。

野島は相変わらず〝殴らないで〟という顔で灰原にキーを渡した。

灰原はキーをひったくり、かわりにさっき取り上げた野島のケータイを渡して命令する。

「じじいをここに呼べ」

じじいがエレベーターで降りて出てきたところを一発ぶん殴れば簡単だ。

野島は大人しく命令に従った。

ところが美濃部からの応答がない。

気に入らなかった。

気づかれたのか。

灰原はまたしても無造作にハンドルに置かれた野島の左手中指と薬指にレンチを振り下ろした。

「あづっ！」

野島がケータイを股間に落とし、激痛に顔をくしゃくしゃにして左手を押さえる。

灰原は右手を野島の股間に伸ばしてケータイを拾い上げた。どうぞ殴ってくださいと言わんばかりに無防備な野島の頭を見て、殴ってやりたい衝動に駆られたが、自分の手で殺すのはまずいだろうと思い止まる。そういうことはチャーリーにやらせればいい。

車から降り、エレベーターに駆け寄ってボタンを押す。

野島はまだ車内でのたうち回っている。奴は両手が使えないし、ケータイも持ってないし、車のキーもない。どうせ何もできやしない。ならばほっとけばいい。

遅いエレベーターを待ちながらチャーリーに電話する。

こんどはすぐにチャーリーが出た。

——**用意できたんか。**

「家の中には入れたんですが、美濃部はまだ捕まえてません。手伝ってくれませんか」

——**それはお前の役目だろ、車おたく。**

「すみません。でも家の中は広そうだし、一人でじじい探すのはちょっと時間が……とにかく今一階に行ってドアの鍵を開けますから」

エレベーターが到着し、扉が開いた。灰原は勝手に電話を切り、1のボタンを押す。

エレベーターが一階に着き、灰原は廊下に飛び出した。その途端に悪態をつく。

「馬鹿野郎」

廊下の向こうに玄関の扉が見えるが、走っても十秒以上かかりそうだ。俺ならいくら金があったって外へ出るまでに息切れするような家なんかに住まない。まったく何を考えていやがるんだ。

とりあえず下に置いてきた野島がエレベーターを使えないようにする必要がある。灰原は野島から取り上げたケータイをエレベーターの扉のレールの上に置いて、扉が閉まらないように細工した。

それから足音を完全に消してしまうほど分厚いカーペットを敷きつめた廊下を小走りに玄関へ向かいながら、自分のケータイでチャーリーに再び連絡する。

――**開けたか。**

「いま開けます」

旅館の玄関かと思うようなだだっ広い靴脱ぎ場にたどりつき、高さ二メートル以上ある黒塗りのドアの黄金色のロックをがちゃりと外した。

「開けました、入ってきてください」

――**馬鹿かお前は。**

「え？」

――**誰が門の鍵開けるんじゃい、ボケ。**

「門、開きませんか？」

――開かねえぞ！

「すみません。さっき俺らが入った時は自動的に開いたんですけど……」

――やっぱりお前は馬鹿だな。さっさと開けにこんか。待ってんだぞ。

――バカ、ハイバレ！

ブラジル人にも馬鹿にされる。

「でも俺がこの家を出ちゃうとじじいが中からロックしてしまうかもしれないんですよ。だから……」

――俺にコソ泥みたいに塀を乗り越えろってのか。

「すいません、これぱっかりは……自分でお願いします」

やはり思いつきの犯罪というのはスマートにいかないものなのだと灰原は実感した。だがスマートにいかなくたって金が手に入ればなんだっていい。

――お前、本当に美濃部の家にいるんか？　どっかその辺に隠れとって俺らが家の中に入ったら一一〇番通報するつもりなんじゃねえだろうな。

「そんなことありません、とにかく早くきてください」

電話を切ってから、腕のないチャーリーに門を乗り越えてこいというのは酷だっただろうかと思い始めた。だが知ったことか、部下が三人もいるんだからなんとかなるだろう。

息をひそめて連中の到着を待つ。

エレベーターの扉がレールに敷いたケータイにぶつかってはまた開く音が繰り返し聞こえる。それ以外、家の中は外国映画に出てくる丘の上の幽霊屋敷みたいに静まりかえっている。

だが灰原はひんやりとした空気の中にこの家の主である美濃部の存在を、臭うほどに強く感じた。

美濃部の奴、隠れているのか。それとも俺が現われるのをどこかに隠れて待ち伏せしているのか。

俺を殺したいだろう。殺したくてしかたないんだろう。だがその前に四人倒さなきゃならないんだぜ。体力がもつのかよ、じじい。

2

指を二本叩き折られた野島はドアを開けて外へ転がり出た途端、ぶざまにゲロを吐いた。

進路も退路も断たれていた。地下駐車場のシャッターの脇にも、それどころかどこにもシャッターを上げ下げするボタンがない。シャッターの上に小さなセンサーらしきものがあったのでその真下に立ってみたが何も起こらない。

そしてエレベーターのボタンを押しても、エレベーターは一階に止まったまま動かない。

ポルシェが置いてあるということは高梨がいるのだ。美濃部はともかく彼女が危険に晒《さら》されるのは困る。外部に連絡を取りたくてもケータイは取られた。

これから奴らは上の階でやりたい放題だ。その間自分はここで折られた指を抱えておろおろ泣いていなくてはならないのか。

なんとかしろ！　このままじゃ俺は馬鹿すぎる。

3

「アケロ、ハイバレ！」

「ハヤクシロ、バカ！」

ドアの外で声がした。灰原は魚眼レンズ越しに外を見た。チャーリーたちが全員揃ってレンズを睨みつけている。

灰原はノブを摑み、ドアを開けた。

ブラジル人、チャーリーの運転手、チャーリーの順に入ってくる。

「すいませんでした」

灰原は目を伏せてチャーリーに詫びた。

次の瞬間、チャーリーの中段右ヒールキックが灰原の下腹部に爆発した。灰原は後ろに吹っ飛び、背中をあがりかまちの縁に死ぬほど強くぶつけた。激痛のあまり息もできなかった。体を丸くしてひたすら耐える。

「じじいはどこにいる」

チャーリーが訊くが、答えるどころではない。涙が、鼻汁が、よだれが、小便が、それぞれ漏れ出す。耳の奥できーんと金属音が鳴っている。

「なにをぴくぴく痙攣しとんじゃ、車おたくが。おい」

〝おい〟を合図にブラジル人と部下がそれぞれ上着の下から武器を取り出した。ブラジル人二人は見るからに粗悪な造りのトカレフだが、チャーリーの運転手はぴかぴかのステンレス・スティールの自動拳銃だ。

俺はここで用済み。ゴミのように撃ち殺されるのか。灰原は暗い底無しの穴に引き摺り込まれるような感覚に捕われた。

その時、ガチャン、と大きな金属音が玄関に響き、チャーリーたちも驚いた。

音はドアが立てたものだった。

ブラジル人の一人がドアに飛びつき、怒鳴った。

「アカナイヨ！　ロック外してもアカナイヨ！」

残りの者たちが顔を見合わせる。

「赤木《あかぎ》、見てみろ」チャーリーが運転手に言う。

赤木と呼ばれた運転手はブラジル人をどかせ、同じようにロックを外してもドアが開かないことを確認すると、ドアとドア枠のわずかな隙間を睨む。

「上と下に金属のバーがあります。俺が思うに、これは多分パソコンで動かす物ですよ」

「どういうことだ」

「家の中のパソコンでドアをロックできるんですよ。俺ら、閉じ込められたんですよ、じじいに」

美濃部が宣戦布告したのだ。灰原は苦しみに悶えながら思った。

「じじいを捕まえないと、俺ら一生ここから出られません」

赤木は言った。

「なら捕まえるだけだ」チャーリーは落ち着いた声で言い、灰原の尻を軽く蹴った。「立て、三流人間」

自分一人なら今立つなんてできっこないのに、命令されると立ってしまうのが悲しかった。

「お前が先頭を歩いて盾になるんじゃ。勝手に走るなよ」

灰原は震えながらうなずいた。

「二手に分かれるぞ。トニーとパコは一階から始めろ。俺たちは三階から始める。二階で落ち合おう」

「ワカレマシタ」

「ワカルマシタ」

トニーとパコという名の二人が返事する。

「おそらく邸内に防犯カメラがあるはずです。注意しないとじじいに動きが筒抜けですよ」赤木が注意を促す。

「わかったか、気をつけろよ」チャーリーが二人に言う。二人はうなずく。

「それから各部屋をチェックする時、ドアを閉めるな。とじこめられるぞ」

「アイー」

「気ぃツケマス」

「よし、行け」チャーリーが命令すると、トニーとパコは縄を解かれた犬のように廊下を駆け出した。

「いくぞ、粗大ゴミ」

チャーリーに促され、灰原は背中を丸めて廊下を歩き出した。

「背筋伸ばせ！　盾にならんだろうが！」

一喝され、背筋をぴんと伸ばす。

「♪アイケン、チェイエイエイエインザワ～ルド」

驚いたことにこんな時でもチャーリーは歌うのであった。

4

野島はスペアのキーを探していた。といってもインプレッサのものではない。美濃部のリムジンか他の二台のセダン、それに高梨のポルシェ。そのどれか一台くらいバンパーの裏や車体の下にスペアキーがマグネットでくっついていやしないかと期待したのである。動かせる車があれば、危険を覚悟でシャッターに突っ込んで突破口を開けるかもしれない。

親指の先が潰された右手でリムジンの車体の下をまさぐる。折られた指は正常な時の倍ほどにまで膨れ上がり、もはや人間のものとも思えなかった。指を中心に全身の神経が泣き叫んでいる。涙が溢れて止まらない。

「いてえ……いで……う……」泣きながら探し続ける。

リムジンは駄目だったが、二台のセダンの内、キャデラック・CTSクーペのシャーシにマグネットキーを見つけた時は苦痛の涙が歓喜の涙に変わった。

「やった！」

もう大丈夫だ。俺が武装警官千人連れてきてやるからな、灰原め、ざまあみろ！　てめえはもうおしまいだ。

キャデラックを運転するのは初めてだったが、どうということはない。方向転換をしてシャッターの方に尻を向ける。

シートベルトを装着し、ギアをリバースに入れ、大きく深呼吸する。相当な衝撃がくるだろうが、キャデラックなら持ちこたえてくれるだろう。

いくぞ！

アクセルを蹴飛ばし、急発進した。

シャッターがみるみる迫ってくる。

衝撃に備えて歯を食いしばり、息を止める。

予想はしていたが、実際の衝撃は予想を上回った。首が千切れるかと思うほどガクンと前に折れ、気が遠くなりかけた。

キャデラックのノーズが一メートルほども跳ね上がり、着地してバウンドした。背骨がずれたかのような激痛が脳天まで突き抜け、頭蓋骨の中で脳味噌がぶるぶると震えた。その震えが治まるのを少し待ってから後ろを確認する。

「嘘だろ……」

見たところ、シャッターは衝突する前となんら変わっていなかった。ただキャデラックの尻が潰れただけだ。

「ふざけんな！」

野島は涙を流しながら吠え、ギアを戻すと前方へ飛び出した。急ブレーキをかけ、再びリバースシフトする。

今度こそ！

「この、クソ野郎があああ！」

アクセルを踏み込み、もう一度突っ込む。

5

この家は広すぎた。

これでは灰原たちが部屋をひとつひとつチェックしている間に美濃部の奴はこちらに気づかれずに好きなだけ動き回れる。奴は自分の家を知り尽くしていてもこちらは初めてなのだ。

「そこの部屋、開けてみい」

背後でチャーリーが命令したので灰原は言われた通りにある部屋のドアノブに手をかけた。

赤木がドアの脇に銃を構えて立つ。

灰原はドアノブを押し下げて、ドアに肩からぶつかった。しかしドアは開かない。引き開けるのかと思って引いてみたがそれでも開かない。

「何やっとんじゃ」とチャーリーに怒られる。

おかしい。このドアには鍵穴がない。それなのに開けられないのだ。

灰原は後ろを振り向いて首を振った。

チャーリーの顔は一層凄味を増していて、灰原にはとても正視することなどできなかった。

「隣の部屋、見てみい」

灰原は八歩歩いて隣の部屋に行った。同じようにドアノブを押し下げて開けようとしたが、ここも駄目だ。

「これはまずいですね」赤木が言った。「どの部屋のドアも鍵はついていないのに、パソコンでロックすることだけはできるみたいですよ」

「何を考えてんだ、じじいは」

赤木のケータイがぶるぶると震えた。赤木は通話ボタンを押し、「どうだ」と訊いた。

――**ダメでーす！　みんなドア閉まってますー！**

トニーかパコの甲高い声が灰原にも聞こえた。

—ナンカチョト、情けないデスー。

その情けない声が静まり返った廊下に情けなく響いた。

灰原は今ここで自分が頭をぶち抜かれてもちっともおかしくないと感じた。チャーリーにとってこの状況がおもしろいわけがない。

「二階で合流だ」

チャーリーは言った。赤木がそれを下の二人に伝える。

再び灰原が先頭になって階段の方へと向かう。

トニーとパコが眉間にしわを寄せ、釈然としない顔で下から上がってくる。

二階の踊り場で全員が揃った。

「どうします?」

赤木がチャーリーに訊く。

ガチャリ!

音が聞こえた。一階の方からだ。

全員に緊張が走る。さっき一階の玄関がロックされた時と同じ音である。

ガチャリ!

また音がした。三階からだ。

ガチャリ! 二階のどこかからだ。

ガチャリ！　一階から。

ガチャリ！　また三階から。

ガチャリ！　二階から。

すべての階のあちこちでドアのロックが解除されたのだ。

「どーなっての！　キモチ悪よ！」

顎の先がふたつに割れているブラジル人が銃口をあちこちに向ける。

「落ち着けっ！」

赤木が叱りつける。

「奴は俺たちを混乱させるつも……」

赤木の頭ががくん、と大きく後ろにのけぞった。

灰原は見た。長さ三十センチほどの銀色の矢が、赤木の右目の眉の少し上から入って延髄の辺りから抜ける瞬間を。

矢は三階の方から飛来した。

「あああああ！」ちょび髭のブラジル人が叫んだ。

もう一人が三階に向けてトカレフをぶっぱなす。

一発、二発、三発、四発。

灰原は両耳を塞ぎ、その場にしゃがみこんだ。

赤木の体がゆらりと倒れ、背中を階段にぶつけ、そのまま滑り落ちていく。

チャーリーはその様子をなんともいえぬ表情で見つめている。

「あああ！　あああ！」ちょび髭ブラジル人はなおも叫ぶ。

6

絶望の真っ暗な穴に引き摺りこまれ、野島はハンドルに突っ伏した。一旦泣き出すと止まらなくなりそうなので野島は唇を噛み締めてこらえた。

シャッターはびくともしない。少しはへこんだが、所詮それだけのことだ。最低なことに四回目のクラッシュでキャデラックのガソリンタンクが破れ、ガソリンが辺り一面に流れ出していた。

これで何かの拍子に火花でも散れば引火して大爆発である。

わずかな希望にもすがりつきたい野島はシートベルトを解除してキャデラックから降りた。

ガソリンでズル、と足が滑って股間が裂けそうになった。咄嗟にドアに摑まるが、骨盤にひびが入りそうなほど尻を強打した。

「んぬっ！」

脳の中心で爆発が起きた。そのまま十数秒間、まったく動けなかった。

もう一生動きたくない、と思った。それでもようやく体が動かせるようになると、四つん這いでシャッターの方へ向かう。たとえわずかであっても努力の成果を見たいのだ。

キャデラックはトランク部分がぺしゃんこに潰れ、まるではらわたをぶちまけた死体のようなありさまだというのに、クソ忌《い》ま忌ましいシャッターは三十センチもへこんでいなかった。一体どんな金属を混ぜ合わせたらこんな頑丈な代物《しろもの》が作れるのか美濃部に訊いてみたい。

「愛美いいい……」

これ以上泣くのを我慢できなかった。

「助けてくれええ……」

頭を抱え、ガソリンの小さな池で身悶えする。

バン！　バン！　バン！　バン！

爆発音がして野島はべそ面を上げた。

「なん……」

あれは銃声じゃないのか？

そうだ、いいぞ！　銃声を聞いた誰かがきっと警察に通報するに違いない。

7
「立てっ!」

チャーリーが灰原の肘を折れよとばかり蹴り上げた。

「じじいを追いかけんかっ！」

命令に逆らうことはできなかった。赤木のように顔を矢でぶち抜かれることを覚悟で美濃部を追わなくてはならなかった。

俺もいよいよ死ぬなと思いながら灰原は立ち上がり、階段を三階に向かって駆け上がる。トニーとパコもついてくる。

「イタヨッ！」

トニーが叫んだ。

灰原も見た。背の高い真っ白（！）なスーツを着た男がボウガンを持って廊下を走っていた。あれが美濃部か。

トニーが灰原の背後でいきなりぶっぱなした。

灰原の頭の横二十センチを弾丸が掠め、恐怖のあまり失禁しそうになった。

パコもぶっぱなす。

灰原は頭を抱え、廊下に飛んで伏せた。もう一生このまま動きたくなかった。

前方でガンガンガン、と弾丸が壁を削る金属的な音がした。

涙で霞む灰原の視界に走る美濃部の姿が映った。最初、灰原は美濃部が何もない真っ暗な空中を走っているのかと思った。しかしそうではなかった。驚いたことに三階の壁の一部分がぽっかりと口を開け、そこから金属の橋が外に向かって伸びていたのだ。そしてその橋の終点には幻想的ともいえる光のともった丸いガラス張りの部屋が見えた。

「ジジーッ！」

「シネーッ！」

トニーとパコが灰原を飛び越えたり踏んづけたりしながら突進していった。もはや自分などいてもいなくても関係なかった。だがチャーリーはそうは考えていないようだ。

「なに寝てんじゃ！」

チャーリーに尾骶骨《びてい》を死ぬほど蹴られた。

「走れっ！　ここで殺されてえのか、走れっ！」

チャーリーの命令は絶対であった。灰原は蹴飛ばされた尾骶骨を手で押さえながら立ち上がり、足をふらつかせながらトニーとパコの後を追う。

灰原とチャーリーがガラス張りの豪勢なブリッヂに出ると、トニーとパコはそのブリッギのもう一方の端、つまり丸いガラス張りの部屋の入り口でガラスのドアに向けて銃をぶっぱなしていた。

ガラス張りのその部屋は灰原たちから中が丸見えであった。おかしな部屋だ。その丸いドーム形の部屋はこのブリッヂとだけで繋がっていて、高さ十数メートルほどの鉄塔で支えられている。美濃部は自ら袋小路に入ったとも言える。

「チクショー！　タマなくなた！」

「オレもナクナッタ！」

トニーとパコが口々に喚く。

ガラスはすべて防弾らしく、中にいる美濃部は悠然と立っていた。美濃部は右手にボウガン、左手にノートパソコンを持っていた。老人とはいえ随分と体格のよい、まだまだ現役の男だった。

灰原は美濃部と初めて対峙し、彼が全身から放出している悲しみと怒りのオーラに息を飲んだ。初めて自分が美濃部から奪ったものの大きさを実感し、戦慄《せんりつ》した。

チャーリーでさえ、彼の異常な迫力に口をつぐんだ。

美濃部がボウガンを捨て、左手に持ったノートパソコンを開いた。

ガチャリ！

灰原たちの背後、ブリッヂへの入り口が閉ざされた。

確かめるまでもなかった。灰原たちはブリッヂ内に閉じ込められたのだ。

「おい、車バカ」

チャーリーが灰原を呼んだ。灰原は首をすくめながらゆっくりとチャーリーの方を振り向いた。

「どうしてくれんだよ」

灰原に答えられるわけなかった。

今度こそもうおしまいだと観念するしかなかった。

——そこの君たち。

声が聞こえた。全員が一斉に振り向く。

声はブリッヂ入り口の閉ざされたドアの脇にあるインターフォンから聞こえた。

喋っているのは部屋の中にいる美濃部だった。

チャーリーは美濃部を睨みながらゆっくりとブリッヂの入り口まで歩いて戻る。灰原とトニーとパコも彼の後にくっついていく。

チャーリーが顎でインターフォンのボタンを押し、話しかけた。

「じいさん、大人しく出てこいよ」

チャーリーはどう見ても不利なのはこちらなのに、まだ自分が優位に立っているような口をきいた。

——生意気な口を利く前に整体師のところにでも行ってこい。

美濃部は言った。

大した男だと灰原は恐れ入った。このチャーリーにそんな暴言を吐くとは。

私が用があるのはそこの灰原という男だけだ。君はブラジル人と家に帰って足であやとりでもやっていなさい。

その言葉に対するチャーリーの反応はちょっとしたみものだった。チャーリーが、なんと肩を小刻みに震わせたのだ。

ブラジル人二人はおろおろとしていて、さっきの威勢のよさは影もない。

——灰原君、だね。

呼びかけられ、灰原の体は完全に硬直した。

——君と話し合いたい。こちらまで来てくれ。

「ふざけんな、てめえがこっちに出てこい」

灰原のかわりにチャーリーが答えた。

——さっさと出ていきたまえ。頭蓋骨の陥没したクリーチャー君。

チャーリーの右足が灰原に襲いかかった。

胃袋を蹴られ、上半身を折ったところにチャーリーの右膝が灰原の首にフックのようにガッチリと食い込み、締めつけた。気道が押し潰され、意識が遠のく。尿道から小便が漏れる。

「きさまはこの男に復讐がしたいんだろう！　だがそうはいかねえ。俺が今ここで殺す」

ぐっ、ぐっと締め上げられ、灰原はチャーリーの脚を外そうと懸命にもがいたが大蛇にでも絡まれたようにびくともしない。

「こいつに復讐がしてえんなら俺に金とダイヤを寄越して、玄関のロックを解除しろ！」

——君がその男を殺したら、私も君たちを殺す。

美濃部はあくまで冷静な声で答えた。

「なに寝惚けてんだ。そんなとこに隠れていて、どうやって俺を殺す」

——そんなの簡単だ。

部屋のガラス越しに美濃部がパソコンを操作するのが見えた。

爆発音が轟き、灰原の耳は聞こえなくなった。同時に足下が一瞬フワリと浮き上がり、ついで斜めに大きく傾いだ。ブリッヂの両端付近のガラス窓が爆発によって砕け散り、灰原たちに破片を浴びせた。

トニーたちが悲鳴を上げて転がった。

チャーリーもバランスを崩し、灰原の首にかけた脚が外れる。灰原は無我夢中で空気を貪った。

ブリッヂがひしゃげ、ぶらぶらと揺れていた。今にも外れて真下へ落下しそうだった。

——ブリッヂに爆薬をしかけた。

美濃部が落ち着き払った声で言う。

あと一発爆発させれば君らは下へ真っ逆さまだ。それが嫌なら灰原君を離して、君らはウチへ帰りなさい。手ぶらでね。

にらみ合いが数秒間続いた。その間にも千切れかけたブリッヂが揺れ、ギギ……ギギ……と背筋の寒くなる音を立てる。

灰原はその恐怖に耐えられなかった。

四つん這いで美濃部のドーム形の部屋へと動き出した。

「灰原っ！」

チャーリーが吠えた。しかし灰原にはもはや効果がなかった。今や自分の生死を握っているのはチャーリーでなく、美濃部なのだ。

「待て灰原っ！」

チャーリーが立ち上がり、灰原に向かってくる。

「もーヤメヨー！」

「カエルーッ！」

トニーとパコが泣きながらチャーリーの脚にすがりついた。

「離さんかこのバカもんがっ！」

チャーリーが吠えても二人は決して離さない。

美濃部の部屋まであと十数メートル。灰原は這い続けた。どうせあの部屋に行けば美濃部に殺されるのだろう。それでも灰原の生存本能が少しでも死を先へ先へ引き延ばそうとして体を動かす。

ついにブリッヂの端にたどり着いた。

ガチャリと音がしてガラスのドアが開いた。

美濃部が見下ろしていた。その目は吸い込まれそうなほど深く、暗かった。

「来なさい」美濃部が言い、なんと灰原に手を差し出した。

灰原は右手を伸ばした。その手を美濃部が摑む。がっしりと、力強く。そしてグイッと中に引っ張りこまれた。

灰原はひんやりとしたリノリウムの床に倒れた。揺れない、安定した床。灰原は床にキスしたくなったほどだ。

ガチャリとまた音がしてドアがロックされた。チャーリーのわめき声が消える。

「よく来てくれました」

美濃部が言ったが、灰原に応える気力などない。

「あなたと二人きりで話したかったのです」

俺は話したくねえよ、と灰原は心の中で吐き捨てた。

「その前に、じゃま者たちに消えてもらいましょう」

美濃部はまたなにやらパソコンのキーをかちゃかちゃといじった。

再び爆音が轟き、灰原は頭を抱えて丸くなった。続いてズシイイン、と突き上げるような振動にドームが揺さぶられた。無数のガラスが砕け散る音も聞いた。揺れが完全に治まってから灰原は恐る恐る目を開けた。

あのブリッヂが消え失せていた。

8

早く来い、警察！　今すぐ来い！

高梨は無事だろうか。なんとか無事でいて欲しい。美濃部もできることなら……。

野島は祈りながら警察の到着を待つ。この家に強盗を連れてきてしまったのは他ならぬ自分なのだ。責任を感じる。

愛美も俺からの電話がないので心配しているだろう。何回か俺のケータイに電話したことだろう。だがケータイは灰原に取り上げられてしまった。一刻も早く連絡を取りたい。

「くそ……早く……」

早く手当しないと折れた指も歪んだままくっついてしまう。

エレベーターがポーン、という音を立てたので野島は死ぬほど驚いた。まったく予想外のことだった。

奴らが俺を殺しにきたんだ！

髪の毛が総毛立つ。

ガーッと音を立てて扉が開いた。

野島の逃げ場所はどこにもない。ここは密室なのだ。

「わ……わわ……」情けない声が漏れる。

とりあえずインプレッサの陰に飛び込んで隠れる。

カツカツ、と甲高い靴音が響く。

シャーシの下から覗くと、女の足が見えた。

「高梨さんっ！」

彼女は一人だった。一体どういうことなのか。

高梨はつんのめりそうになって立ち止まり、インプレッサの陰から臆病なプレーリードッグみたいに顔をのぞかせている野島を呆気に取られたように見た。

「野島さんっ！　やっぱり……」

「良かった！」

野島は立ち上がり、高梨の方へ走った。こんな時にもかかわらず、胸元の大きく開いた黒のワンピースを着た彼女を、野島は美しいと思った。

「大丈夫ですかっ、怪我はっ！」

「ええ、大丈夫」

彼女は青ざめているものの声は野島よりよほどしっかりしていた。

「これ、あなたのでしょう？」

高梨は灰原に取り上げられたケータイを野島に見せた。愛美とツーショットで撮ったプリクラシールが貼ってあるのがこの場合恥ずかしかった。

「そうです。どこでこれを？」

「エレベーターの扉のレールに挟んでありました」

道理でエレベーターがこないはずだ。

「さっきの銃声を聞いて誰かが警察に通報したはずです。もう大丈夫ですよ」

野島は言い、安心させようと高梨の腕を握ろうとしたが彼女はサッ、と野島のリーチから逃れた。野島は自分が責められているような気がして悲しくなった。

「野島さん、大変なことになりました」彼女が言った。

「美濃部さんは無事なんですか」

「強盗と一人で戦っています」

「ええっ？」

「それより、強盗なんかよりもっと大変なことが起きるんです！」

高梨もパニックをぎりぎりのところで抑え込んでいるようだった。

「な、なんですか一体……」

その時、さきほどの銃声などとは較べようもない爆発音が頭上で響き、野島も高梨も頭を抱えてその場にしゃがみ込んだ。それから一秒と間を置かずに今度はなにかとてつもなく巨大で重たい物が地面に落下する轟音と振動が、地下駐車場を激しく揺さぶった。

9

「まあ座りなさい」

美濃部は灰原に向かって椅子を勧めた。

屋敷へ繋がるブリッヂは爆破されてなくなったので、灰原と美濃部と二人きりでこのドーム形の書斎に取り残された。

美濃部ははじめからこうなることを企んでいたのだろうか。

灰原はくたくたのぼろぼろになった体を革張りのソファに沈め、美濃部を睨んだ。

美濃部も灰原から目を離さずに、巨大な木製の机を隔てて灰原と向かい合って座った。

机の上にボウガンとノートパソコンを置く。ボウガンの矢は灰原の胸に向いていた。

改めて間近で美濃部という男を観察する。日本人でありながら日本人離れしたエネルギー、というかバイタリティーを感じさせる。今回のことがなければ一生お目にかかれないタイプの人間であることは確かだ。

「人生というのはまことに皮肉なものですね」

美濃部がおもむろに言った。

「あなた個人への復讐がどうでもよくなりかけた矢先にあなたが私の目の前に現われた。皮肉以外のなにものでもない」

灰原は黙って美濃部を睨み続けた。

「でもちょうどいい。またとない機会です」

機会？　なんの機会だ。

「あなたという人間を知る機会です」

灰原の心を読んだかのように美濃部は言った。

「私はあなたという人間に興味がある。特にあなたが他人の命に対して抱いている気持ちに。あなたが人間の命というものをどうお考えになっているか私には非常に興味があるんです」

灰原は喉の奥につかえた唾を苦労して飲み込み、言葉を搾《しぼ》り出した。

「意味ない……そんなこと」

「私には意味があるんです」美濃部は言った。「私は知りたい。あなたも愛する人間を奪われた時には私と同じように泣いたり、わめいたり、狂ったりするのか知りたいんですよ」

灰原はそっぽを向き、剝がれた唇の皮を嚙み切った。

「他人の命など興味ありませんか」美濃部は静かな声で言った。

灰原は答えなかった。テーブルの上のボウガンを奪えないかと考えていた。

「浩平のかわりに、私が死んでやれれば良かったと何度も思いました。浩平というのは私の死んだ孫です。あなたが引き起こした事故で死んだ。まだ十九でした」

俺に罪の重さを感じろというのなら無駄なことだ。灰原は心の中で吐き捨てた。俺の心は何も感じないようにできているんだ。

「あなたはこれまでの人生でそんなふうに思ったことがありましたか？　この人のためなら自分の命を捨てても惜しくない。そう思うほどに人を愛したことはありますか？」

灰原は唇の別の部分の皮を嚙み切った。

あるわけねえだろ、馬鹿が。自分の命を身代わりにするほど大事な人間なんてこの世にいるもんか。人間なんていくらでも替えがきくんだ。命が尊いだなんて笑わせるんじゃねえ。今の世の中、人間一人の命なんて一円にもなりゃしねえんだ。その事実が恐いからどいつも口先で「命の重さは地球と同じ」とか「人と人の絆こそ大事」とかほざいてやがるんだ。ラッパーでさえ。くそジジイが。てめえは現実をわかってんのか。

「どうなんですか?」

「ない」灰原は答えた。

「まあ、そうでしょうね」美濃部は言った。

わかってんなら訊くんじゃねえ、くそジジイ。

「となると私の興味は新たな方向へと向きます」

灰原は一瞬だけ美濃部を見た。

「あなたが他人の死に対してどのくらい鈍感でいられるのか。その鈍感さに限界はあるものなのか。私には興味があります。まるで学者のようにね」

美濃部は言い、ノートパソコンを開いた。

「興味があるんですよ」

美濃部はもう一度言った。

10

「強盗が侵入するよりずっと前に、私は三階の部屋に閉じ込められていたんです。今さっきロックが解除されたからこうして出てこられたんです」

高梨は言った。

「ドアロックは彼が作り上げたセキュリティーシステムによって彼のノートパソコンで操作できるんです。彼は私の知らない間にそんな物を作っていたんです」

「な……なんで、彼があなたを閉じ込めたりするんです」

野島にはわけがわからなかった。

「私が彼を止めようとしたからです」

「止めるって何を？」

「彼の復讐計画です」

「だって、高梨さんだって彼に協力……」

「違うんです。彼は復讐の計画を変更したんです！」

「変更？」

「彼は事故を起こした張本人を見つけて仕返しするだけでは満足できなくなったんです。彼は……」

高梨はそれ以上は恐ろしくて言えないとでもいうふうに突如口をつぐんだ。その口が震えている。

「彼は？　彼はなにをするつもりなんです。高梨さん！」

高梨はハッと我に返ったように野島の顔を見つめ、言った。

「彼は、爆弾テロをやるつもりなんです」

11

「何時間か前、茨城で車の爆発事故があったでしょう」美濃部は言った。「あなたもその場にいたのではないですか？」

その場にいたどころか危うくとんできた死体に潰されるところだった。

「なかなか派手に吹っ飛んだでしょう？」

美濃部が唇の両端をわずかに吊り上げた。

てめえは一体なにが言いたいん……灰原の思考がストップした。別の思考が割り込んできたからだ。

まさか。

「本当にうまく爆発するのか心配でしたがテストは大成功でした。これで安心して実行できます」

まさか。

お前がしかけたのか？

美濃部は明らかに灰原の心の動揺を見抜き、楽しんでいた。

灰原は目の前に座っている男が完全に狂っているのだということに、今更ながら気づかされた。

12

「彼の心がいつどんなふうに変化していったのか私にはわからない。でもアメリカから帰ってきた彼はもう完全な別人になっていたんです」

「わかります」野島も同意した。「外見からして普通じゃなかった」

「彼は商用のためだけにアメリカに行ったわけではなかったんです。多分、現地でコネを作るためでもあったんです」

「コネって、なんの……」

「爆薬を密輸してくれる人間とのコネです」

「な……」野島は絶句した。

「今日の午後に彼の家を訪ねた時、寝室で見つけてしまったんです。床一面に、C4って書いた粘土の塊みたいなものが大量に並べてあったんです」

「……」

想像し、野島の全身の毛穴が開いた。

「私が問いつめると彼は、恐いくらい冷静な顔で話し始めたんです。〝私には個人的な復讐よりもっと大きな、世の中のためになることができる。それにやっと気づいたんだ〟って……」

やめてくれ！　野島は心の中で叫んだ。

高梨の目が潤んでいた。声が次第に震えを帯びてくる。

「彼は言ったんです、〝あの事故を起こした走り屋を見つけて殺したところでなんになる。大切なことは、あのような身勝手な走り屋たちのレースによって罪もない人たちが巻き添えになるような悲しい出来事が、二度と起こらないようにすることなんだ〟って」

野島の膝ががくがくと震え出した。

美濃部は、茨城に集まっていた走り屋たちの車すべてに爆弾をしかけたというのか？

「もう計画はスタートしてしまったんです。彼がパソコンを操作すればそれで……」

「パソコン……ど、どうやって？」

「大量一括メールを送るのと同じ要領で……」

13

「人には少々頼みにくいことなので、どうしようかと考えていたらおもしろい男が近づいてきましてね。裏ＤＶＤを買わないかと言ってきたんですよ」

「……」

「その男に三百万ばかり握らせて、簡単で割のいいアルバイトをするつもりはないかと言ったら、その男、ふたつ返事でオーケーしましたよ。ついでに一緒に吹っ飛んでしまったのはちょっとしたハプニングでしたが」

こいつ、狂ってる。完璧に狂ってる。狂った大金持ちほど恐ろしい存在はない。

「今井君とはお友達でしたかな？」

美濃部は楽しそうに訊いた。灰原には答える気力がない。

「見てください」美濃部はノートパソコンをくるっと回して灰原にモニターを見せた。

「カーソルをここに合わせてクリックするとＯＫとキャンセルが出るんです。ＯＫをクリックし、パスワードを入力してエンターキーを押せば……わかりますね」

美濃部は再びパソコンをくるっと回して自分の手元に引き寄せた。そして灰原のほうを見て、にこりと微笑んだ。

「こうなったのは全部あなたのせいなんですよ。灰原さん」

14

「止めないと！　何十人と死にますよ。関係のない人まで巻き添えになりますよ！」

恐怖のあまり野島の声は裏返った。

腕時計を見る。午前四時十一分前、大勢の走り屋たちがそろそろ家に帰って寝る時間だ。一般道で爆発したらどれだけの人間が……。

「とにかくここから出ましょう」

高梨は言うが早いかエレベーターに走って戻る。野島もその後を追う。

「でも上には強盗がいるんじゃないですか」

エレベーターに乗り込んでから、野島は言った。

高梨はそれには答えず、左肩にさげた小さなポシェットからある物を取り出した。野島はそれを見て目を剝いた。

拳銃であった。銀色のオートマティックでスライドの側面にWALTHER《ワルサー》・P－88と刻印が打ってある。

「そんなものどこで！」

「さっき階段の下で拾いました。強盗の一人が持っていたんです」

彼女は言って1のボタンを押し、ついでクローズボタンを押す。

「そいつは？」

「もう死んでます。でも他にあと何人かいるはずです」

野島は手を伸ばし、高梨の手首をぐっと摑んだ。

「ちょっと待ってくださいよ！　まさかやりあうつもりですか」

「そうじゃないけど、ここから出るまでは自分の身は自分で守らないと。どこで鉢合わせするかわからないし……」

エレベーターの扉がじれったいほどゆっくりと閉まり、上昇を始めた。

なんて強い女だ。野島は呆気に取られた。見れば彼女は拳銃の扱いを心得ているようだった。持ち方にどこにも危なっかしいところがなく、銃を完全にコントロールできている。

野島の視線に気づいた高梨が言った。

「私、昔すごく治安の悪い所に住んでたんです。マイアミのね。その頃近所に住んでた元警官のおばあちゃんと知り合っていろいろ教えてもらったんです。私を孫みたいに可愛がってくれて……」

ふいに彼女の顔が泣き出しそうに歪んだ。何かつらいことを思い出したように。

野島は改めて自分が彼女という人間について何も知らなかったことを思い知らされた。

「こっちに来て私の後ろに隠れて」

彼女は顔を引き締め、野島に言った。一秒前の泣き顔が嘘のようだ。

二人は扉の右側の隅にピッタリ身を寄せた。野島は高梨の後ろに回り込み、両手で頭を抱えてしゃがんだ。

彼女は左手をポシェットに入れ、中から黒のコンパクトを取り出した。それを片手で開ける。

ポーン、と音が鳴ってエレベーターが一階に着いた。

扉が開くと高梨は通路の左側の様子を窺い、それからコンパクトを持った左手を伸ばして、コンパクトの蓋についている鏡で通路の右側を見る。

静かだ。

野島は恐怖と緊張のあまり失禁しそうであった。

「大丈夫、誰もいないわ。さあ！」

高梨に急《せ》かされ、野島はエレベーターホールに出た。

「こっちです、早く！」

高梨の後を追いかけながら野島は、美濃部を止めないとなどと言ってしまった自分を呪った。

走る高梨の後ろ姿はどこまでも力強く、しなやかで、美しかった。彼女は逃げもせず事態に立ち向かっている。やはり生きてきた世界が違うのだ。

「あっ！」

高梨が突然声を上げ、窓に飛びついた。

「なにっ！」野島も飛びつく。

その窓からは中庭が見渡せた。

「ブリッヂが……」高梨は言葉を失った。

野島は口を半開きにして信じられないような光景に見入った。

初めてこの屋敷に招かれた時に通った美濃部の書斎へ通じるガラス張りのブリッヂが、地面に落下して墜落した旅客機のように無惨に潰れていた。さらに目を凝らすと、ぐしゃぐしゃになった鉄骨の隙間に挟まった人間の足が見えた。

さっき駐車場で聞いた轟音はこれが落ちた時のものだったのだ。

上を見上げると、通路を失って孤立した美濃部の書斎が、オレンジ色の淡い光を放ちながら虚空に浮かんでいるように見えた。

「きっと彼はあそこよ」高梨が言った。

だとすればすでに手遅れだ。もう誰も美濃部を止めることはできないのだ。

さっきの銃声でまだツーンとしている野島の耳が、徐々に近づいてくるパトカーのサイレンを捕えた。

「高梨さん！　パトカー来ましたよ」

ところが高梨は野島の言うことを完全に無視し、階段に向かって走り出した。

「高梨さん！　ちょっと！」

あんたは命が惜しくないのかと心の中で叫びながら彼女を追いかけた。階段の下に男が一人倒れていた。銀色の矢が額に突き刺さっている。

「むおおっ！」野島はたまらずその場に吐いた。胃がでんぐり返り、頭は割れそうに痛み、全身ががたがたと震える。

これが地獄でなくてなんだろう。

15

野島がゲロを吐いている時、灰原は美濃部と取っ組み合いをしていた。別に美濃部の爆弾テロを止めようと思ったわけではない。やりたいことをやった後で美濃部は自分を殺すつもりだ。それを大人しく待っているつもりは灰原になかった。だから一か八かでボウガンに飛びついたのだ。

美濃部の腕力は灰原より二回り以上も年上の人間とは思えないほど強靱だった。筋肉増強剤でも打っているのか。

二人は巨大な木製机の上で転がった。ノートパソコンが椅子の上に落ちる。デスクランプが床に落ちる。

ついに灰原はボウガンを取り上げた。と思った次の瞬間左の鎖骨の下に焼けるような痛みを覚えた。

ペーパーナイフが突き刺さっていた。

美濃部が、突き立てたナイフの柄を摑んでぐちゃぐちゃとこねくり回す。その顔が笑っていた。

灰原は一瞬意識が遠くなりかけたが、ボウガンから両手を離し、美濃部の目玉を狙って右手を突き出した。中指の先に眼球のぐにゅっとした感触を覚えた。

「っ！」

美濃部が声にならない悲鳴を上げた。

二人は同時に机から転がり落ちた。

立ち上がるのは灰原のほうが少しだけ早かった。突き刺さったナイフの柄がぶらぶらと揺れ、破れた血管から血がどくどくと溢れる。

机の上のボウガンに手を伸ばそうとした時、視界の隅に立ち上がった美濃部が手に持った文鎮を投げつけようとしているのが見えた。文鎮は金色で、十字架に張り付けにされたキリストを模した代物だ。

灰原は反射的に頭を下げた。

頭の上数センチをキリスト文鎮が回転しながらかすめ、ガラスにぶちあたった。小さな亀裂が走る。

灰原の右手がボウガンの銃床を摑んだ。意味をなさない叫びを上げるとボウガンを構え、美濃部の胸に向けて引き金を引いた。しかし美濃部が飛んで伏せるのがほんのわずかに早かった。

矢はむなしく美濃部を掠め、防弾ガラスの窓に深々と突き刺さった。そのことがボウガンの驚異的な破壊力を示していた。

美濃部が机を回りこみ、低い姿勢で突っ込んできた。灰原は胃袋を突き上げられ、床にぶっ倒された。胸に突き刺さったペーパーナイフがこぼれ落ち、また意識が遠のきかけた。

16

灰原と美濃部が争っているのが野島たちに見えた。

しかし書斎に通じるブリッヂがなくなってしまった今、もはやできることはなかった。

「静雄さんっ!」高梨が美濃部の名を叫んだ。

足下から風が吹き上げてきて、野島の股間をすうっとさせた。眼下には落ちて潰れたブリッヂ。

「危ないっ！　落ちますよ」

野島は身を乗り出そうとする高梨の肘を摑んで引っ張った。

十台を超えるパトカーが門の前に集結していた。だが勝手に門を乗り越えることをためらっているのかそのまま動かない。

「あっ！」高梨が声を上げた。

見ると、灰原が美濃部にボウガンを向けていた。

野島は思わず目を閉じた。

ボスッ、と鈍い音がした。

野島が薄目を開けると、ガラスの一枚にひびが入っていて、矢の先端が外に飛び出していた。そして美濃部と灰原は床の上で争っている。美濃部が上になって殴りつける。

「？」

野島の目が亀裂の入ったガラス窓に吸い寄せられた。

その窓の下に何か動く物を見たのである。

その黒い物体は両腕を伸ばし、ドームによじ登ろうとしていた。それにしてもやけに長い腕だと思った。蜘蛛《くも》を連想させる。

そしてそれが腕ではなく脚なのだとわかった時、野島は見てはいけないものを見てしまったような気がした。

17

美濃部が上にのしかかり、右肘で灰原の口を打った。灰原の前歯が二、三本ごきっという音を立ててへし折れ、歯茎からこぼれる。灰原も負けじと美濃部の喉仏を狙って左の拳を突き出した。喉はヒットし損ねたが拳は美濃部の右頬にめりこみ、やはり歯を二、三本へし折っておあいことなった。

「うおおおお！」

美濃部の気迫は半端ではなかった。絶叫しながら真っ赤に充血した目玉と血だらけの歯を剝き、灰原の両目を抉り出してやろうと執拗に攻撃を繰り返す。灰原は押され気味になり、目をかばうだけで精一杯になった。

美濃部の小指の爪が灰原の左目蓋をめくって侵入し、眼球をごりっと削った。灰原の脳天から手足の末端までまるで全回路がショートしたように高圧電流が走り抜け、手足が痙攣した。

視界が、破れた眼球の毛細血管から溢れた血で赤く染まる。

「浩平を返せえええええ！」

美濃部の絶叫に鼓膜がへこみ、自分の荒い息以外ほとんど何も聞こえなくなった。

このままだと殺られる。じじいの気迫に負ける。

死の触手が足元から這い上がってくるのを灰原ははっきりと感じ取った。

「浩平をっ！　浩平をおおお！」

だしぬけにガラスが割れ、破片がバラバラと灰原たちの上に降り注いだ。

次の瞬間、のしかかっていた美濃部の体が消え失せた。と思ったら吹っ飛ばされたのであった。何に？

チャーリーであった。

第二打は灰原を襲った。体が真っ二つに千切れそうな殺人キックが灰原の右脇腹に炸裂した。肋骨がくきりと嫌な音を立て、眼球が飛び出しそうになった。

「うぶえっ！」

気持ちの悪い音がして灰原の顔に血反吐《へど》が降りかかった。

見ると、チャーリーが上体を折って吐いていた。

チャーリーはもはやこの世のものとも思えなかった。直径五センチほどの鉄骨が串のように彼の胸板と腹と下腹部を貫いていた。しかも顔面の左側の皮膚はどういうわけかきれいにずる剝けて下の筋肉が剝き出しになっていた。目蓋のなくなったまん丸い眼球が灰原を見据えていた。

こんな状態で、生きてここまでよじ登ってきたのだ。しかもまだ立っている。

「おおあああっ！」

チャーリーがぞっとする叫びを上げながら床を蹴って飛んだ。立ち上がりかけていた美濃部の右鎖骨につま先が深々とめり込み、美濃部は再び吹っ飛ばされて机に頭をしたたかぶつけた。折れた鎖骨が美濃部の皮膚を突き破って数センチ飛び出す。

灰原は死にもの狂いでボウガンに飛びついた。しかし矢はなくなっている。しかたなくボウガンを逆に持って銃床を振り上げ、チャーリーに殴りかかる。別に美濃部の助太刀をしようとしたわけではない。美濃部が殺られたら次は自分なのだ。そうなる前に殺さねば。

チャーリーが振り向きざま上段右回し蹴りを繰り出した。ボウガンが灰原の手から吹っ飛ぶ。

チャーリーはコマのようにもう一回転してさらにパワーを蓄えた回し蹴りを放った。灰原の左肩に命中する。

当然灰原は吹っ飛ばされたが、ただやられたわけではなかった。

チャーリーの下腹部に突き刺さっている鉄骨を咄嗟に右手で摑み、吹っ飛ばされながらもそれを無理矢理引き抜いたのだ。

「ぬぐおえええっ！」

チャーリーがすさまじい絶叫を上げた。

ビシャーッと音を立てて、破れた動脈から鮮血が噴水のように噴き出した。

そこへさらに美濃部が果敢にも後ろからタックルをかましてチャーリーはうつ伏せにぶっ倒れた。残り二本の鉄骨が背中からメリッと飛び出す。

吹っ飛ばされた灰原は止まれなかった。血と反吐でぬるぬるする床を滑り、そしてまことに運の悪いことにチャーリーがキックでぶち割った窓から外の空間へ、頭から飛び出してしまった。強烈な生存本能によって右手がまだガラスの破片の残る窓枠を摑み、両足も窓枠に引っかかり、かろうじて下半身は部屋に踏み止まった。

「私の部屋から出ていけえええ！」

美濃部が吠え、うつ伏せに倒れたチャーリーの髪の毛を両手で鷲摑みにし、破れた窓の方へと引き摺っていく。

灰原はなんとか上半身を部屋の中に戻そうとしたが、そこへ死に損ないのチャーリーの体がぶつかってきて灰原はまた外へ押し出された。

やめろ！　悲鳴を上げたくても喉が凍りついてしまった。

「ここは私の神聖な書斎だ！　出ていけ！」

狂った美濃部がチャーリーの体を蹴りまくって灰原もろとも窓から落とそうとする。

これ以上窓枠を摑んでいられなかった。

ずる剝けたチャーリーの顔が灰原の目の前にあった。目玉はもう何の意志も宿していないように見えた。

「この汚らわしい寄生虫がっ！　きさまらはこの社会から失せろぉ！」

美濃部が最後のとどめを差そうとした瞬間、目蓋のなくなったチャーリーの眼球の瞳孔がきゅっ、とすぼまるのを灰原は見た。

チャーリーが転げ落ちざまに左脚で美濃部に足払いをかけた。美濃部が尻餅をつく。

「いっしょに死ぬかおっさん！」

チャーリーは吠え、関節技で美濃部の右脚を絡め取ったまま自分の体もろとも外へ身を投げ出した。

二人分の体重が灰原の腹にのしかかった。

あっ！

灰原の手が窓枠から離れた。

18

「きゃああっ！」

高梨が悲鳴を上げた。

野島も「わあああっ！」と悲鳴を上げ、また目を閉じた。

ゴーン、と金属的な音が響いた。

高梨がもう一度、もっと長い背筋の寒くなるような悲鳴を上げた。

何事かと思って目を開けた瞬間、見なければ良かったと後悔した。

悪夢よりタチの悪い光景がそこにあった。

両腕のない男の胸から突き出している長い鉄骨が窓枠に引っかかり、落下を食い止めていた。そして、これが最悪なのだが、腕のない男の腹を貫いているもう一本の鉄骨の両端に、美濃部と灰原がそれぞれぶら下がっていた。

二人分の体重によって腕なし男の右脇腹の筋肉が、まるでゴムのように伸び、大きくたわみ、開き切った傷口から腸がびたびたと音を立ててこぼれ落ちていった。人間の一人の腹の中にこんなにもたくさんの内臓が納まっているのかと感心するほど後から後からはらわたが出てくる。

野島はもちろん吐いた。吐きながら泣く。

美濃部も灰原ももう一度這い上がろうとしていた。そして互いを蹴り落とそうとした。

野島は目を閉じたくても恐くてそれができず、瞬きもせずに二人の争いを見守った。

美濃部の方がやや優位だった。

窓枠に引っかかっている鉄骨に右手をかけ、上半身を引っ張り上げる。続いてチャーリーの顔面を踏台にしてなんとか下半身も引っ張り上げる。

「美濃部さんっ！　がんばれっ！」

野島は反吐のこびりついた口で我知らず絶叫していた。高梨も彼の名を何度も叫んだ。

ついに美濃部は部屋に這い上がった。

勝ったのだ。

19

鉄骨を摑んだ灰原の両手がぶるぶると震えている。

美濃部がチャーリーを踏台にしてよじ登り、灰原の視界から消えた。結局、強いのは奴の方だったのだ。

命を失ったチャーリーの虚ろな目が灰原を見つめていた。まるでおまえも仲間になれ、と囁きかけられているようだった。そしてだらしなく開いた血塗《ちまみ》れの口からなんともいえない死臭が早くも漂い始めていた。どうでもいいことだが、チャーリーの奥歯は金の被《かぶ》せものだらけだった。

下を見る。地面まで十二、三メートルというところか。落ちたら死ぬ。死ななかったとしても背骨を折って残りの人生を全身麻痺の状態で過ごすことになるかもしれない。面倒を見てくれる人間なんていやしない。

両手の指が、少しずつ開いてくる。

死にたくない。

この世で確かなものは、今のこの気持ちだけだ。生き延びてどうなるものでもない。でも、死にたくないのだ。他の奴がいくらくたばろうが、俺だけはくたばりたくない。

灰原はもっとしっかりしたものを摑もうとした。そしてなんとしてでももう一度上の部屋に這い上がるのだ。

この野郎っ！

灰原は鉄骨から左手を離し、その手をチャーリーの顎にかけた。歯が灰原の指にしっかりと食い込む。

ぎぎぎぎ……。

鉄骨が嫌な音をたてたわんだ。

上にあがるぞ、絶対上に……。

ばきっ！

最初、灰原にはそれが何の音なのかわからなかった。しかし自分の体がガクンと下がってやっとわかった。チャーリーの顎が外れたのだ。信じられない脆さだった。

めりめりめり……。

もっと信じられないことが起こった。

チャーリーの口の両端がみるみる裂け始め、頬の肉を突き破って二本の針金が飛び出したのだ。

灰原は交通事故で顎の骨を折り、肉の中に針金を入れ、それを人工筋肉で補強する手術を施された走り屋のことを思い出した。チャーリーもその類だったのだ。

くそっ！

外れた顎がねじれ、冗談みたいに伸びた。

別な部分を摑まねばならなかった。だが、手の届く範囲は悲しいほどに限られていた。

灰原はしかたなくチャーリーの腹に開いた大きな穴に右腕を伸ばし、肘でぶら下がろうとした。この際贅沢《ぜいたく》言っていられない。

腹の穴に手を突っ込み、反対側の穴から出す。

ぬるっ。

脂肪層で指が滑った。

ばちん。

左手で摑んだ顎の人工筋肉も千切れた。

灰原は支えを完全に失った。

あとは落ちるしかなかった。

20

灰原の奮闘ぶりも、落下する瞬間も、野島と高梨は見ていなかった。

二人は美濃部だけを見ていた。

美濃部は床に落ちたノートパソコンを拾い、再び机の上に載せた。

「駄目……」

高梨が喉の奥からうめくような声を出した。

美濃部が口からどばっと血反吐を吐く。もはや復讐の念だけで心臓が動いているように見えた。

「駄目っ！　やっちゃ駄目！」

高梨は絶叫した。

しかしその声は美濃部の心には届かなかった。

人差指をタッチパッドに載せて動かす。

「お願いやめてっ！」

「美濃部さんやめてください！」野島も叫んだ。

ふいに高梨がしゃがんだ。

左膝を立ててその上に肘を載せ、左手を支えにして右手の拳銃を保持する。

射撃の膝撃ち姿勢だった。

野島はまた両耳を塞いでしゃがみこんだ。

高梨が撃った。

自分が愛している男を。

連射する。青白い閃光《せんこう》が続けざまに弾ける。

発射された弾丸はチャーリーがぶら下がっている割れた窓から飛び込み、美濃部の脚を撃ち抜いた。

美濃部ががくりと膝をつく。それでもパソコンを離さない。

今度は腰の辺りで服の布がぱっと弾け、鮮血が窓に飛び散る。美濃部はノートパソコンを胸に抱えてうつ伏せに倒れた。

それでも美濃部は頭を起こし、パスワードを入力し、エンターキーを押そうと右手を載せて……。

弾丸が右腕の付け根にヒットして肉がスイカのように弾けた。

どおおおおおん！

野島の尻の下で爆音が轟き、屋敷が揺れた。

美濃部はがくりと頭を垂れ、それきり動かなくなった。

そして高梨もまたこと切れたように野島の方へ倒れかかった。野島は咄嗟に彼女の頭を支え、揺さぶった。

「高梨さんっ！　高梨さんっ！」

高梨の頰を涙が伝っていた。半分閉じた目は深い喪失をたたえていた。

拳銃が、白く細い指から落ちる。

「美濃部……あんた……」

野島は動かなくなった美濃部の方を睨み、声を搾り出した。

「まさかあんた……俺の車にもやったのか」

しかし美濃部から返事はこない。

「俺の車にも爆弾しかけたなっ！」

高梨をそっと横たえ、立ち上がると叫んだ。

「なんでだっ！　俺は味方じゃなかったのか！」

野島の目からも涙がどっと溢れ、頰を伝った。

「俺がただの走り屋に変わってしまったとでも思ったのか！　あんたを裏切ったとでも思

ったのか！　そんなに俺が信じられなかったのか！　そんなに……あんたは……」

悲しくて、情けなくて、やりきれなかった。

「くそおおお」

がくりと膝をつき、頭をかきむしる。

「そんなに俺は駄目なのかよおお……」

21

落下する瞬間、灰原の右手はチャーリーの腸を摑んでいた。

落ちながらもしっかりそれを握り締めていた。

長い長い一瞬だった。

がくん、と衝撃がきて一瞬落下が止まった。と思ったらまた落下して腰からコンクリートの地面に激突した。

しかし、死ななかった。さらに驚くべきことに体を動かすことさえできた。

灰原は自分の右手がまだ握り締めているチャーリーの腸を見て、それから上を見上げた。

ぶら下がったチャーリーの腹の穴から地面まで腸が伸びていた。

灰原は硬直した指を左手で無理矢理開いて掴んだ腸を離した。そして背中を丸め、今にもくたばりそうな足取りで歩き出した。

俺はまだ生きているのだ。

唇の端がかすかにひきつり、狂気の笑みが浮かんだ。

頭上で銃声がつづけざまに鳴り響き、そして最後にものすごい爆発音が轟いて屋敷と地面が揺れた。屋敷を覆う無数の窓ガラスがびりびりと震える。

それが治まると、地下駐車場の方からまっ黒い煙が漏れ出してきた。

灰原は愉快になった。

「なんだ……てめえも……」

自分が本当に死んでいないのだと確認するかのようにガラス片の散らばった地面を一歩一歩踏み締める。

「信用されてねえんじゃねえか」

周囲に散らばっている無数のブリッヂの残骸から、まわりにコンクリートのへばりついている太い鉄パイプを一本拾った。

正門はパトカーで塞がれていた。灰原は外壁に沿って反対側へ回り、鉄パイプを壁に立てかけ、それを踏台にしてよじのぼり有刺鉄線に悪態をつきながら外へ転がり落ちた。

22

頭を抱え込んでいる野島の手に、高梨の手が触れた。

顔を上げると、高梨の顔が目の前数センチのところにあった。長いまつげが涙で濡れ、滴り落ちそうになっていた。

「ごめんなさい」

彼女が謝った。まばたきした目から、大粒の涙がこぼれ落ちた。

「こんなことに巻き込んで」

彼女の心中は察するにあまりあった。

「許して」

まばたきが激しくなり、後から後から涙がぽたぽたと滴り落ちる。

「高梨さん……」

二人は束の間互いの体をきつく抱きしめあい、体を震わせ、そして泣いた。

高梨は美濃部のために。

野島は……ただ泣いた。

23

今朝午前四時半頃、茨城、神奈川、埼玉、千葉などで起こった複数の乗用車爆発事故による被害はその後も広がり、現在三十七件の爆発が確認され、死者は二十八名、重軽傷者は四十八名、今後さらに被害は拡大するものと思われます。この同時爆発事故の原因に関して警察は現在調査中として正式なコメントをまだしていませんが……。

茨城に置いてきた灰原のイチヨンシルビアは、まだ誰にも見つけられることなく静かに燃えていた。

ガソリンが燃えつきたために炎はあらかた消えている。

合法違法を問わず稼いだ金のほとんどすべてを注ぎ込み、何にも増して時間を費やした灰原の分身は溶けた鉄屑と溶けた樹脂に変わり果てていた。

こうなっていることはわかっていた。

それでも灰原はそれを確かめにはるばる電車を乗り継いでここまで来た。

地面に座り込み、膝を抱え、鉄屑を眺め続けた。

朝の光がしらじらと辺りに溢れ、新しい一日の始まりを告げていた。しかし灰原にはなんの意味もなかった。

どれくらい時間が経ったか、一台の車がゆっくりと近づいてきた。

黒のポルシェ・911GT2RSだった。

ポルシェは灰原から少し離れたところで止まり、ドアが開いて男が一人降りたった。

野島だった。

灰原はいかにも面倒くさそうにちらりと一瞬見ただけで再び視線を愛車の残骸に向けた。

「おまえがここに来ることはわかっていた」

野島が言う。灰原は聞いていなかった。

「おまえの友達はその車だけだからな」

ドアを閉め、ゆっくりと近づいてくる。

「友達で、恋人で、おまえ自身だ。それがその車だ」

灰原は答えない。振り向きもしない。

「でもそいつはもう粗大ゴミだ」

灰原の頭にごつ、と何か固い物が押し当てられた。

「こっち向けよ、人殺し」

野島が言った。

灰原はゆっくりと首を捩じ向けた。

野島の手に赤木の持っていたワルサーP88が握られていた。

灰原は、それで？ と目で問うた。

野島は灰原の顔を狙ったまま三歩後ろに下がった。

「おまえのせいで何人死んだと思ってんだ」

銃口はわずかに震えていた。

「皆おまえが殺したのと同じことだ」

「だからなんだよ」

灰原は言った。

「生きるとか死ぬとか、そんなこと何の意味もねえよ」

野島は拳銃を両手でしっかりと握り締め、片目をつぶって灰原を狙う。

「俺という人間に意味はねえんだ。きさまもそうだ」

「違う」

野島は否定した。

「てめえなんかといっしょにするな」

「皆同じだ」灰原は言い、ゆっくりと立ち上がった。

「皆、目の前で起きていることにとりあえず反応しているだけだ。俺も、お前も。みんなそうだ。それだけだ。そのこと自体に意味なんか何もねえ」

「わけのわかんねえこと言ってんじゃねえ、バカ車オタクが。止まれ、撃つぞ」

灰原は虚ろな笑いを浮かべた。

「どうせ撃つんだろ」

「俺の妻はきさまに殺されたんだ」

短い沈黙が流れた。

「俺は美濃部に雇われた探偵なんかじゃない。俺は美濃部と協力してあの事故を起こした張本人の走り屋、つまりきさまを見つけて、罪を償わせるために走り屋になったんだ」

そよ風が二人の間を吹き抜けていった。

「……で？」

灰原は言ってやった。

「それがどうした」

銃声が轟き、灰原の顔の横を弾丸が切り裂いて飛んだ。

「きさまに一発食らわせないと、俺の人生は次に進めないんだ」

野島は言った。

「ならさっさと……」

銃声がもう一発轟き、灰原の右膝の皿が弾け飛んだ。弾頭は貫通し、アスファルトに当たって潰れた。

灰原は顔から地面にぶっ倒れた。

「意味がないだと？　笑わせるんじゃねえ」野島は言った。「そんなこと俺はとっくの昔からわかっている。それを知った上で俺はこれからの人生を楽しむんだ。そこがきさまとは違うんだ」

痛いという感覚がまだない。ただ血管から血が失われていくのを驚くほどはっきりと感じることができた。

「ざまあみろ！」

野島は吐き捨て、歩き出した。ポルシェに乗り込み、あっという間に走り去っていった。

灰原は再び独りになった。

もはや十秒先の自分がどうなるかもわからなかった。そしてそんなことどうでもいいと思った。なにがどうなるにせよ、何の意味もないのだから。

太陽に暖められたアスファルトの熱を感じながら、灰原は目の前十センチほどの路面を見つめた。

できることなら痛みが襲ってくる前にくたばりたかった。しかし、それはとうてい叶《かな》わないだろうということもわかっていた。

終章

野島　駿さま

なかなか返信できなくてすみませんでした。引っ越しやら身辺整理やらでバタバタしていたもので。

メールを読んで驚きました。

転職おめでとうございます！　車雑誌のライターなんてまさに天職ですね。なぜもっと早く仕事を変えなかったのですか？　それとも新しい恋人にお尻を叩かれたとか？　そうだとしたらいい彼女を持って幸せですよ、野島さんは。

私なんかより野島さんの方がはるかにスムーズに次の人生に滑り出していたんですね。

私ももう少し休んだらぼちぼち、少しずつ、新しいことを始めようと思っています。勿論新しい恋人も見つけます。

何か変化あったらその時またメールを送ります。

東京にはとどまるつもりなのでその内またどこかでばったり会うかもしれませんね。下着屋さんとかで。

それでは。


「気づいてた？」

野島の顔に血が上り、赤くなった。

「なんだよ、気づいてたのかよ」

「♪たら〜ん」

声がして、野島は椅子を回して書斎の戸口の方を向いた。

イブニングドレスを着た愛美が現われた。

ポージングも完璧で、その可愛らしさと美しさに野島は息を飲んだ。

「どお？」

愛美は気取ったポーズをしてみせた。

「すごくいいよ。でもちょっと大げさじゃないか？　たかが初めての原稿料が入ったくらいで……」

愛美が飛びついてきて野島の耳たぶにかじりついた。

「大げさじゃないの！　すごくおめでたいことなんだよ、駿ちゃんの初原稿料なんだよ！」

「ありがとう」

野島は照れながら愛美を抱きしめた。

「今の気持ちは？」

愛美が野島の目をのぞき込んで訊いた。

「うん、まあ、かなりいい」

「それだけ？」

「嬉しいけど、大変なのはこれからだよ」

「そりゃそうだけど、もっと喜びなよ。今を楽しまなきゃつまんないよ！」

「……そうだな」

野島は愛美の白くて甘い首筋にすいついた。

「あ、感じるそれ」

愛美がうっとりした声を漏らす。

「愛美ちゃん」野島は愛美を椅子に抱き上げ、腰を締め付けた。「だんだん嬉しい実感が湧いてきた」

「ほんと？」

「うん」

「そうこなくちゃ」

二人は互いの舌を絡ませた。愛美が軽く野島の舌を嚙む。

「いてっ」

野島は声を上げた。でも気持ちよかった。

背中がぞくぞくしてきた。

「あっ、またマゾ顔になってる」

愛美が野島の顔を見て笑った。

「いじめて欲しいの？」

愛美はペコちゃんのように舌をちょっと出して訊いてくる。

「うん……後で。帰ってきたら」

想像すると体が震えそうになる。

「駿ちゃんはもうすっかりあたしの奴隷だね」

愛美は笑顔で言って、野島の上唇にガブリと嚙みついた。

すごく痛い。でもすごく嬉しい。

「あたしの駿ちゃん」

愛美は野島の頭を抱えて胸に押しつけた。

「絶対離さないからね」

（この作品『湾岸リベンジャー』は平成十三年七月、小社より四六版で刊行された作品に、著者が文庫化に際し、加筆・修正したものです）

湾岸リベンジャー

一〇〇字書評

切り取り線

購買動機（新聞、雑誌名を記入するか、あるいは○をつけてください）

- □（　　　　　　　　　　　　　）の広告を見て
- □（　　　　　　　　　　　　　）の広告を見て
- □ 知人のすすめで
- □ タイトルに惹かれて
- □ カバーが良かったから
- □ 内容が面白そうだから
- □ 好きな作家だから
- □ 好きな分野の本だから

・最近、最も感銘を受けた作品名をお書き下さい

・あなたのお好きな作家名をお書き下さい

・その他、ご要望がありましたらお書き下さい

住所	〒				
氏名		職業		年齢	
Eメール	※携帯には配信できません		新刊情報等のメール配信を 希望する・しない		

この本の感想を、編集部までお寄せいただけたらありがたく存じます。今後の企画の参考にさせていただきます。Eメールでも結構です。

いただいた「一〇〇字書評」は、新聞・雑誌等に紹介させていただくことがあります。その場合はお礼として特製図書カードを差し上げます。

前ページの原稿用紙に書評をお書きの上、切り取り、左記までお送り下さい。宛先の住所は不要です。

なお、ご記入いただいたお名前、ご住所等は、書評紹介の事前了解、謝礼のお届けのためだけに利用し、そのほかの目的のために利用することはありません。

〒一〇一-八七〇一
祥伝社文庫編集長 坂口芳和
電話 〇三（三二六五）二〇八〇

祥伝社ホームページの「ブックレビュー」からも、書き込めます。

http://www.shodensha.co.jp/bookreview/

祥伝社文庫

湾岸《わんがん》リベンジャー

平成23年6月20日　初版第1刷発行

著　者　戸梶圭太《とかじけいた》

発行者　竹内和芳

発行所　祥伝社《しょうでんしゃ》

東京都千代田区神田神保町3-3

〒101-8701

電話　03（3265）2081（販売部）

電話　03（3265）2080（編集部）

電話　03（3265）3622（業務部）

http://www.shodensha.co.jp/

印刷所　錦明印刷

製本所　ナショナル製本

カバーフォーマットデザイン　芥　陽子

Printed in Japan ©2011, Keita Tokaji ISBN978-4-396-33678-3 C0193

祥伝社文庫の好評既刊

伊坂幸太郎　陽気なギャングが地球を回す

史上最強の天才強盗四人組大奮戦！映画化されたロマンチック・エンターテインメント原作。

伊坂幸太郎　陽気なギャングの日常と襲撃

天才強盗4人組が巻き込まれた4つの奇妙な事件。知的で小粋で贅沢な軽快サスペンス第2弾！

石持浅海　扉は閉ざされたまま

完璧な犯行のはずだった。それなのに彼女は――。開かない扉を前に、息詰まる頭脳戦が始まった……。

岡崎大五　アフリカ・アンダーグラウンド

ニッポンの常識は通用しない!!　自由と100万ユーロのダイヤを賭けて、国境なきサバイバル・レースが始まる！

恩田　陸　不安な童話

「あなたは母の生まれ変わり」変死した天才画家の遺子から告げられた万由子。直後、彼女に奇妙な事件が。

恩田　陸　puzzle〈パズル〉

無機質な廃墟の島で見つかった、奇妙な遺体たち！事故か殺人か、二人の検事が謎に挑む驚愕のミステリー。

祥伝社文庫の好評既刊

菊地秀行
しびとの剣 魔王信長編
混乱を極める陸奥《みちのく》に魔王・信長が現われ、凄まじい三つ巴《どもえ》の戦いが始まる！

菊地秀行
魔界都市ブルース 孤影の章
〈魔界都市新宿〉の歌舞伎町で起きた怪事件。異形《いぎょう》と外道《げどう》はびこる街に、秋《あき》せつらの妖糸が舞う！

小池真理子
会いたかった人
中学時代の無二の親友と二十五年ぶりに再会…喜びも束《つか》の間《ま》、その直後からなんとも言えない不安と恐怖が。

小池真理子
午後のロマネスク
懐かしさ、切なさ、失われたものへの哀しみ……幻想とファンタジーに満ちた十七編の掌編小説集。

近藤史恵
カナリヤは眠れない
整体師が感じた新妻の底知れぬ暗い影の正体とは？　蔓延する現代病理をミステリアスに描く傑作、誕生！

近藤史恵
茨《いばら》姫《ひめ》はたたかう
ストーカーの影に怯《おび》える梨花子。対人関係に臆病な彼女の心を癒《いや》す、繊細で限りなく優しいミステリー。

祥伝社文庫の好評既刊

乃南アサ
幸せになりたい
「結婚しても愛してくれる?」その言葉にくるまれた「毒」があなたを苦しめる! 傑作心理サスペンス。

花村萬月
ぢん・ぢん・ぢん(上)
新宿歌舞伎町でのヒモ修行、浮浪者生活、性の遍歴…家出少年イクオの魂の彷徨を描く超問題作!

花村萬月
ぢん・ぢん・ぢん(下)
ホームレスを卒業したイクオは、ある小説家との出会いから小説を書き始める。超問題作いよいよ佳境へ!

林真理子
男と女のキビ団子《だんご》
中年男との不倫の日々。秘密の時間を過ごしたホテルのフロントマンに、披露宴の打合せの時に出会って…。

東野圭吾
ウインクで乾杯
パーティ・コンパニオンがホテルの客室で毒死! 現場は完全な密室…。見えざる魔の手の連続殺人。

東野圭吾
探偵倶楽部《くらぶ》
密室、アリバイ、死体消失…政財界のVIPのみを会員とする調査機関が秘密厳守で難事件の調査に。

祥伝社文庫の好評既刊

本多孝好
FINE DAYS
死の床にある父から、僕は三十五年前に別れた元恋人を捜すよう頼まれた…。著者初の恋愛小説。

森見登美彦
新釈 走れメロス 他四篇
誰もが一度は読んでいる名篇を、大人気著者が全く新しく生まれかわらせた! 日本一愉快な短編集。

江國香織ほか
LOVERS
江國香織・川上弘美・谷村志穂・安達千夏・島村洋子・下川香苗・倉本由布・横森理香・唯川恵

江國香織ほか
Friends
江國香織・谷村志穂・島村洋子・下川香苗・前川麻子・安達千夏・倉本由布・横森理香・唯川恵

本多孝好ほか
I LOVE YOU
伊坂幸太郎・石田衣良・市川拓司・中田永一・中村航・本多孝好

石田衣良、本多孝好ほか
LOVE or LIKE
この「好き」はどっち? 石田衣良・中田永一・中村航・本多孝好・真伏修三・山本幸久…恋愛アンソロジー

祥伝社文庫　今月の新刊

- 内田康夫　**還《かえ》らざる道**
  〈もう帰らないと決めていた〉最後の手紙が語るものは？
- 戸梶圭太　**湾岸リベンジャー**
  孤独な走り屋たちの暴走が引き起こす驚愕の結末。
- 南　英男　**偽証（ガセネタ）**　警視庁特命遊撃班
  元刑事の射殺事件を追う、人気沸騰のシリーズ第四弾。
- 夢枕　獏　**新・魔獣狩り7**　鬼門編
  北の地で、何かが起こる！始皇帝に遡る秘密の鍵とは？
- 加治将一　**幕末維新の暗号**（上・下）
  謎の古写真から、日本史の闇、明治政府のタブーを暴く！
- 佐伯泰英　**覇者**　密命・上覧剣術大試合〈巻之二十五〉
  ついに対峙した金杉父子……戦いの果てに待つものは。
- 田中芳樹　**天竺《てんじく》熱風録**
  こんな男が本当にいたのか！知られざる英雄を描く冒険譚。
- 聖　龍人　**気まぐれ用心棒　深川日記**
  勝手気ままなのに頼りになる素浪人・伸十郎、見参！
- 鳥羽　亮　新装版　**妖剣おぼろ返し**　介錯人・野晒唐十郎
  不可視の抜刀術、神速の太刀筋に唐十郎が挑む！
- 鳥羽　亮　新装版　**鬼哭《きこく》霞飛燕《かすみひえん》**　介錯人・野晒唐十郎
  好敵手との再会、そして甦る、若き日の悲恋……
- 鳥羽　亮　新装版　**怨刀《おんとう》鬼切丸**　介錯人・野晒唐十郎
  叔父、そして盟友が次々と斃れて…。動乱必死の第十弾。